KB159682

하룻밤에 한강을 열 번 건너다

조효제
지음

하룻밤에 한강을 열 번 건너다

사회학자의 각주 없는 기억록

강

차
례

1부

하룻밤에 한강을 열 번 건너다

한강 자락에 서다

오랫동안 품고 있던 소망이랄까 숙제랄까, 해 가기 전에 꼭 하고 싶은 일이 있었다. 결행 날짜를 12월 25일로 잡았다. 크리스마스 저녁에 다른 약속이 잡힐 리 만무다. 용산 기준으로 일몰 시간이 오후 5시 19분인 것도 확인했다. 카메라를 챙기고 편한 신발로 집을 나섰다. 내 행선지를 아는 사람이 세상에 아무도 없으니 탐정 놀이하던 아이 때로 돌아간 것 같다. 갈월동에서 152번 버스로 환승하여 '한강대교 북단 LG유플러스' 정류장에서 하차했다. 하늘은 흐리지만 날씨는 포근하고 미세먼지 예보도 보통으로 나온 날이다. 심호흡을 한 후 걸음을 남쪽으로 옮겼다.

대학이 온수역 근처에 있어서 '입학' 첫날부터 1호선과 반평생 인연이 생겼다. 한강과의 인연도 함께 따라왔다. 학교 가는 날이면 반드시 한강을 왕복으로 건넜으니 지금까지 만 번은 족히 넘나들지 않았나 싶다.

늦은 밤 한강철교를 건널 때면 노량진에서 공시생들이 많이 탄다. 그들이 창을 가리는데다 바깥이 어두워 불빛만 언뜻언뜻 보일 때가 많다. 그러나 햇살 충만한 아침 출근길엔 이야기가 달라진다. 오른편엔 63빌딩, 왼쪽엔 한강대교를 번갈아 보면서 확 트인 강 수역을 가로질러 달리면 가슴 터질 듯이 대기를 들이마시는 것 같은 호기로움이 생긴다.

한강대교는 중간에 노들섬이 있어 여느 다리와는 다른 분위기다. 노들섬은 낮에 보아도 그럴듯하지만 새벽 일출 때엔 운치가 대단하다. 섬에 수풀이 우거진 철, 거울 조각을 흩뿌려놓은 듯한 수면 위로 물새 떼라도 떠다니는 날이면 진부하리만치 교과서적인 로망이 물과 하늘 사이의 거대한 허공을 휘감는다. 뒤편으로 멀어져가는 노들섬을 곁눈질하며 허구한 날 전철로 철교만 넘을 게 아니라 저쪽 다리를 직접 걸어봐야겠다는 생각을 한 지 꽤 오래됐다.

하지만 이건 복합문화공간이라는 이름으로 섬을 밤톨처럼 깔끔하게 정리하기 전의 풍경이다. 잡목과 잡초가 자라고 군데군데 모래톱이 터 잡은, 있는 그대로의 수더분한 모습을 눈 뜨고 못 보는 개발행정 마인드가 승리하기 전까지의 스토리다. 결국 성사되진 않았지만 겨울에 스케이트장을 설치하겠다는 발상이 나오기 전의 이야기다. 게다가 노량진에서 노들섬까지 백년다리라는 보행교를 놓을 거라는 흉흉한 소문까지 도는 게 아닌가. 섬이 더 망가지기 전에 대교를 걸어야겠다는 조바심마저 들었다.

베르가모 웨딩홀을 지나 찻길을 건너 '한강대교'라는 동판이 붙어 있는 출발점에 선다. 5시 3분이다. 오른쪽으로 한강철교와 63빌딩이, 왼쪽으로는 바다같이 넉넉한 강 자락, 그리고 강변을 따라 도열한 아파트들이 보인다. 동작대교는 멀어서인지 구분이 잘 안 된다. 오른쪽 보행로로 걷기 시작한다. 다리 입구에 새로 생긴 이층 전망대가 있다. 계단에 개업 축하 화분이 놓여 있는 걸로 봐서 최근에 개장한 모양이다. 난간 쪽이 보행로, 그다음이 자전거도로, 그다음이 차도다. 아래쪽으로 강변 산책로가 내려다보이고 이 겨울에도 벤치에 앉아 있는 사람들이 눈에 띈다.

잿빛 구름이 낮게 드리워져 있는 강변 풍경이 정지화면처럼 멈춰 있다. X축인 수평선의 화폭 위에 초현대식 빌딩들과 물그림자가 여러 개의 Y축을 늘어뜨리고 있다. 몇 발짝만 가면 더 좋은 앵글이 나오니 계속 사진을 찍게 된다. 디지털카메라의 문제는 감각이 헤퍼진다는 점이다. 아무렇게나 누르고 무턱대고 찍으니 영혼 없는 이미지가 양산된다. 서른여섯 장짜리 필름카메라 시절, 한 장 한 장 셔터를 누르기 위해 들였던 정성과는 비교가 안 된다.

다리 난간에 진행 방향으로 짧은 문장들이 연이어 적혀 있다. "이겨야 할 사람은/당신의 경쟁자가 아니라/바로 어제의 당신입니다./어제의 당신에게 지지 마세요./어제보다 오늘 더 성장하고/앞서 있는 사람이 되고자/노력하세요."(성악가 조수미) 직접 쓴 글을 기부했나 보다.

이런 글도 있다. "나의 레이스는/아직 끝나지 않았습니다./어제보다 더 나은 전성기를 위해/꾸준히 더 연습하고/매일매일/나를 사랑합니다./큰 소리로/파이팅!/한번 외쳐볼까요?"(수영선수 박태환) 짤막한 시 구절도 보인다. "울지 마라/외로우니까 사람이다"(시인 정호승)

지나는 사람들이 심심할까 봐 붙여놓은 글귀인가 했는데 그게 아니다. 난간 위에 설치된 SOS 생명의 전화기와 인명구조 장비 보관함이 눈에 들어온다. 그제야 왜 스스로에게 지지 말라는 건지, 자신을 사랑하라는 건지, 울지 말라는 건지 알아차렸다. 여기까지 와서 난간을 넘을까 말까 고민하는 영혼이 있다는 뜻 아닌가. 말로만 듣다 현장에 직접 와보니 여간 심란해지는 게 아니다.

어릴 적 자라던 동네에서 한참 떨어진 외곽에 큰 다리가 있었고 그 너머에 유원지가 있었다. 식구들과 그곳으로 소풍을 나갈 때엔 종점까지 가는 합승버스를 탔다. 버스를 타면 금세 속이 메슥거리기 시작한다. 버스가 다리를 건널 때면 머릿속까지 울렁거렸다. 그러면 어머니가 "너 또 멀미하는구나, 얼굴이 노랗네" 하면서 창문을 열어주었다. 아버지도 내 체질을 닮아—그 반대인가—멀미를 자주 했다. 버스에 타면 아버지는 늘 기사 옆자리에 가서 앉았다. 거기가 덜 흔들린다고 했다.

차장이 '오라이 오라이' 하면서 표를 끊어주었다. 그때만 해도 세상이 전반적으로 거칠었다. 사람들에게 소리를 지르거나 괜히 시비를 거는 승객이 한둘은 꼭 있었다. 한번은 술 취한 사내가 욕설을 퍼부으며 버스 천장을 주먹으로 올려 쳤는데 지붕의 환기 뚜껑이 열리면서 하늘이 보였다. 어린 눈에 버스 지붕이 터진 줄 알고 겁에 질려 숨도 크게 못 쉬었다.

이런 광경은 전쟁 후 태어난 베이비붐 세대의 공통적인 기억일 거다. 혼자 집을 보고 있을 때 나무 대문 틈새로 상이군인의 쇠갈고리 손이 쑥 들어와 문을 흔들어댈 때의 그 무서움이라니. 일차대전 후 베를린 거리에서 동냥을 하는 상이군인을 그린 게오르게 그로스의 스케치를 본 적이 있다. 오른손 자리의 쇠갈고리와 바닥에 뉘어 있는 목발, 왼손에 모자를 들고 적선을 청하지만 돈 보따리를 든 장교는 그냥 지나친다. 시공을 초월하여 공유되는 고통의 교집합이 있다.

유원지에 도착하면 보트를 빌려 타거나 회전목마 위에 올라 스무 바퀴를 도는 게 주된 오락이었다. 둘 다 멀미를 유발하는 놀이여서 동생들에게 차례를 양보하고, 나는 흔들리지 않는 육지에서 강물을 바라보며 시간을 보냈다. 어쩌다 '강물아 흘러 흘러 어디로 가니……' 노래를 혼자 불러보면 강물에 조약돌을 던지던 옛날의 안경 낀 그 아이가 곡조를 낚아채 주인공 행세를 한다. 근처에 사람들이 멱을 감다 자주 사고가 나는 곳이 있었는데 "여기는 물귀신이 나오므로 입욕을 엄금함"이라는 경찰서장의 경고 팻말이 붙어 있었다.

재미 삼아 간이 낚싯대를 들고 강에 나간 적이 있었다. 낚싯줄을 물속에 넣기만 해도 손바닥만 한 피라미가 계속 올라오는 게 아닌가. 작은 양동이가 가득 찰 정도로 고기 풍년이 들었던 그날이 내 평생 아버지와 함께했던 가장 행복한 시간으로 남아 있다. 팔딱팔딱 뛰어오르던 잔챙이들과 선글라스를 낀 아버지의 모습이 앨범 속의 흑백사진처럼 내 심상에 찍혔다.

강둑에 앉아 아버지에게 왜 어떤 달은 31일, 어떤 달은 30일인지 물어보았다. 어른들이 그걸 어떻게 아는지 정말 궁금했다. 아버지는 주먹을 쥐었을 때 드러나는 손등 봉우리 네 개를 안쪽에서 바깥쪽으로 훑으면 된다고 가르쳐주었다. 꼭대기는 긴 달, 계곡은 짧은 달, 꼭-계-꼭-계-꼭-계…… 하지만 네 번째 꼭대기는 두 번 꼭꼭(7월, 8월)을 짚어준 다음 다시 안쪽으로 훑어 들어오면 신기하게 열두 달이 맞아떨어졌다. 지금도 이번 달이 며칠까지 있나 궁금하면 주먹을 쥐고 산등성을 탄다. 정말 잘 써먹고 있는 실용 지식이다. 학교에선 이런 걸 가르쳐야 한다. 졸업하고 미적분을 단 한 번이라도 실제로 사용해본 사람이—그쪽 전공자 빼고—대한민국에 몇이나 되는지 정말, 진심, 만천하에 묻고 싶다.

다리는 시내와 교외를 가르는 분기점이었다. 생산 활동과 재생산 활동의 경계였고, 성문 안과 바깥의 계면이기도 했으며, 문명과 자연이 구분되면서도 이어지는 관문이었다. 어느 해 여름, 큰 장마가 들었다. 얼마나 큰물이 났는지 돼지가 떠내려왔다는 이야기가 돌았다. 배영을 즐기며 신나게 물살을 타는 돼지 두 마리의 소문을 들었는지, 내가 직접 봤는지, 어사무사하게 헷갈린다. 옛 기억이란 현실과 상상이 뒤섞이면서 머릿속의 레지던트 편집자가 가위와 펜을 들고 특집기사를 계속 수정해서 올리는 부정기 간행물 같다.

강을 가로지르는 케이블카가 있었다. 강 건너편이 입질이 낫다고 강태공들이 케이블카를 많이 탔다. 그때만 해도 낚시꾼들의 모습은 하릴없는 건달에 가까웠다. 스피닝릴 같은 건 들어본 적도 없었고 그냥 기다란 대나무 자락에 줄을 이어놓은 낚싯대를 케이블카 창문턱에 걸쳐놓고 밀짚모자를 쓰고 풍년초 담배를 뻐끔뻐끔 피우는 한량들이 강물을 내려다보며 어형어제(漁兄漁弟)하던 시절이었다.

누가 얼마 전에 한 자짜리 붕어를 다 잡았다 놓쳤다더라, 아니 놓쳤는데 어찌 한 잔 줄 아느냐, 누구는 즉석에서 어탁 뜨는 걸 좋아해서 늘 지필묵을 챙겨 온다더라, 나 같으면 먹 갈 시간에 한 마리라도 더 잡겠다, 누가 『낚시춘추』에 대어 사진을 보냈는데 상으로 접이의자가 왔다더라, 거기 앉으면 고기가 더 많이 꼬인다더냐 등등, 케이블카에서 벌어지는 즉석 세미나의 주제는 처음부터 끝까지 붕어, 잉어, 가물치, 피라미, 낚싯밥, 명당자리에 관한 것이었다.

한번은 어느 유명 감독이 유명(해질) 액션영화를 찍는다고 해서 사람들이 떼 지어 유원지로 몰려갔다. 영화광인 아버지의 핏줄을 타고난 우리 가족도 당연히 그 대열에 합류했고 나는 역사적 로케이션 현장의 증인이 되었다. 군중 속에서 작은 아이가 목격자로 살아남으려면 기를 쓰고 제일 앞으로 나가는 수밖에 없었다.

강 중간 하늘 높은 곳에 케이블카가 멈춰 섰는데 지붕 위에 새끼손가락만 한 무언가가, 아니 누군가가 매달려 있었다. 조금 이따 케이블카가 움직이는데 그가 문을 따고 안으로 들어가려는 듯한 동작을 취했다. 고개를 한껏 들고, 눈을 가늘게 뜨고, 입을 크게 벌리고, 손에 땀을 쥐고, 넋을 놓은 채 액션을 지켜보던 군중들 사이에서 갑자기 백가쟁명이 벌어졌다. 쟤가 박노식이냐, 허장강이냐. 여론이 왁자지껄 갈렸다. 딱 보면 모르냐 박이다. 척 보면 모르냐 저건 허다. 나는 아무리 딱, 척, 봐도 도무지 알 수 없었다. 요즘 생각해보니 박모도 허모도 아닌 스턴트맨, 그러니까 스모였을 가능성이 백 퍼센트다.

국민학교 6학년 올라가던 겨울방학 때다. 아버지가 내 이름으로 농협에 무슨 교육보험을 들어놓았는데 내가 일주일 동안 견습생으로 일할 기회를 얻게 되었다. 전국에서 백 명밖에 안 뽑는 자리에 선발되어 우리 가문의 일대 경사가 난 사건이다. 성적증명서 혹은 출석확인서를 내라는 절차가 없었으므로 무작위 추첨이었던 게 분명하다. 하지만 흥분한 아버지는 일찌감치 직장에서 한턱을 냈고, 아들의 때 이른 출세에 분별력이 혼미해진 어머니는 동네방네 소문을 내고 다녔다. 골목에서 만난 어른들이 칭찬을 해주었다. "농협에서 그렇게 일을 잘해서 큰 상을 탔다지. 거, 참 기특한 아이로다." 이 모든 일이 인턴을 시작하기도 전에 일어났다.

내가 배치된 농협지점이 다리 건너편에 있어서 일주일 내내 그쪽으로 출근하게 되었다. 견습생이라 해도 명확한 지침 같은 게 없었던 것 같다. 월요일 아침 일찍 출근해보니 지점에서는 전국에서 백 명밖에 안 되는 인재 중의 일인을 받을 준비가 전혀 돼 있지 않았다. "너 누구냐"라고 묻더니 약간 당황해하면서 저쪽에 가 앉아 있으라 했다. '저쪽'이라 함은 퓨리나 양계 사료 포대를 쌓아놓은 구석 자리를 의미했다. 하루 종일 한자리에 우두커니 앉아만 있어보긴 처음이었다. 부모님은 첫날 어떤 활약을 했는지 무척 궁금해했지만 나는 그냥 바빴다고 둘러댔다.

둘째 날, 정신 차리고 감을 잡은 계장님이 본격적인 업무 지침을 내려주었다. 봉투를 접거나 서류를 정리하고 가끔 외근—행장님에겐 청자 담배, 직원들에겐 새마을 담배를 사다 드리는—을 하라는 특명이 떨어졌다. 고난도의 노동은 아니지만 나름대로 정신을 바짝 차려야 하는 일이었다. 그런데 막상 일감이 그리 많지 않았다. 별로 하는 일 없이 하루 종일 정신만 바짝 차리는 것도 굉장한 중노동임을 그때 처음 배웠다. 점심시간엔 싸 갖고 간 도시락을, 아니 당시 표현으로 벤또를, 직원들 틈에 앉아서 먹었다.

견습이 끝나던 토요일에—그땐 토요일을 반(半)공일이라 해서 오전 근무를 했다—직속상관이던 단발머리 직원 누나가 내 어깨를 토닥거리며 작별 인사를 해줬다. "부모님 말씀 잘 듣고 공부 열심히 하렴. 넌 전표를 잘 챙기니 분명 이쪽에 소질이 있어 보인다. 부기는 여상에서 배우니 남학생은 필요 없고 주산 4급만 따면 나중에 농협에 취직할 수도 있겠다." 요즘으로 치면 실리콘밸리에 스카웃될 수 있겠다 정도의 칭찬이었다. 경리계에서 일주일 치 알바비를 계산해 현금으로 지급해줬다. 내 손으로 처음 벌어본 거금이었다.

집에 돌아오는 즉시 동전까지 포함된 노란 봉투와 농협 로고가 찍힌 수저 선물 세트를 어머니에게 갖다 바쳤다. 그날 저녁 상엔 내가 좋아하는 꽁치구이, 그것도 두 마리가 올라왔다. 농협 누나가 일러준 대로 열심히 주산학원에 다녔지만 4급 시험에서 떨어졌다. 만일 성공했더라면 지금쯤 "다시 태어나도 NH맨" 운운하는 자서전을 쓰고 있었을지도 모른다.

내겐 잊지 못할 숟가락이 두 개 있다. 하나는 중학교 때 처음 읽고 그 후 읽고 또 읽었던 솔제니친의 『이반 데니소비치의 하루』에 나오는 숟가락. "슈코브는 장화에서 스푼을 꺼냈다. 자식이나 다름없는, 북방 생활에서 한순간도 떨어진 적이 없는 유일한 물건이었다. 알루미늄 강선을 녹여 모래 주형에 직접 부어 만든 숟가락에는 우스트이즈마 1944라는 기록이 새겨져 있었다." 모든 게 공동물품인 수용소에서 슈코브는 몰래 간직해온 이 숟가락 하나 덕분에 자신의 정체성을 유지할 수 있었다. 슈코브처럼 나도 내 손으로 어설프게나마 숟가락을 만들어 밥을 먹고 싶다.

또 하나는 어머니의 숟가락. 어머니가 세상 떠나고 유품을 정리하는데 모서리가 닳은, 아주 낡은 숟가락이 나왔다. 오십여 년 전 내가 농협에서 갖다 드린 바로 그 사은품이었다. 더 신식의 더 고급인 수저가 집에 많았지만 어머니는 오로지 농협 숟가락으로만 식사를 했다. 어머니는 왜 그걸 그리도 애지중지했을까. 당신의 분신인 아들이 상으로 탄, 그러니 분신의 분신과 같은 물건이어서? 이 숟가락을 어떻게 할까 망설이다 책상머리에 올려놓고 매일 바라본다. 여러 생각이 들지만 내 짧은 언어로 빈세기의 무게를 감당할 수가 없다.

해가 지고 나니 더 어두워진 회색 구름이 하늘을 뒤덮는다. 다리 남쪽 끝에 도착했다. 한강공원으로 내려가는 계단이 나온다. 천 미터가 조금 넘는 거리인데 사진을 찍으며 천천히 걸어서인지 반 시간쯤 걸렸다. 한강대교는 양쪽 끝을 자동차 도로가 횡으로 가르고 있어 사람들에게 쉽게 접근을 허용하지 않는 다리다. 혼자 거대한 강 위에 떠 있는 공룡 같은 신세의 구조물이다. 그 자리에서 유턴해 지금까지 왔던 길을 반대로 걷기 시작한다.

이제 말해야겠다. 오늘 밤 한강을 열 번 건널 작정이다. 이게 내 비밀 계획이다. 그러고 보니 홀수 도강은 남하, 짝수 도강은 북상이다. 이제 막, 첫 홀수를 마쳤을 뿐이다. 지금까지 살면서 건넜던 수많은 다리와 강물과 바다가 하나둘씩 기억의 수면 위로 떠오른다. 한강은 더 이상 한강만이 아니다.

팔백 년 묵은 파도를 넘어

왼쪽의 63빌딩이 좀 어둡게 보인다 싶더니 어느새 불이 들어온다. 휴일이라 그런지 몇 개 층에서만 빛이 새어 나온다. 생각보다 보행자들이 꽤 있다. 행복한 표정으로 대화를 나누며 커플이 지나간다. 요즘도 핸드폰을 꺼내지 않고 이야기하면서 걷는 젊은이들이 있다니, 복 받을진저.

국경이 강으로 나뉜 나라도 있지만 바다가 국경인 나라도 많다. 그중엔 사이좋은 나라들도 있다. 오스트레일리아와 뉴질랜드는 학생들이 바다 건너 대학에 바로 진학할 수 있을 정도로 가까운 관계다. 모잠비크와 마다가스카르도 한 시간 시차를 감안해 전화를 해야 하는 불편을 빼곤 아무 문제가 없다. 그러나 이런 경우는 예외다.

싸웠거나 싸우고 있거나, 되게 밉거나 어쨌든 얄밉거나, 아웅다웅하거나 라이벌 의식 충만한 바다 양쪽 나라들이 더 많다. 얼핏 꼽아봐도 한국-일본, 러시아-일본, 대만-중국, 중국-필리핀, 인도-스리랑카, 사우디-이란, 그리스-터키, 리비아-이탈리아, 영국-프랑스, 쿠바-미국, 미국-러시아가 대표적이다. 그중에서도 아일랜드와 영국은 가까운 뱃길을 사이에 두고 강자와 약자 간의 기울어진 역사가 처절하게 남아 있는 사이다.

생전 처음 가본 외국이 아일랜드였다. 냉전 때라서 소련이나 '중공'의 하늘을 날 수 없던 시절이었다. 김포에서 비행기를 타고 북동쪽으로 캄차카반도를 지났다. 1983년 9월 1일, KAL기가 격추되었던 바로 그 코스였다. 알래스카의 앵커리지에서 몇 시간 기다린 후 비행기를 갈아타고 북극 상공을 건넜다. 런던의 개트윅 공항에 내려 또 한참 기다렸다가 아일랜드 국적기 에어링구스를 타고 더블린에 도착했다. 만 하루 이상 걸렸던 것 같다. 목적지에 내리니 온몸이 파김치가 되어 있었다. 길거리에서 지나던 취객이 '웰컴 투 더블린'이라고 고래고래 소리를 질렀다. 술주정도 밉지 않은 나라였다.

페리를 타고 처음 가본 외국도 아일랜드였다. 영국에 있을 때 친구들과 아일랜드 남부를 둘러보려고 자동차를 몰고 떠났다. 웨일즈의 피시가드에서 배를 탔다. 우리로 치면 군산쯤 되는 곳이다. 호수처럼 잔잔한 세인트조지 해협을 페리로 세 시간쯤 달려 아일랜드의 로슬레어에 도착했다. 부두에 내렸는데 손짓으로 방향을 알려주는 직원 두 사람뿐, 출입국관리소, 세관, 경찰, 하다못해 매점, 기념품 가게 하나 찾기 어려웠다. 여권이 필요 없다고 들었지만 그래도 혹시나 싶어 챙겨 갔는데 역시나 필요 없었다. 유럽연합 이전의 이야기다.

이 정도라면 보통의 국가 대 국가 관계로 보기 어렵지 않을까 싶었다. 바로 이런 디테일에 아일랜드와 영국 사이의 아이러니가 녹아 있다. 마음의 상처가 깊은데 이상하게 물리적으로는 가깝고, 가까워진 관계다.

아일랜드에서 흔히 들리는 말이 있다. "팔백 년 외세의 지배를 딛고……" 원래는 비장한 표현이었지만 요즘엔 농담 비슷한 상투어로 쓰인다. 실제로 1171년부터 1921년까지 아일랜드는 영국의 영지 또는 왕국의 일부였다. 아일랜드 사람들의 영혼 깊숙이까지 어떤 고통의 지층이 새겨질 수밖에 없는 세월이었다. 고려 무신정권 시절부터 20세기까지 우리가 타국의 지배를 받았더라면 어떻게 됐을까 상상해보라. 2022년 영국 여왕이 타계하자 아일랜드에서 춤을 추며 축하한 사람들이 있었다는 소식을 접하니 더욱 그런 생각이 들었다.

대영제국이 전 세계 삼분의 일 이상을 지배하던 시대, 제국의 광부로, 농부로, 선원으로, 병사로, 경찰로 일한 아이리시들이 많았다. 이들은 생계를 위해 제국에 복무했지만 동포를 도와주거나, 제국의 지배를 받는 현지 주민들을 동병상련한 경우가 많았다. 제국에 항거하는 사보타주에 가담한 이들도 있었다. 이런 아이리시 중에서도 로렌스 캐롤의 이야기는 특별하다. 신원으로 세계를 떠돌다 영국의 지배를 받던 버마에서 '우 담마로카'라는 법명을 받고 승려가 됐던 인물이다. '아이리시 불자' 우 담마로카는 스님 신분으로 아시아 각국의 민중, 소수 민족, 여러 종교들을 엮어서 대영제국에 반대하는 연합전선을 구축하려고 애썼다. 20세기 초 버마, 태국, 인도, 스리랑카 등 에서 전설적 존재였던 이 파란 눈의 스님은 진정한 의미에서 아웃사이더였다. 제국의 아웃사이더, 주류사회의 아웃사이더, 심지어 자기 나라 아일랜드에서도 아웃사이더였다. 가톨릭이 절대다수인 아일랜드 출신의 선원이 이역만리에서 불교 수행 자가 되어 반제 투쟁을 한다? 파격적인 행보였다. 말년의 모습 은 완전히 미궁으로 사라졌지만 강대국 권력정치가 부활한 요 즘 다시 조명되기 시작한 역사적 인물이다.

아일랜드가 공화국으로 독립한 후에도 두 나라 관계는 특수 하다고밖에 말할 수 없는 현실을 유지했다. 독립 이전이나 이 후나 아일랜드 사람들은 여권 없이 영국에 갈 수 있었다. 영국 에서 아일랜드로 가는 것도 마찬가지였지만 그런 경우는 수적 으로 적었다.

아이리시들은 영국에서 법적으로 특수한 지위를 지닌다. 영 국법상 아일랜드는 완전히 외국으로 분류되지 않고, 아일랜드 인은 완전히 외국인으로 분류되지 않는다. 처음에는 이해가 잘 안 됐던 부분이다. 아무 때나 영국으로 건너와서 어디에서든 일정한 주소를 정해 살기 시작하면 곧바로 영주권자 인정을 받는다. 영국 시민권 취득도 쉽다. 영주권 인정이 되는 순간 선거권과 피선거권이 주어지고 각종 복지 혜택을 받을 자격도 자동으로 생긴다. 영국인들도 아일랜드에서 똑같은 지위를 갖는다.

나중에는 아예 '공동통행구역' 협정을 맺었다. 여권이나 비자 없이 그냥 다니도록 한 제도를 공식화했다. 그러니 영국에서 건너온 자동차가 로슬레어에 내려도 옆 동네 마실 가듯, 소가 닭 보듯 '그냥 통과'였던 거다. 짐작건대 현실적으로 도저히 분리될 수 없는 두 나라의 역사, 양 국민의 교류, 그리고 영국 쪽에서 아일랜드에 느끼는 미안함이 합쳐진 결과가 아닌가 한다.

'양 국민의 교류'라는 표현은 최대한 에둘러 표현한 말이다. 수많은 아일랜드 사람들이 영국—주로 잉글랜드—에 와서 살 수밖에 없었던 서글픈 이주의 역사가 켜켜이 쌓여 있기 때문이다. 작가, 예술가, 문화인 중에도 이주자가 많았다. 조지 버나드 쇼, 오스카 와일드, 아이리스 머독 등 셀 수 없을 정도다.

영국에 살 때 아이리시들을 많이 만났다. 인권운동가들이나 런던에서 살던 동네 사람 중에도 아이리시가 많았다. 잉글리시들과는 확실히 차이가 났다. 더 인간적이고, 더 말이 많고, 더 많이 다투고, 더 서글픈 표정이고, 더 많이 마셔댔다. 한국으로 돌아간다고 하니 하늘이 무너지듯 눈물을 뚝뚝 흘려서 되레 내가 위로를 해줘야 했다.

사회조사방법론을 가르쳐준 교수도 아이리시였는데 독특한 인상, 독특한 억양, 독특한 설명으로 학생들을 매료시켰다. 이런 식이었다. 여론조사를 할 때 대표성을 지닌 모집단 추출이 절대적으로 중요하다. 이 단계에서 잘못되면 그 후 모든 결론을 믿기 어렵다. 과거 미국에서 사회심리 연구를 할 때 흔히 해병대 군인이나 남자 대학생들을 활용하곤 했다. 쉽게 모집할 수 있으니까. 그러나 해병대나 남대생을 평균적인 인간이라 할 수 있겠는가. 내 옆의 여학생이 웃음을 참지 못하고 뒤집어지는 걸 똑똑히 봤다.

아이리시들이 영국에 와서 살게 된 사연 중 열에 아홉은 생활고 때문이었다. 19세기 중반 그 유명한 '감자 대기근'으로 수많은 사람이 아사하고 최소 백만 명 이상이 외국으로 이주 길에 올랐다. 북미로 제일 많이 떠났고 영국으로도 많이 건너왔다. 이 사건으로 아일랜드의 인구가 확 줄었다. 이차대전 후 영국의 경제가 부흥하면서 노동력이 부족해지자 1950년대에 아일랜드인들이 또 대거 유입되었다. 1980년대에도 이주의 물결이 일었다. 아일랜드에는 해외로 떠난 동포를 일컫는 용어가 따로 있을 정도다. '디아스포라 나 느게일', 게일족 이산민이라는 뜻이다.

디아스포라가 해외에서 보내주는 송금은 국내에 남은 가족 친지들에게 큰 도움이 됐다. 영국에서 계절노동자로 일하기도 했고, 아일랜드의 경기가 안 좋을 때만 영국에 와 부정기적으로 일하는 사람도 있었다. 이렇게 왔다 갔다 하는 과정에서 '선진국' 영국의 이야기를 많이 접했던 모양이다. 아이리시 지인한테서 들었던 얘기다. 귀향한 삼촌이 영국에선 티백에 들어 있는 차를 마신다고 식구들한테 자랑하자 모두가 놀라워했다. 아일랜드에서는 아직 찻잎을 직접 우려먹던 시절이었다. 집안의 할배가 버럭 한마디 했단다. "녀석아, 세상에 그런 게 어디 있냐, 우리가 촌사람이라고 뻥을 쳐도 유분수지."

영국에 건너온 이들은 주로 막노동, 육체노동에 뛰어들었다. 건설공사장 인부로 일한 사람이 제일 많았다. 런던 지하철은 아일랜드 노동자들이 다 뚫었다는 말이 있을 정도다. 영국의 사업주에게 아일랜드 노동자들은 하늘이 내린 축복이었다. 임금을 후려쳐도 일할 사람이 남아돌았기 때문이다. 대신 영국 노동자들에게 이 상황은 재앙이었다. 노동조합으로 맞섰지만 아일랜드 노동자들의 물결을 막기에는 역부족이었다. 아일랜드 노동자들을 미워하는 분위기가 일터에 널리 퍼졌다.

이런 현실을 목격한 마르크스는 자본가들이 한쪽 집단의 잉여 노동력을 이용해 다른 쪽 집단의 임금을 깎고, 노동자들을 분리 지배한다고 보았다. 이런 분석이 나온 게 1870년이었으니 무서운 통찰이 아닐 수 없다. 20세기 내내 영국에서 노동력이 부족해질 때마다 동일한 패턴이 반복되었다. 영국에서 오래 살아도 아이리시들은 좀처럼 계층 사다리를 오르기가 어렵다. 지금도 잉글랜드 사람들 평균보다 거의 오십 퍼센트 이상 가난하다고 한다.

2021년의 인구조사를 보니 아일랜드에서 태어나 당대에 영국으로 와서 사는 사람이 약 42만 명쯤 되었다. 아일랜드 정부는 어떤 '영국인'의 부모 또는 조부모 중 한 사람만 아일랜드 피가 있어도 아일랜드 시민권 신청을 받아준다. 잠재적으로 이런 범주에 속한 영국 인구가 약 670만 명이나 된다. 하지만 이건 이론적으로 그렇다는 말이지 실제로 영국에서 아일랜드로 건너가 살거나, 아일랜드 시민권을 취득하는 경우는 흔치 않았다.

하지만 브렉시트 이후 이런 상황이 역전되었다. 역사상 처음으로 영국에서 아일랜드로 이주해 가는 숫자가 더 많아졌다. 스파이 소설 작가 존 르 카레도 브렉시트를 주도한 보수당에 염증을 느껴 죽기 직전 아일랜드 시민권을 취득했다. 아일랜드 여권을 받는 순간 유럽연합의 일원이 되고, 또 영국 여권과 함께 이중으로 보유가 가능하기 때문에 그렇게 하는 사람들이 늘어나고 있다. 영국에서 페리를 타고 아일랜드에 도착하면 영국인이나 아일랜드인은 지금도 여권 없이 통과가 가능하지만, 기타 외국인에게는 여권 검사를 하기 시작했다.

요즘은 아일랜드의 삶의 질이 지표상으로 영국보다 높아졌기 때문에 아일랜드를 더 이상 한이 응어리진 나라로 보는 시각이 많이 줄었다. 하지만 팔백 년 핍박의 역사가 하루아침에 지워질 수 있겠는가. 그 세월을 대체 어떻게 견뎠을까. 나는 신앙과 술과 유머가 아일랜드인들을 지탱해줬다고 생각한다. 아마 자기들도 동의할 것이다.

아이리시들의 유머는 미국으로 건너가 더욱 유명해졌다. 대표적인 것을 몇 개만 들어보자.

비가 억수로 퍼붓고 어둑어둑한 날, 꽉 찬 주차장 앞에서 머피가 운전대에 엎드려 기도를 드린다. "하느님, 시간이 급합니다. 주차할 수 있는 자리를 하나만 만들어주시면 앞으로 절대 술을 끊고 매주 미사에 나가겠습니다, 정말 맹세합니다." 그런데 갑자기 비가 그치면서 해가 나왔다. 저쪽 구석에 주차할 수 있는 자리 하나가 눈에 띄었다. 머피가 황급하게 외쳤다. "잠깐, 하느님, 정정합니다. 좀 전에 말씀드린 건 없었던 일로 해주세요!"

교통 단속에 관한 이야기도 있다. 교통경찰이 약간 이상하게 운행하는 자동차를 불러 세웠다. 창문을 열어 보니 로만칼라를 한 가톨릭 신부였다. "신부님, 어디를 이리 빨리 가십니까? 그런데 차 안에서 술 냄새가 나는 것 같네요." "그럴 리가요, 마신 거라곤 물밖에 없는데." "그럼 이건 뭡니까, 와인 병이잖아요?" 신부가 와인 병을 바라보더니 놀란 표정으로 성호를 그으며 말했다. "오, 주님, 그새 또 물로 기적을 행하셨군요!"

의사와 환자에 관한 조크도 있다. 닥터 오마호니의 진료실에 브렌든이 들어왔다. "브렌든, 나쁜 소식과 더 나쁜 소식이 있습니다." "나쁜 소식부터 말해주세요." "검사 결과가 나왔어요, 사흘밖에 살지 못하는 중병이네요." "선생님, 이보다 더 나쁜 소식이 있을 수 있나요?" "이틀 전부터 당신을 찾았는데 연락이 안 되더군요."

마지막으로 하나 더. 질문: 아일랜드에서 결혼식과 장례식의 차이가 무엇인가? 정답: 장례식에는 술꾼이 한 사람 적다.

영국에 있을 때 성금요일 협정으로 북아일랜드에 평화가 왔다. 수천 명이 죽었던 피의 내전이 끝나는 역사적 순간을 가까이서 지켜봤다. 그런데 요즘 들리는 소식은 걱정스럽다. 폭력이 다시 늘었고 브렉시트로 북아일랜드의 지위가 불투명해지면서 영국과 아일랜드 사이에 애써 쌓아놓은 우호 관계가 흔들리기 시작했다고 한다. 그 책임의 대부분은 브렉시트를 주도한 영국의 강경 보수파에게 있다. 누가 말했던가. 역사는 똑같이 되풀이되지 않지만 비슷한 곡조로 돌아간다고.

해가 지니 강바람이 차다. 카메라를 든 손이 무디다. 노들섬은 공사 중이어서 거대한 가림막 뒤에 숨어 있다. 구석에 "단기 四二九一년 五월 복구"라는 표지판이 보인다. 1958년에야 복구됐다니, 전쟁 끝나고 오 년이나 시간이 걸렸단 말인가? 다리 북단에 도착하니 출발할 땐 못 봤던 삼각형 동판이 바닥에서 반짝거린다. "한강 인도교 폭파 현장. 1950. 6. 28. 6·25 발발 직후 정부의 일방적인 교량 폭파로 피란민 800여 명 사망." 바로 이 자리였구나. 괴나리봇짐을 진 채 뒤틀린 철골에 매달려 생사를 걸고 도강하던 사진 속의 군상들. 그 아수라장이 바람 소리에 섞여 귓전을 때린다.

문명과 문화의 여울목에서

이제 겨우 한 차례 왕복했을 뿐인데 사방에 어둠이 내렸다. 다시 남하를 시작한다. 신기하다. 도강할 때마다 같은 코스인데도 난간에서 또 새로운 글을 본다. "많이 힘들고/아프시죠?/정말 마음이 아플 때/심장이 터질 것처럼/힘껏 한번/달려보세요."(무술감독 정두홍) 뜻하잖게 유명인들을 많이 만난다.

강을 따라 걸으면서 도시의 역사를 익혔던 적이 있다. 오래전부터 유럽 대륙의 대학을 경험해보고 싶었던 차에 독일에 갈 기회가 생겼다. 베를린자유대학에서 초청이 온 것이다. 한국 시민사회와 인권을 가르치는 자리였다. 처음에는 일 년 동안 머물렀지만 코로나로 교류가 뜸해지기 전까지 거의 십 년 가까이 해마다 한 달씩 가서 강의를 했다. 베를린이 마치 제2의 고향같이 느껴질 정도였다. 해외에서 외국 학생들에게 한국 사회를 가르친다는 게 무엇을 의미하는지, 인문사회과학이 한국학으로서의 정체성을 가질 수 있는지 등, 내 생각에 큰 변화를 준

계기가 되었다.

20세기 초까지만 해도 스웨덴을 비롯한 북유럽과 동유럽 전체, 남동유럽에서는 학문을 하려면 독일어로 해야 한다는 분위기가 있었다. 독일의 대학은 이들 지역에서 연구 중심의 고등교육 전통을 이끈 엔진이었다. 어느 역사학자에 따르면 1875년경 러시아 카잔대학이나 우크라이나 키예프대학이 미국의 예일이나 프린스턴보다 수준이 높았다고 한다.

베를린은 지리적으로는 평퍼짐하고 별 특색이 없는 곳이지만 역사적으로 보면 그렇게 극적일 수가 없는, 전무후무한 도시다. 집에서 학교 가는 길목에 프로이센주 문서보관소 건물이 있었다. 적어도 그 시대 이후로는 베를린을 빼고 오늘의 세계를 논하기 어렵지 않을까 한다. 일차대전, 흥청거리는 20년대, 나치 집권, 이차대전, 홀로코스트, 냉전 대결, 냉전 종식, 독일통일, 유럽연합 등 중요한 현대사의 격랑이 다 이곳에서 휘돌았으니 말이다.

시간이 날 때마다 슈프레강을 따라 걸으며 역사의 흔적을 살폈다. 강 서쪽 자락에 있는 올림픽 스타디움을 방문했을 때를 잊을 수 없다. 히틀러가 개막 연설을 했고, 미국의 흑인 육상선수 제시 오웬이 금메달 네 개를 땄고, 손기정 선수가 마라톤의 종착점을 찍었던 곳에서 한참 동안 묵묵히 서 있었다.

거칠게 설명하자면 베를린장벽은 도시를 중간에서 아래위로 갈랐고, 슈프레강은 남동쪽에서 북서쪽으로 대각선 방향을 따라 흐른다. 동베를린을 흘러온 강이 서베를린과 만나는 지점에 마샬 다리가 있다. 브란덴부르크문, 운터덴린덴, 훔볼트대학, 베를린대성당, 박물관섬, 옛 궁전 등 베를린의 정치, 종교, 문화의 핵심이 죄다 동베를린에 몰려 있었다.

분단 후 서베를린에 살던 사람들이 느꼈을 문화적 소외감이 어떠했을까. 서베를린을 관할한 연합국 측이 제일 먼저 했던 일 중의 하나가 1948년에 베를린자유대학을 설립한 것이었다. 공산권으로 넘어간 프레드릭 빌헬름(훔볼트)대학을 자유 진영에서 계승한다는 의미였다. 동독 쪽에서 장벽을 올린 직후 서독 쪽에서 장벽 가까운 곳에다 베를린필하모니 홀을 바짝 붙여 지었고, 개막식 날 카라얀이 베토벤 「9번 교향곡」을 연주했다. 사사건건 경쟁과 신경전으로 불꽃이 튀던 도시였다.

한번은 자유대 구내식당에서 학생들과 점심을 먹고 있는데 한국에서 막 도착한 어느 소설가가 우리 테이블에 합석을 했다. 레지던스 프로그램으로 초청되어 온 S 작가였다. 인사 몇 마디에 죽이 맞아 베를린이 좁다 하고 몇 달을 같이 쏘다녔다. 굉장히 유명한 맥주집, 약간 유명한 포장마차, 반제 호수, 나치의 작센하우젠 수용소 등 정말 다양한 곳을 답사했다.

나는 이날 이때까지 살면서 그렇게 박학다식하고 말 한마디 한마디가 플롯이 되는 인물은 처음 봤다. 최초로 밝히는 사실인데 나도 언젠가는 소설을 쓸 요량으로 몰래 칼을 갈고 있던 장롱형 문학 지망생이었다. 그러나 그때 이후 기가 죽어 작가의 꿈을 포기해야 했다. 한국 문학의 손실인지는 모르겠지만 내 인생의 거대한 비극임에는 분명하다.

이 양반이 또 맛의 대가여서 틈날 때마다 한국의 맛집 이야기를 많이 해줬다. 식탐이 좀 있는 나로선 듣기만 해도 파블로프의 조건반사가 올 지경이었다. 한번은 나도 질세라 혹시 세종문화회관 뒤의 '일룡(一龍)'을 아느냐고 물어봤다. 모른다고 했다. "아니, 그 유명한 오향장육집을 모르시다니, 어허, 이럴 수가, 한국 가면 꼭 한번 모시겠소이다." 나중에 귀국하자마자 작가와 일룡에서 만나기로 날을 잡았다. 그런데 도착해보니 식당도, 화교였던 유장금(劉長金) 사장도, 부인도, 아들도 사라져 버린 게 아닌가. 내게 유일한 단골집이었는데 지금까지도 아쉬운 상실의 에피소드다.

십 년 가까이 베를린에서 찾아다닌 박물관이 몇 개나 되는지 기억을 못 할 정도다. 특정 주제를 다룬 온갖 박물관들이 구석구석에 자리 잡고 있었다. 무료로 개방하는 곳도 많았다. 독일의 박물관 문화는 미국이나 영국과는 상당히 달랐다. 전시 기능을 갖춘 전문 연구기관으로 보는 게 더 정확하다 싶을 정도로 상세한 고증과 학술적 접근이 느껴졌다. 설명문의 깊이와 분량부터 달랐다. 나올 때면 구내 기념품 코너에서 책자를 구입하곤 했다. 예를 들어, 게슈타포 박물관이나 슈타지 기록관에서 사 온 수백 페이지짜리 종합안내서는 그 자체가 백과사전 같은 역할을 한다.

이차대전이 끝나고 독일이 항복문서에 서명했던 장소를 방문했던 것이 기억에 남는다. 동베를린 쪽 슈프레강의 동쪽 칼쇼스트 지역에 있는 '독일-러시아 박물관'이 그것이다. 원래 독일군의 공병학교가 있던 자리였다. 전쟁 막바지에 소련군이 베를린 가까이 진격해 오자 시내 지하 벙커에서 저항하던 히틀러는 4월 30일 에바 브라운과 자살을 택한다. 그러고 나서 독일군은 5월 7일 프랑스의 랭스에서 미국의 아이젠하워 장군에게 항복 선언을 했다. 이 소식을 전해 들은 스탈린이 격노했다. 희생도 소련군이 훨씬 더 크고, 수도 베를린을 점령한 것도 소련군인데 왜 미군에게 항복을 하느냐, 절대 인정할 수 없다, 처음부터 다시 하라.

부랴부랴 5월 8일 베를린에서 독일군은 두번째로 항복 선언을 해야 했다. 격을 더 높여 독일의 최고사령관 빌헬름 카이텔이 직접 식장에 나오고 소련군의 그레고리 주코프 원수가 주관하기로 조정이 되었다. 미국, 영국, 프랑스의 대표들도 증인으로 참석했다. 원래는 낮에 행사를 하려고 했지만 대표단들이 늦게 도착하는 바람에 개회가 미뤄졌다. 게다가 승전국들의 국기를 걸어야 하는데 프랑스 국기가 없었다. 소련군의 문화선전

부대원이 급히 프랑스기를 만들어 왔다. 그런데 프랑스는 왼쪽부터 파란색, 흰색, 빨간색인 삼색기를 쓰는데, 막상 도착한 것은 위로부터 빨간색, 흰색, 파란색인 네덜란드 삼색기였다. 프랑스 대표가 단단히 삐쳤고 결국 국기를 다시 그려야 했다.

이렇게 시간을 보내고 실제 서명식은 자정이 조금 지나 시작되었다. 벌겋게 상기되고 일그러진 얼굴의 카이텔 장군이 맨 먼저 사인을 했고, 득의만면한 주코프 원수가 확인 서명을 했다. 다음으로 미국과 프랑스 대표들이 증인 서명을 할 차례였지만 펜을 가진 사람이 아무도 없어서 약간의 차질이 생겼다. 항복식은 열두시 이십분쯤 끝났다. 러시아에서는 지금도 5월 9일을 전승일로 기념한다. 식이 끝나고 독일 측이 퇴장한 후 곧바로 파티가 시작되어 새벽까지 음주가무가 이어졌다. 자욱한 담배 연기, 큰 소리로 외치는 건배 소리, 여기저기서 울려 퍼지는 다국어 군가의 합창, 공중제비하는 러시아 병사들의 춤 경연.

이 모든 장면을 상상하면서, 그리고 1945년 5월 9일까지 오게 된 피의 여정을 더듬으며 넓은 홀을 몇 번이나 돌았다. 그날 행사 이후 이 자리는 주독일(동독) 소련군 총사령부로 한참 동안 사용되었다. 냉전이 끝나고 독일이 통일되면서 독일과 러시아 사이의 '영원한 우의'를 다짐하기 위해 항복식 장소를 '독일-러시아 박물관'으로 재개관했다.

그러나 이제 '독일-러시아 박물관'은 더 이상 존재하지 않는다. 물리적으로 사라진 게 아니라 제목이 사라졌다. 2022년 러시아가 우크라이나를 침공한 후 독일 내에서 '러시아'라는 명칭을 붙인 공공기관을 유지하기 어려운 분위기가 되었기 때문이다. 그래서 '베를린 칼쇼스트 박물관'으로 개칭했다고 한다. 단순히 이름만 바꾼 것인지, 박물관의 전반적인 톤까지 변한 것인지 다음에 꼭 확인해봐야겠다.

러시아가 우크라이나를 침공한 후 독일에서는 자기들의 국가적 정체성을 둘러싼 논쟁이 벌어지고 있다. 독일에서는 러시아와 잘 지내는 것이 국익에 도움이 된다는 암묵적 합의가 있었다. 동독은 어차피 소련과 가까웠으니 그랬다 치고, 서독에서는 특히 사회민주당이 빌리 브란트 이래 동방정책으로 공산권과 대화하는 정책을 자기 당의 존재의의로 삼다시피 했다. 이차대전 때 나치가 저지른 짓에 대한 죄책감, 소련의 엄청난 희생에 대한 부채 의식도 밑바닥에 깔려 있었다. 푸틴의 러시아가 권위주의적 경향을 보여도, 2008년 조지아전쟁이 나도, 2014년 크림반도가 병합되어도, 근본적 차원에서 친러 기조를 바꾸지 않았다. 자꾸 만나고 교류하고 무역을 해야 러시아가 변할 수 있다는 생각이 강했다.

그러나 우크라이나 전쟁이 모든 것을 바꿔놓았다. 러시아에 우호적이던 슈뢰더나 슈타인마이어 같은 사민당 정치인들이 하루아침에 돌팔매를 맞기 시작했고, 그중 일부는 적극적으로 자기 과오를 시인하기도 했다. 고의가 아닌 선의의 선택이 나중에 오류로 판명되었을 때 어느 정도나 손가락질할 수 있는 것인지, 그 윤리적 판단의 기준이 무엇인지 궁금하다.

진보적인 지식인, 문화예술인들이 러시아를 놓고 뜨거운 논쟁을 벌이는 것도 인상적이다. 일단의 원조 페미니스트들이 『엠마』라는 잡지에 성명서를 발표했다. 러시아가 전쟁을 시작한 것은 규탄받아 마땅한 일이지만 푸틴에게 그런 동기를 제공한 나토와 서방 측도 책임으로부터 완전히 자유로울 수 없다, 우크라이나를 일방적으로 지원할 게 아니라 양국의 협상을 위한 중재에 나서라.

여기에 맞서 다른 진보 지식인 그룹에서 『디차이트』에 성명서를 발표했다. 우크라이나에게 항복을 종용하는 식의 평화협상은 있을 수 없다, 맥락이 무엇이든 배경이 어떠하든 악행은 악행이다, 평화협상을 하기 위해서라도 지금은 무조건 우크라이나를 전폭 지원해야 한다, 호전적 독재자와의 협상에서 뒤끝이 좋았던 적이 역사에 한 번이라도 있었던가.

철학자 위르겐 하버마스도 『쥐트도이체 차이퉁』에 장문의 기고문을 실어 논쟁에 가세했다. 이번 사태가 '세대 간 대결'의 양상을 보인다고 지적하면서 집권 세력 내 녹색당 같은 젊은 세대가 세상을 선명한 '규범적 감수성'의 렌즈로만 보는 경향이 있다고 했다. 전쟁을 선악의 문제로만 본다는 것이다. 실제로 『엠마』에 성명서를 낸 사람들의 평균 연령이 76세인 반면, 『디차이트』 성명서의 평균 연령은 54세였다.

하버마스는 오늘날 독일 내에서 상식이 되어 있는 '대화를 통한 평화 추구 정책'이 자리 잡기 위해 큰 희생을 치러야 했던 역사를 상기할 필요가 있다고 강조한다. 그리고 이런 현실을 당연한 상식처럼 만드는 과정에서 좌파는 우파의 반대를 물리쳐야 했는데, 이런 어려웠던 과거를 오늘의 좌파가 망각해선 안 된다고도 했다. 독일이 성공하게 된 결정적 이유가 동방정책과 평화통일로부터 비롯되었음을—그리고 그 과정에서 러시아의 도움이 컸던 점도—잊어선 안 된다는 말이었다. 즉각 하버마스에 대한 반론이 나왔다. 기성세대가 이차대전의 렌즈로 우크라이나 사태를 해석하는 것은 무리라는 것이었다.

결국 (푸틴의) 러시아를 어떻게 평가하고 그것에 어떻게 대처하느냐가 독일의 정체성을 규정하는 문제가 되어버린 셈이다. 소련이 붕괴한 후 삼십 년간 독일이 동유럽에서 취했던 외교 노선에 대한 반성의 소리도 나온다. 이차대전 때의 소련과, 소련 해체 후의 러시아를 동일시했던 역사적 착시현상에 대한 비판도 있다. 전자에 대해선 독일이 기억과 화해와 교류의 태도를 유지했던 것이 옳았지만 후자에 대해서까지 그런 기조를 지속한 건 오류였다는 것이다. 그 결과 폴란드, 우크라이나, 발틱 국가들이 느끼는 지정학적 두려움을 과소평가하고, 그들의 정당한 과거사 청산 요구를 상대적으로 경시한 측면이 있었다고 한다.

그러나 독일과 러시아의 관계를 20세기의 정치적 렌즈로만 볼 수 없고, 그보다 훨씬 깊은 저변에 깔려 있는 사상과 정신의 토대까지 들여다봐야 한다는 지적도 나온다. 로마 시대까지 거슬러 올라가면 그때도 독일은 정통 서유럽과는 여러모로 이질감이 있던 지역이었다. 러시아에 대한 태도에서도 마찬가지다. 서유럽인들과는 달리 독일인들은 러시아를 향해 어떤 진득한 느낌, 즉 '러시아 친애(루소필리아)'라 할만한 깊은 감정을 품어왔다고 한다. 자욱한 자작나무숲, 양파 모양의 판타지 같은 성당 지붕들, 사모바르에서 보글보글 끓는 차, 시 구절처럼 대화하는 사람들, 눈 덮인 끝없는 대지, 도스토옙스키의 영혼, 이런 것들에 대해 독일인이 지닌 본능적인 애착을 고려해야만 그들을 제대로 이해할 수 있다고도 한다.

이런 현상은 러시아인들이 독일인에 대해 갖는 상호적인 감정일 수도 있다. 젊었을 때 방학을 이용해 소련을 여행했던 서독 출신의 한 지식인이 들려준 이야기다. 강가의 캠핑장에서 며칠을 머무르다 떠나던 날, 사람들이 모두 나와 눈물을 흘리며 작별 인사를 해주더라는 것이다. 서유럽 사람에겐 잘 상상이 안 되는 장면이다.

독일인들은 스스로 루소필리아적 경향이 있음을 인정한다.

또는 적어도 러시아적 서정과 서유럽적 이성을 잇는 가교로서 독일이 중요한 역할을 해야 한다는 중간자의 길, 즉 '미텔라거(中道)'를 독일의 지향으로 삼자는 암묵적인 분위기가 있다. 반면, 독일의 전통적인 정서가 독일 실패의 한 원인이 되었으므로 서유럽을 확고하게 따르는 것이 독일 부흥의 지름길이라는 견해도 강력하게 제안되었다. 이차대전 후 서독의 아데나워 총리가 주창했던 서구화의 길, 즉 '베스트빈둥(西道)'이 그것이다. 그러니 독일인들은 근대 이후 '중도와 서도' 사이에서 사상적, 정신적 줄타기를 해왔다고 해도 과언이 아니다.

이것과 관련하여 러시아에서 느낀 점이 있다. 한번은 모스크바에 출장을 갔는데 공교롭게도 그때 리비아의 가다피가 피살되었다. 모든 언론과 신문이 가다피 소식으로 도배가 되었다. 그 와중에 러시아 현대사 박물관에 갔다. 주말 오후였는데 고등학생 정도로 보이는 앳된 청소년들이 전시물 앞에서 진지한 표정으로 나지막하게 대화를 나누고 있었다. 독일의 박물관에서도 청소년들 사이에서 그런 인상을 받았던 기억이 났다. 피상적인 관찰일 수도 있겠지만, 미국이나 서유럽의 청소년들과는 성정에서 상당히 차이가 난다고 느꼈다.

알다시피 푸틴은 동독에서 근무했던 소련 정보요원 출신이다. 대통령이 된 후 2001년 독일 의회에서 러시아-독일 간의 관계 설정을 위한 방향성을 제시한 적이 있다. '자유와 휴머니즘'을 상징하는 독일 시인 고트홀트 레싱, 그리고 '열정과 낭만주의'를 상징하는 도스토옙스키를 화해시킨 '중도' 노선이 독일과 러시아의 미래라고 했던 것이다. 그 당시에는 상당히 설득력 있는 비전이라는 평을 들었지만 우크라이나 침공 이후 푸틴은 국제사회에서 기피인물로 찍혀 평판에 영구적으로 금이 간 상태다. 요즘의 푸틴에 대해선 그의 생애에서 '스탈린 시기'에 접어들었다고 평가하는 말도 나온다. 국제형사재판소에 의해 전범으로 기소되지 않았던가.

일찍이 토마스 만은 서유럽적인 계몽주의 정치, 민주주의, 인권, 휴머니즘을 '문명(지빌리자치온)'이라고 지칭하면서, 그와 대비되는 독일의 전통적인 정념, 감성적 비합리성, 바그너적인 낭만주의를 '문화(쿨투르)'라 불렀다. 후자의 문화적 성향은 러시아의 신비주의적 아우라에 쉽게 끌리는 경향이 있다고도 했다.

독일의 평화적 통일이 독일인들에게 큰 기쁨이자 깊은 안심으로 다가왔던 이유가 바로 이것이었다. 서유럽의 합리주의와 러시아의 낭만주의 사이에서 군이 양자택일을 할 필요가 없어진 것, 서유럽의 정치적 '문명'과 러시아의 정신적 '문화' 사이에서 군이 고민할 필요가 없어진 것, 앞으로는 마음 놓고 두 가지를 함께 추구할 수 있겠다 싶은 안도감이 컸던 것이다. 그러나 우크라이나 전쟁은 그런 꿈을 산산조각으로 만들어버렸다.

독일인들은 또다시 '문명'과 '문화' 사이의 긴장 속에서 살아야 할 처지가 되었다. 내가 만난 독일의 대다수 젊은 세대는 서유럽의 '문명' 쪽에 서 있다고 생각되지만, 한 나라의 전반적인 에토스가 하루아침에 바뀌기는 어려울 것이다. 독일인들은 에너지 긴축의 긴 겨울만큼이나 고뇌 어린 정신적 갈등의 시기로 접어들고 있다. 베를린장벽이 무너지고 슈프레강이 동서 베를린을 자유롭게 흘러온 세월이 불과 삼십여 년밖에 되지 않는다. 강은 서쪽으로 흐르고 젊은 세대에게는 그 방향이 너무나 자연스러운데, 역사의 신산한 여울목을 온몸으로 체험했던 기성세대는 자꾸 상류 쪽을 뒤돌아보는 형국이다.

노들섬 초입에서 새로운 동판을 또 발견한다. "총연장 840미터, 교폭 20미터, 통과하중 43톤, 건설 기간 1936~1938. 상판 보수 1983. 9. 17~1984. 6. 30." 한강대교가 만들어진 지 80년이 넘었다는 걸 처음 알았다. 난간 위에 그림과 문장이 붙어 있다. "하면 될까?/하면 된다/될 때까지 합시다." 역사적인 적국과 잘 지내는 것도 이렇게 하면 될까. 하면 된다고 믿어야 하나. 안 되면 될 때까지 밀어붙이는 수밖에 없나.

아낌없이 주는 강

다시 북상을 시작한다. 해가 지자 바로 밤이 내린다. 다리 전체에 조명이 들어와 구조물의 세부가 자세히 드러난다. 할머니가 지나간다. 다리에서 이렇게 다양한 이들을 만나게 될 줄 상상하지 못했다. 한강대교를 보통 사람들이 동네 걷듯 예사로 다닐 거라곤 예상 못했다. 아침저녁으로 용산구와 동작구를 걸어서 통근하는 사람도 있을 것 같다.

매일 다리를 걸어서 출퇴근한 적이 있었다. 뉴잉글랜드의 오래된 도시 보스턴에 살 때다. 보스턴은, 적어도 구시가만큼은, 차 없이 살 수 있는 도시가 아닐까 한다. 교외에 나갈 때엔 버스나 트램을 탔지만 시내 중심가 웬만한 곳은 다 걸어 다닐 수 있다. 그때 참 원도 한도 없이 많이 걸어 다녔다. 걷기 좋아한다고 자부하며 살았지만 스스로 생각해도 너무하다 싶을 정도로 걸었다. 교통수단 신경 안 쓰고 걸어서 출퇴근할 수 있는 데서 산다는 게 얼마나 큰 축복인지, 안 살아보면 모른다.

펠로우, 즉 특별연구원으로 일하게 된 나를 위해 하버드대 로스쿨에서 보스턴 레드삭스 야구팀의 본거지인 펜웨이파크 경기장 부근에 가족용 아파트를 배정해주었다. '하버드 트릴로지'라는 새 기숙사에 아이와 첫번째로 입주하는 호사를 누렸다.

샌드라 림의 「보스턴」이라는 시는 이렇게 시작한다. "직장을 찾아 이 도시에 처음 왔을 때/눈이 내리기 시작했고 느릿느릿한 슬픔에 나는 빠졌다/누군가가 연필로 손톱만 한 범선 그림을 남겼다/내 침실 천장에, 그림을 매일 밤 올려다보았다/언젠가는 펄럭이며 출항할 거라고 상상하면서"

새집이어서 연필 그림 흔적 같은 건 어디에도 없었지만 창밖으로 내려다보이는 길 건너 쇼핑몰에 밤이 되면 네온사인 불이 들어왔다. 석양의 마지막 여운과 네온사인 빛이 근무를 교대하는 순간을 지켜보면서 저녁 식사를 준비하곤 했다. 첼리스트 장한나가 같은 동에 살고 있었다. 그녀 이름은 H. Chang, 내 이름은 H. Cho, 간혹 우편함에 잘못 꽂힌 그녀의 편지를 제자리에 넣어주기도 했다. 내 편지함에도 그렇게 해서 돌아온 우편물이 있었을지 모른다.

집은 보스턴 시내에 있었지만 대학은 찰스강 건너 북쪽 케임브리지에 있었다. 집에서 로스쿨의 파운드홀 건물 401호 인권연구소까지 바로 걸어가면 오십오 분, 아이를 학교에 데려다주고 돌아가면 한 시간 이상 걸렸다. 아이를 데리고 출근한다고 치자. 집에서 나와 동쪽으로 보일스톤가를 따라 계속 걷는다. 코플리 광장 근처의 학교에 아이를 데려다주고 뒤돌아 나와 매사추세츠 애비뉴로 와서 북쪽으로 꺾어 직진하면 곧장 찰스강이 나온다. 구불구불하게 흐른다고 아메리카 원주민들이 키노베킨이라 불렀던 수량 풍부한 강이다.

찰스강에는 아홉 개의 다리가 있지만 나는 언제나 하버드 브리지를 이용했다. 660미터, 강 전체에서 제일 긴 다리다. 내가 평생 도보로 제일 많이 왕래했던 다리일 것이다. 브리지에 도착하면 프루덴셜 빌딩을 뒤로하고, 저 멀리 오른쪽으론 롱펠로우 다리, 정면으론 MIT를 바라보며 걷는다. 강의 유속이 빠르지 않아 발걸음이 느긋해지곤 했다. 다리 상판에서 내려다보는 강 수면이 아주 가까워서 청명한 날엔 마치 거대한 햇빛 반사경의 한복판을 걷는 듯한 환시에 빠진다.

강을 건너며 장왕록 교수가 쓴 『찰스강의 철새들』이라는 영문 창작집을 상상한 적이 많았다. 읽지도 않았던 책인데 말이다. 한때 장 교수가 번역한 포크너의 『압살롬, 압살롬』을 읽고 얼마나 감동을 받았던지, 그 문체를 흉내 내서 수많은 편지를 제록스처럼 살포했던 시절이 있었다. 포크너처럼 복문에 중문을 섞어 장황하게 만연체로 쓰면 당연히 수신인의 영혼을 흔들 줄 알았다. 전체를 한 문장으로 쓴 편지도 보내봤다. 회신율이 지극히 낮았던 이유를 나중에야 깨달았지만. 「속 깊은 편지」라는 야나체크의 현악 4중주곡이 있다. 그런 편지는 보내지 말고 자기 마음에 간직하라는 뜻이 아닐까 한다.

다리 보행로 바닥의 중간중간에 숫자가 적힌 페인트 자국이 남아 있었다. 처음엔 낙서인 줄 알았다. 올리버 스무트라는 MIT 학생이 있었다. 동아리에 가입한 기념으로 하버드교 전체 길이를 자기 키—170센티—로 재는 이벤트를 벌였다. 다리 이쪽 끝에서 저쪽 끝까지 한 번 누울 때마다 '1스무트'라고 금을 그었다. 나중에는 스무트가 진이 빠져 움직이지 못할 지경이 되어 친구들이 스무트를 들어 옮기면서 스무트를 쟀다는 설이 있다. 전체가 364.4스무트로 나왔다. '플러스 마이너스 귀 한 쪽'이라는 사족이 붙었다. 일 년 치 날짜가 나온 셈이다. 신입생 때부터 온몸으로 측정을 실천했던 스무트는 국제표준화기구의 회장을 지낼 정도로 세계 측정계의 거물이 되었다. 측신성인(測身成仁)의 화신으로 등극한 것이다.

북대서양의 악명 높은 겨울 폭풍으로 다리를 건너는 일이 북극 탐험 수준으로 악화되어도 나는 도보 도강을 멈추지 않았다. 잊을 수 없는 2007년 1월 26일 금요일, 혹독한 폭풍의 체감기온 영하 30도에서도 걸었고, 도로가 폭설과 빙수로 범벅이 되어 발목까지 빠지는 악천후 때도 걸었다. 동료들은 왜 그런 (아둔한) 짓을 하는지 궁금해했다. 하늘이 무너져도 삼 남매의 개근을 달성했던 어머니의 극성이 골수에 박혔는지, 스스로를 괴롭히면서 뭔가를 해냈다고 뿌듯해하는 자학적인 성취욕 때문인지, 나도 모르겠다.

강을 건너면 바로 강변 양쪽으로 그 유명한 MIT가 있다. 매점에선 'MIT 떨어져 하버드 갔다'라고 적힌 티셔츠를 팔았다. 구내식당 메뉴의 가성비가 좋아 거기서 자주 점심을 먹었다. 강을 바라보며 당근케이크와 커피 한잔하는 오후 시간의 호사도 누렸다. 어느 늦가을 오후, 검은 코트를 걸치고 교정을 지나는 노엄 촘스키 교수의 구부정한 뒷모습을 보기도 했다. 그 뒤에 어떤 학자의 추모행사에서 만나 악수를 나눈 적도 있었다. 온화하고 조용한 인상의 선비 같은 노인이었다.

객지 생활에 건강을 잘 챙겨야 한다는 강박 때문에 잘 먹고 자주 먹고 많이 먹으려 노력했지만 늘 배가 고팠다. 내가 평생에 깨달은 하나의 진리가 있다. 하루 종일 걸으면 확실히 배가 빨리 꺼진다는 것이다. 『보스턴글로브』의 주말판 학예면과 『뉴욕타임스』의 목요일자 '푸드' 특집을 가방에 넣고 다니면서 시간 날 때마다 읽었다. 정신의 양식인 학예면은 읽을 때뿐이었지만, 육신의 양식인 음식 기사는 늘 생각이 났다. 한번은 뉴욕 한인식당의 짜장면을 소개한 기사를 읽고 수타 짜장면을 흡입하는 꿈까지 꿨다.

뉴욕 설리번 스트리트 제과점의 짐 레이히라는 셰프가 개발한 '반죽 않고 만드는 빵' 레시피가 특집으로 나온 적이 있었다. 제빵술의 혁명이라는 평가를 받을 정도의 비법이라 했다. 이걸 머릿속에서 반복 학습하면서 다리를 건너곤 했다. 큰 그릇에 밀가루, 효모, 소금을 넣고 혼합한 후 물을 붓고 가볍게 섞는다. 랩을 씌워 따뜻한 방에 12~18시간 둔다. 그러고 나서 반죽 없이 오븐에 넣고 굽는다, 끝. 이렇게 간단한 제빵술을 외워만 두고 아직 한 번도 실행해본 적이 없으니 천성이 게으른 자는 구원받기 어려운 게 분명하다.

식탐 도보 수행이라고나 할까. 부처님은 밥을 먹기 전에 농부의 공덕을 생각하고 음식을 먹기에 부끄럽지 않게 처신했는지를 성찰하라고 했지만 나는 하루 종일 먹는 생각만 했다. 그때부터 밤에 잠이 안 오면 신문의 맛집 기사를 오려서 수첩에 넣고 다니는 버릇이 생겼다. 아무튼 그런 수행을 통해 심리적 허기도 일종의 고문이라는 결론을 내렸다.

하버드대학은 진지하면서도 여유로운 학교였다. 느긋하고 낙관적인 분위기가 감돌았다. 잘난 척할 필요가 없는 상태에서 우러나오는 너그러운 안정감 같은 게 있었다. 억지 겸손의 차원을 넘는 평온함이라 해도 좋겠다.

내가 찾으려는 책이란 책은—대출된 경우를 빼고—도서관에 죄다 있었다. 1947년 유네스코에서 전 세계 지식인들의 편지를 모은 영인본을 가제본 비매품으로 소량 배포한 적이 있다. 자주 언급되는 책이지만 한 번도 직접 본 적이 없었던 희귀

자료인데 단 59초 만에 서가에서 찾을 수 있었다.

대니얼 바렌보임이 네 차례에 걸쳐 열었던 피아노 연주 겸 강연 토크쇼에 다녔던 기억도 생생하다. 옥스퍼드에 있을 때 재클린 뒤 프레의 자취가 남아 있는 세인트힐다 칼리지를 찾은 적이 있다. 엘가나 드보르작을 그녀만큼 절절하게 뽑아내는 첼리스트도 없을 것이다. 바렌보임과 결혼해서 참 어울리는 커플이라는 소릴 들었는데 뒤 프레는 다발성경화증으로 일찍 세상을 떴다. 그 과정에서 바렌보임은 욕을 많이 먹었다.

하버드는 전 세계 각지에 교환이나 방문 프로그램으로 학생을 내보내는 학교답게 학생들 지원 서비스도 확실했다. 혹시라도 현지에서 쓰나미나 전쟁 같은 비상사태가 발생할 것에 대비해 본교생을 보호하고 구해 오는 업무만 전담하는 부서가 따로 있을 정도였다.

유럽 대학과 미국 대학을 겪어보니 유럽과 미국 사이에서 편견 없이 지적 균형을 유지하기가 쉽지 않겠다는 생각이 들었다. 일단 어떤 사회를 길게 경험하면 자기도 모르는 새 생각이 그쪽을 향하게 된다. 유학 다녀온 사람에게서 관찰되곤 하는 현상이다. 자기가 몸담았던 곳을 일방적으로 좋아한다는 뜻이 아니다. 칭찬이나 비판을 떠나 그 사회의 독특한 문화적, 지적 분위기를 반영하는 시선으로 세상을 보게 되기 쉽다는 말이다.

오래 몸담고 살면 좋든 싫든 그곳이 익숙하고 편해진다. 미국에서 평생을 산 교포에게서 들었던 얘기다. 은퇴 후 오랫동안 별렀던 유럽 여행을 다녀왔다. 여러모로 신기하고, 미국에서는 느낄 수 없었던 전통의 깊이를 맛볼 수 있어서 좋았다고 한다. 하지만 한 달간 여행을 마치고 뉴욕의 JFK 공항에 내리는 순간, 어떤 익숙함이 훅 풍겨왔다고 한다. "170파운드 거구의 아줌마가 껄껄 웃으면서 슈퍼사이즈 햄버거를 먹는 모습을 보니 와, 이런 게 자유로구나 싶어 마음이 다 편해집디다!" 하지만 독일에서 오래 산 교포가 미국 여행에서 실컷 자유의 공기를 마신 후 프랑크푸르트 공항에 도착하면 아마 정반대의 소감을 말할지도 모른다. "휴, 드디어 문화와 안전의 땅으로 돌아왔구나!"

그런 점에서 보면 대서양 양쪽을 비교하며 관찰해본 경험이 생각의 균형을 잡는 데 도움이 되었다. 미국과 유럽이 서로 상대에게 은연중에 품고 있는 선입견, 우월감, 콤플렉스, 그리고 그러한 편견을 이쪽이든 저쪽이든 조금씩 내면화한 한국 지식계의 풍토, 이런 것들로부터 어느 정도 거리를 둘 수 있게 되었기 때문이다.

한 개인이 미국을 총체적으로 파악하는 일이 얼마나 어려운지를 실감했다(어느 나라나 마찬가지겠지만). 코끼리 다리 만지기식이었다. 나는 미국의 동부에만 있어봐서 '진짜' 미국의 모습을 관찰할 기회가 적었다. 게다가 대학에 소속되어 있었으므로 보통의 미국 사회를 실제로 경험했다고 할 수도 없다. 예를 들어, 미국 전체에서 가장 평균적인 도시가 어디일까. 외국계 이주민 거주 비율, 결혼인구 비율, 고용률, 공무원 비율, 화이트칼라 비율, 남성의 평균 연봉, 빈곤가구 비율, 자가주택과 전세 비율, 교육 수준 등등, 무려 스무 가지 변수를 넣어 측정해봤더니 오클라호마시티가 미국 전체에서 딱 중간으로 나왔다고 한다. 하지만 오클라호마시티에서 산다고 해도 미국을 총체적으로 이해하지는 못할 것이다.

다시 대학 이야기로 돌아오자. 미국의 엘리트 교육 기관들이 여러 차원에서 세계적인 헤게모니를 쥐고 있음은 부정할 수 없는 사실이다. 영어라는 국제어, 아이비리그 명문대학뿐만 아니라 방대한 규모의 연구 중심 주립대학 시스템, 세계 제국만이 가질 수 있는 인식의 넓은 동심원과 열린 창, 가만히 있어도 제 발로 찾아오는 인재들, 게다가 그들을 유치할 수 있는 자원이 두둑이 있으니 학문의 주도성을 어렵잖게 확보할 수 있는 구조적 우위가 있다. 세상의 고급한 지식, 첨단학문이 다 모여 있으니 학생들의 눈도 높아질 수밖에 없다. 말로만 듣던 소프트파워가 자연스레 만들어지고 통용되는 과정을 생생하게 관찰할 수 있었다.

서구를 근본적 차원에서 비판하는 동서양의 화려한 이론(가)들이 모두 모여들고, 그들을 다 품을 수 있다는 자신감이 깔려 있는 곳이 미국의 상아탑이었다. 그러나 인간 사회의 문제들을 체계적으로 분석할 수 있는 높은 지성은 있으되 스스로가 그 모순의 꼭짓점이라는 본질은 사라질 수 없는 그런 곳이었다. 치밀한 학문적 업적과, 기술관료제의 최고봉을 길러내는 복층적인 지식의 전당이었다. 미국의 세계 지배를 공고히 하는 군-산-학 복합체의 인재풀이자, 무한 성장에 기반한 경제이론의 산실이었다.

같은 펠로우 중에 시카고대학에서 박사를 한 인류학자가 있었다. 한번은 단도직입적으로 물어봤다. 시카고와 하버드의 학풍을 비교해달라. 시카고대는 19세기 말에 생긴 '신흥 대학'이지만 치열하게 학문에 정진하는 독특한 학풍을 만들어낸 세계적인 학교여서 전부터 호기심이 많았다. 학교 모토부터 느낌이 다르다. 시카고는 "진리가 가일층 자라게 하라, 인간의 삶도 풍요로워질 것이다"인 반면, 하버드는 원래 "그리스도와 교회를 위하여"였다가 나중에 "진리"로 바뀌었다.

그녀가 웃으며 답한다. "대학원 세미나 때 보면 교수든 노벨상 수상자든 대학원생이든 가장 최근에 쓴 논문만큼만 인정해주려는 분위기가 있거든. 구석에 몰아넣고 곰 싸움하는 식으로 말이지." 그럼 하버드는? 자기가 보기에 시카고보다는 덜하다고 한다. 최신작으로만 평가한다고 하면 나이 든 사람들은 어떤 느낌이 들까, 강심장이 아닌 나로서는 감히 상상이 안 된다.

대학뿐 아니라 미국이라는 나라 자체가 무척 모순적이라는 인상을 받았다. 귀국 후 어느 신문에서 미국 체류를 결산하는 칼럼을 써달라고 해서 다음과 같이 쓴 적이 있다. "미국은 놀라운 유능함과 가소로운 무능함이 공존하는 나라였다. 자유분방한 사고와 유치한 환상이 합쳐져 네오콘과 창조론이 버젓이 지적 시민권을 획득한 나라였다. 과시적이면서도 내적으로 공허하고, 합리성을 추구하면서도 본질적인 질문에는 무관심한 나라였다."

그러고 나서 오래 뒤에 미국의 평화학자 존 페퍼가 자기 나라에 대해 쓴 글을 읽었는데 어쩌면 내 생각과 그렇게 결이 같은지 놀랐다. "미국은 기괴한 부와 엄청난 빈곤, 뛰어난 지성과 광범위한 무지, 높은 자원봉사 비율과 고질적 폭력이 공존하는 끔찍한 극단의 나라다." 모순성과 극단성, 이것이 미국의 본질이라면 한국 같은 나라는 어느 장단에 춤을 춰야 하는가.

요즘은 조금 덜해졌다고 하지만 미국은 타국의 문화를 적극적으로 받아들이는 개방적 세계관이 부족한 나라였다. 옆 나라 캐나다와 비교해봐도 이런 점이 두드러진다. 미국 문화를 수출만 했지 외국 문화를 수입하지는 않았다. 일종의 촌스러운 세계 제국이라고나 할까. 예를 들어, 1970년대에 미국에서 방영되던 텔레비전 프로 중 1퍼센트만이 수입물이었다. 같은 시기 영국에서는 그 비율이 12퍼센트였다. 미국 언론은 외국 통신사에서 보내주는 뉴스를 많이 싣지 않고, CNN이 나오기 전까지 해외 통신원도 상대적으로 매우 적었다. 런던이나 파리와는 달리 외국에서 온 정치적 망명자들을 환대하지도 않았다. 특히 냉전 때엔 해외의 진보적 지식인과 문화인들을 적극적으로 배척해서 스스로 지성의 고립상태에 빠지기도 했다.

그건 그렇고, 내 생활 반경 내에서 만난 미국인들은 대체로 친절하고 인간적이라는 느낌을 받았다. 학교에서 돌아오는 길에 라파이예트 광장의 소방서를 지나게 된다. 거기까지 오면 하버드 브리지가 가까워진 거다. 고풍스러운 빨간 벽돌 소방서 건물에 반짝반짝 윤나게 세차된 고풍스러운 빨간 소방차가 주차해 있고 문 앞에선 대원들이 소방복 상의의 단추를 연 채 담배를 피우고 있었다. 미국 소방대에선 자원봉사자를 많이 받는다던데 당신도 발룬티어냐 물어봤다. "노우 써, 위 아 프로"라고 시원시원하게 답을 준다. 시민들을 상대하는 공무원들에게서 좋은 인상을 받곤 했다. 우체국 직원들이 그랬고 경찰 중에도 그런 사람이 있었다.

하루는 퇴근길에 집 근처 슈퍼에서 장을 보고 길을 건너게 됐다. 양손에 무거운 장바구니를 들고 횡단보도까지 돌아가기가 귀찮았다. 겁도 없이, 에라, 십 차선도 넘는 대로를 그냥 가로지르기로 했다. 한 일이 미터 디뎠을까, 어디선가 갑자기 경찰이 나타나더니 큰 소리로 외친다. "지금 이 길을 건너고 있습니까?" 아주 제대로 딱 걸렸다. 변명의 여지가 없었다. 오 신이시여, 기어들어가는 목소리로 답했다. "그렇소이다."

공룡 같은 덩치, 기린 같은 부츠, 보름달 같은 헬멧, 극강 포스의 블랙 선글라스, 찰스 브론슨 같은 콧수염까지, 영화에서 봤던 바로 그 아메리칸 캅의 현신이 오토바이에서 내리더니 성큼성큼 도로 한복판으로 앞장서 걸어 나갔다. 그러곤 양손을 옆으로 쫙 펴고 이쪽저쪽에서 오는 자동차들을 세우면서 내게 큰 소리로 외치는 게 아닌가. "빨리 건너가쇼!" 민중의 지팡이도 좋지만 민중의 '앞잡이'도 고마울 수 있다는 사실을 처음 경험했다.

그 후 출퇴근하면서 그 일을 자주 떠올렸고 사회학자로서 사건을 복기해보았다. 경찰의 대민 직무 집행에 있어 전혀 다른 접근방식들이 경합한다. 한편으로 '준법 원칙'이라는 관점이 있다. 법을 중심에 놓고 사고한다. 준법 원칙은 이른바 독일식 접근이라 하며, 일본이나 한국도 여기에 속한다. 경찰의 존재 의의는 '법과 질서'의 수호에 있다. 법은 반드시 준수되어야 하므로 법을 어긴 시민은 단속되고 처벌받아야 한다. 이때 경찰 개인의 재량이나 선처가 들어설 여지가 적다. 독일 경찰은 주차위반과 같은 아주 경미한 사안에서만 재량으로 약식 처분을 내릴 수 있을 뿐이다(부스겔트페르파렌). 아주 규범적인 접근인 셈이다. 이 원칙을 적용한다면 나는 무단횡단으로 처벌받았어야 마땅한, '명백히 현존하는' 질서 파괴범이었다.

다른 한편으론 '문제해결형 접근방식'이 있다. 법질서 준수 원칙을 지키되, 상황에 따라 경찰이 맞춤형 조치를 취할 수 있는 재량과 권한을 가진다. 영미권에서 많이 통하는 방식이다. 대민 업무의 초점은 사회가 잘 돌아가도록 관리하는 데 있다. 실용적인 접근인 셈이다. 나 같은 범법자를 엄벌에 처함으로써 보스턴시에 법 정의를 세우는 것보다, 한심하기 짝이 없는 인간이지만 일단 안전하게 빨리 길을 건너 귀가토록 하는 편이 시 전체의 행복과 시민들의 정신건강에 도움이 된다고 보는 관점이다. 하기야 꺼먼 봉투를 엉거주춤하게 든 아시아계 흰머리 아재를 일벌백계로 처단한들 보스턴시의 질서와, 매사추세츠주의 번영과, 미합중국의 국위 선양에 무슨 도움이 되겠는가.

'보스턴경찰 직무지침'을 찾아봤다. 내 경우와 관련 있는 조항이 많진 않았다. 2조의 '일반지침'에, "경찰은 여타 공무원과 비교하여 시민들에게 가장 많이 가시적으로 노출된 직종인바, 일반 대중이 경찰관의 행동을 주시하거나 비판하게 될 가능성이 높으므로 경찰관은 시민들의 기대 수준에 맞춰 처신해야 함"이라고 나온다. 무단횡단하는 시민이 경찰에게 도움을 '기대'한다면 경찰관은 그 기대에 부응해야 한다는 뜻인가. 내가 그런 도움까지 '기대'하진 않았지만 아무튼 고마웠다.

지침 11조는 무단보행 사건과 직접 관련은 없지만 경찰의 대민 업무에 있어 상당히 중요한 내용을 다루고 있었다. "턱수염이나 콧수염을 유지할 시, 청결한 인상을 주도록 관리할 것. 턱수염의 부피, 즉 안면 피부로부터 모발 용적체 외표면 사이의 간격은 0.5인치 이내여야 함. 안면의 개별적 모장(毛長, 모발 길이)은 어떠한 경우에도 3/4인치를 초과할 수 없음." 이 규정에 대해선 그 경관이 과연 그랬는지 기억이 잘 안 난다. "콧수염의 여하한 부분도 상순(윗입술)의 상단선 경계 하방으로 연장되어서는(처져서는) 아니 됨." 이 규정은 지켰던 것 같은데 확실친 않다.

미국인들의 안면 모발에 대한 관심과 집착은 정말 이해하기 어려운 수준이다. 나중에 코로나가 터지고 나서 그 난리 와중에도 수염 스타일을 27가지로 분류하여 산소마스크 사용에 적합한지 여부를 따지는 것을 보고 더 이상 할 말이 없었다.

아무튼 그 콧수염 기동경찰의 행동이 낯설긴 했으나 경찰 업무의 제도적 차이라고 이해할 수 있었다. 하지만 이론적 분석을 떠나 그 경관 개인의 인간적인 호의도 약간은 작용했지 않았나 싶다. 내 추측이 맞다면 결국 제도의 힘과 개인의 행동이 함께 작용하면서 사회가 돌아간다고 추론할 수 있겠다. 뻔한 얘기지만 체험을 통해 터득한 교훈이니 나름 설득력이 있지 않은가. 이런 결론에 도달한 것도 하버드 다리 위에서였다.

롱펠로우의 「찰스강에게」라는 시가 있다. "강! 말없이 굽어도네/밝고 거침없는 목초지 사이로/(……) 내게 주었네, 말 없는 강!/깊고 긴 수많은 가르침들/너그럽게 주기만 하는 그대/나는 그대에게 노래밖에 줄 게 없는데……"

어느새 한강 북단에 도착했다. 찰스강이든 한강이든 강은 내게 참 많은 것을 주었고, 나는 강에게 많은 빚을 졌다. 강에 바치는 노래라도 한 곡 불러야 되는 게 아닌가 싶다.

냉전에서 다시 냉전으로

　무거운 밤하늘을 뒤로한 채 한강철교 위아래로 알록달록한 막대벌레 한 쌍이 일직선으로 지나간다. 철교 위의 열차와 한강에 비친 물그림자가 짝지어 달린다. 차창에서 새어 나오는 불빛이 열차마다 다르다. 노란 점들이 있는가 하면, 다양한 색조의 픽셀이 일렬로 늘어선 것도 있다. 전철과 일반 열차의 차이 같은데 어느 쪽이 어느 쪽인지는 모르겠다. 난간에 기대어 철교 쪽을 보고 있으니 이삼 분에 한 대꼴로 색동의 야광 젓가락들이 천천히 수평 이동을 한다. 저 안에 수많은 사람들이 타고 있을 텐데, 보통날이라면 나도 저 안에서 졸고 있을 텐데.

　노들섬의 가림막에 서울시의 홍보물이 잔뜩 붙어 있다. 이원등 상사의 동상을 이전한다는 안내문이 보인다. 그 동상이 여기에 있는 줄 몰랐다. 고공 강하 훈련을 하다 동료의 낙하산을 펴주고 한강 얼음판에 떨어져 사망한 군인이었다. 60년대에 학교를 다닌 아이들은 이 상사 이야기를 많이 들으며 자랐다. 아마 교과서에도 나왔던 것 같다.

냉전 하면 흔히 독일 포츠담에 있는 하벨강의 글리니커 다리를 꼽는다. 동서 스파이들을 교환했던 곳이다. 그러나 내겐 파리 센강의 퐁디에나 다리가 더 중요한 이정표다. 백오십 미터 정도의 짧은 강폭, 자동차와 사람이 다니는 널찍한 통행로, 평퍼짐한 구조. 너무 특징이 없어 에펠탑 바로 밑에 있지 않았다면 기억할 사람이 별로 없었을 것 같은 다리, 하지만 에펠탑이 있는 좌안에서 강 건너 우안으로 건너가는 길목에 있는 중요한 교량이다.

19세기에 나폴레옹이 예나 전투의 승리를 기념하기 위해 건설했던 디에나 다리가 어떻게 냉전과 연결되는가. 건너편의 샤이요궁 때문이다. 왕족이 살았던 궁궐이 아니라 1937년 만국박람회를 위해 궁궐처럼 지은 집이다. 양 날개로 센강을 품고 있는 이 거대한 쌍둥이 건물에서 세계인권선언이 선포되었다. 에펠탑을 뒤로하고 다리를 건너면 공원 녹지인 트로카데로 언덕 위에 높이 세워져 있는 궁이 정면으로 보인다. 왼쪽 날개가 해양박물관과 민속박물관, 오른쪽 날개가 건축기념물 박물관이자 샤이요 국립극장이다.

두 날개 중간에 훤한 광장이 있다. 미테랑 대통령이 골 부족 특유의 과장법으로 '인류의 자유와 권리를 위한 처소'라고 명명했던 곳이다. 여기에 서서 궁전 양 날개를 좌우에 두르고 에펠탑 쪽을 바라보면 잠시나마 나폴레옹 황제의 만족감을 상상할 수 있다. 늘 방문객들로 붐비는, 하지만 복작거린다는 느낌이 들지 않는 허허로운 공간이다.

에펠탑 아래에선 삼백 미터나 되는 에펠탑을 제대로 찍지 못한다. 이 광장에 와야 탑신 전체를 사진 프레임에 모두 넣을 수 있다. 광장이 언덕 높은 곳에 있으므로 탑의 기단에서 좀 더 올라간 눈높이에서 사진이 웅장하게 찍힌다. 요즘엔 가이드가 한국 관광객들을 여기까지 안내하는 경우도 있다고 들었다.

이차대전 때 프랑스를 점령한 후 파리를 찾았던 히틀러가 에펠탑을 배경으로 기념촬영을 했던 곳도 바로 이 자리다. 1940년 6월 23일, 항공편으로 새벽에 파리 교외의 공항에 도착해 자동차로 갈아타고 세 시간가량 시내를 휙 둘러본 번개 코스였다. 그의 생애 처음이자 마지막이 된 파리 방문이었다.

히틀러는 앵발리드의 나폴레옹 묘소, 오페라하우스, 개선문, 샹젤리제, 사크레쾨르 대성당을 거쳐 샤이요궁까지 와서 에펠탑을 바라보면서 그야말로 환호작약했다. 자기가 파리의 건축물에 대해 얼마나 지식이 많은지 자랑하기도 했다. 같이 따라왔던 건축가 알베르트 슈페어에 따르면 그날 히틀러는 특별히 심기가 부풀려져 있었다고 한다. "내 생애 최고의 순간"이라고 호기를 부릴 정도였다.

그다음 말이 걸작이다. "파리 도시계획을 잘 봐두게. 베를린을 이보다 더 멋있게 만들면 파리는 베를린의 그림자로 전락할 걸세!" 그러고는 파리에 있는 일차대전 기념비를 없애라는 명령도 내렸다. 자기가 참전했던 전쟁 패배의 원한을 잊지 않았던 게 분명하다. 쉰한 살 생일을 막 지낸 희대의 폭군, 오 년 뒤 자신의 운명이 어떻게 될지 상상도 못했을 인간이 자신만만한 표정을 짓고 있는 그 광경이라니.

첫번째 유엔 총회는 런던에서, 2차 총회는 뉴욕에서, 3차 총회는 1948년 9월 파리에서 열렸다. 총회 장소로 샤이요궁이 낙점되었는데 센강을 끼고 에펠탑 근처에 있는데다 58개국 대표단을 모두 받을 만한 규모의 시설이었기 때문이다. 샤이요 국립극장 내 대형 회의장인 그랑 살레가 전체 세션 장소로 사용되었다.

각국 대표들은 쉬는 시간에 광장에 나가 바람을 쐬거나, 디에나 다리를 건너 에펠탑으로 산책을 다녀오기도 했다. 천천히 대화하며 걸어도 몇십 분이면 충분하니 머리 식히기에 딱 좋은 코스다. 유엔 초대 인권위원장이던 엘레나 루스벨트가 여기서 산책하며 찍은 사진도 남아 있다.

세계인권선언은 유엔에서 만든 가장 중요한 문헌이라는 평을 듣는다. 인권의 기원을 함무라비 법전까지 올려 잡기도 하지만, 현대 인권의 직접 조상은 세계인권선언으로 보는 게 통설이다. 인권의 마그나카르타 혹은 인권의 바이블이라 불릴 정도로 도덕적 권위를 인정받는 선언이다.

십여 년 전에 강의 준비를 하다 세계인권선언에 관한 책이 얼마나 나와 있는지 궁금해서 찾아보았다. 뜻밖에도 한국어로 된 관련 도서가 한 권도 없었다. 그럴 리가 있나, 내가 잘못 찾았지 싶어 국립중앙도서관, 국회도서관 사이트까지 뒤졌으나 정말 한 권도 나오지 않았다.

인권에 대해 그렇게 많이들 이야기하지만 정작 가장 중요한 문헌을 다룬 연구서나 단행본이 존재하지 않는다는 사실이 실망스럽고 부끄러웠다. 약간의 의무감이 발동하여 서둘러 원고를 써서 『인권을 찾아서―신세대를 위한 세계인권선언』(한울, 2011)을 내놓았다.

원고를 쓰다 시간이 나면 디에나 다리 사진을 보며 1948년 총회에 참석했던 각국 대표들을 상상하곤 했다. 전승국으로서 여전히 제국주의 마인드를 못 버렸던 강대국들과 세계 무대에서 무시당하기 일쑤였던 중소국들이 티격태격한 회의였다. 그해 총회의 하이라이트가 세계인권선언이었다. 유엔 인권위원회가 온갖 우여곡절을 겪으며 꼬박 이 년간 작업해서 선언의 초안을 완성해 총회에 올렸던 것이다. 총회에서 최종 결판을 내기로 한 날이 1948년 12월 10일이었다. 금요일이었는데 하루 종일 심의를 한 끝에 자정 가까이 되어서야 전체 찬반 표결에 들어갔다.

총 58개국 중 찬성 48, 반대 0, 불참 2, 기권 8이었다. 사우디는 종교의 자유와 젠더 평등 때문에, 남아공은 차별금지 때문에 기권을 택했다. 나머지 6개 기권국은 동구권의 소련, 우크라이나, 유고슬라비아, 벨라루스, 체코, 폴란드였다. 이들의 기권은 냉전으로밖에 설명할 수 없다. 공산국가에서 금과옥조로 여기던 평등권과 사회권이 세계인권선언에서 비교적 적게 다뤄졌다는 이유에서였다. 선언의 전체 분량 중 사회권의 비중으로 보면 그런 주장이 완전히 틀린 말은 아니다.

하지만 세계인권선언에서 최초로 사회권을 본격적인 인권으로 인정했음을 감안한다면 설사 분량이 좀 적었다 해도 역사적 순간에 더 적극적으로 참여했어야 하지 않았을까 싶다. 아무튼 지금까지도 먹고사는 문제인 사회권을 어느 정도나 중요한 인권으로 대접하느냐 하는 점이 큰 쟁점이 되어 있다.

권력으로부터 간섭받지 않을 자유권, 그리고 필수욕구를 충족시킬 사회권, 이 두 가지를 똑같이 인정하는 데서 현대 인권이 출발한다. 빵과 장미, 둘 중 어느 쪽이 더 중요한가. 수많은 논쟁과 연구가 있지만 허위의 이분법에 가깝다. 질문 자체가 궤변이고 우문이다. 빵 없는 장미는 허상이고, 장미 없는 빵은 모욕이지 않겠는가.

냉전의 시발점을 어디서부터 잡느냐를 놓고 설왕설래가 많다. 1946년 이란 위기, 1946년 처칠의 '철의 장막' 연설, 1947

년 트루먼 독트린, 1948년의 베를린 공수 등등. 그런데 세계인권선언 초안을 만들던 1947~1948년 사이의 회의록을 읽어보면 점진적이지만 불가역적으로 미국과 소련의 입장이 벌어지는 모습이 드러난다. 이념의 상극성, 세계 지배 전략의 충돌, 상호 불신, 상황 악화 등이 겹쳐 냉전이 고착되었고, 1949년 중국의 공산 지배, 1950년의 한국전쟁으로 냉전 시대는 루비콘을 건넜다.

세계인권선언은 냉전 때문에 제일 손해를 본 편이다. 갓 태어난 문헌을 전 세계가 존중하고 키워줘야 하는데 동서 진영이 인권을 자기 유리한 쪽으로 해석하면서, 인권을 상대방을 공격하는 무기로 쓰기 시작한 것이다. 냉전으로 인해 인권의 정치화라는 아주 고약한 선례가 자리 잡았다. 인권의 정치화는 지금까지도 인권을 괴롭히고, 인권에 오명을 부여하는 고질병이 되어버렸다.

세계인권선언 선포 칠십 주년이 되던 2018년, 나는 뉴욕의 유엔본부에서 열린 기념 학술대회에서 기조연설을 해달라는 초청을 받았다. 세계 각국에서 약 삼백 명이 참석한 자리에서 나는 대략 위에서 말한 내용을 얘기했다. 한반도를 포함한 전 세계에서 평화의 가치가 인권의 핵심으로 인정되어야 한다는 점을 강조했다. 사람들이 진심으로 경청해주는 것 같았다. 나는 요즘 유엔이 큰 힘이 없긴 해도 적어도 냉소주의가 주류를 이루는 장소가 아니라는 점에서 약간이나마 숨 쉴 수 있는 공간이라는 인상을 받았다.

세계인권선언이 제정되고 이틀 뒤인 12월 12일, 같은 자리에서 유엔이 대한민국을 승인했다. 장면이 이끈 남한 대표단에는 모윤숙, 김활란, 조병옥, 정일형, 장기영 등이 포함되어 있었다. 대표단의 동선을 짚어보면 숙소인 개선문 근처에서 샤이요궁 뒤편으로 곧장 질러 왔을 가능성이 높다. 그래도 회의 중간에 에펠탑을 가봤을 테니 디에나 다리를 한 번은 왕복했을 것이다. 이틀 전에 통과된 세계인권선언 소식을 들었을까. 들었다면 어떤 생각을 했을까. 자신들의 미션과 연결지어 생각해볼 여유나 안목이 있었을까.

디에나 다리와 냉전의 악연은 세계인권선언으로 끝난 게 아니었다. 그 후 샤이요궁이 나토 본부로 잠시 사용된 적이 있다. 나토는 냉전 경쟁에서 핵심적인 군사·정치 국제기구였다. 각국에서 파견 나온 군인들과 전략가들이 디에나 다리를 걸으며 소련을 억제하고 동구권에 타격을 입힐 수 있는 작전—핵 공격을 포함한—을 구상했을 것이다. 적들은 언제나 공격적이고 불순한 저의를 가졌고, 우리 쪽은 언제나 방어적이고 순수한 의도를 가졌다는, 놀랍도록 생명력이 긴 일방적인 가정에 입각해서 말이다. 그런 점에서는 소련도 마찬가지였겠지만.

냉전이 끝난 후 언제 그런 '전쟁'이 있었더냐 싶을 정도로 무사태평하게 착각을 하며 살았던 세월이 있었다. 국제적 갈등이 벌어져도 찻잔 속의 태풍 정도로 여기곤 했다. 지난 삼십 년이 딱 그랬다. 하지만 그것도 옛일이다. 역사가 도미닉 리벤은 이제 그런 호시절이 끝났다고, 제발 정신 좀 차리라고 경고한다. "미래의 사가들은 지금을 두 냉전 사이 휴지기의 마지막 순간으로 기억할 것이다. 한 세대 동안의 상대적 평온 끝에 세계 강대국들이 또다시 뿌리 깊은 구조적 상호 적대로 원위치했다."

냉전이 끝난 자리에 새 냉전이 들어서고 있다. 과거지사로 치부되던 핵전쟁의 가능성이 다시 인류의 생존이 걸린 문제로 떠올랐다. 그런데도 우리는 예사롭게 일상을 떠다니고 앞으로도 그럴 것이다. 문제가 너무 크면 모래밭에 머리를 파묻는 게 인간이다. 다리 남단에 이르니 효성 기업의 광고 전광판이 밤하늘을 밝히고 있다. 이것으로 다섯번째 도강이 끝났다. 반환점을 돌았지만 반갑기는커녕 답답하고 우울하다. 누가 옆에 있었으면 막걸리 한잔하자고 끌고 갔을 것이다.

바다와 바다를 잇는 선

다시 북쪽으로 걸음을 옮긴다. 대기가 거짓말처럼 차분하다. 질주하는 차들이 이따금 공기를 휘저어놓지만 그것도 잠시, 다시 서늘하고 정숙한 밤의 기운 속을 걷는다. 십대 청소년이 나를 추월하여 씩씩하게 앞서간다. 하루 이틀 걸어본 품새가 아니다. 한강대교에서 저렇게 단련한 발품이라면 앞으로 뭔들 못하겠는가.

강을 여러 번 왕복해보니 다리가 뭐 유별난 구조물이 아니라 보편적인 연결의 한 형태라는 생각이 든다. 다리는 기하학으로 치면 두 점을 잇는 선이다. 그런데 두 점을 잇는 게 꼭 다리일 필요는 없다. 김포에서 제주까지 항공 노선, 용산에서 여수 엑스포까지 열차 노선, 서귀포에서 제7광구 굴착기지까지 헬기 노선, 플로리다에서 국제우주정거장까지 432.7킬로의 우주 노선도 결국 두 점을 잇는 '선'들이 아닌가 말이다.

여기엔 물론 운하도 포함된다. 다리는 물을 사이에 두고 땅점과 땅점을 이은 것이고, 운하는 땅을 사이에 두고 물점과 물점을 이었다는 차이가 있을 뿐이다. 다리가 길게 연장된 땅의 띠라면, 운하는 길게 연장된 물의 선이다.

운하는 강 수역, 또는 바다를 끼더라도 호수와 강을 연결하는 식으로 만들어진다, 중국의 옛 도읍에서 볼 수 있는 생활형 운하, 암스테르담이나 베니스를 유명하게 만든 저지대 도시형 운하, 잉글랜드의 내륙 운수형 운하, 독일의 라인-다뉴브-엘베강 권역에서 발전한 산업형 운하 시스템이 대표적이다. 운하변에 정박한 보트의 갑판 위에 라디오를 틀어놓고 낮잠 자는 집주인을 볼 수 있으면 운하 문화권이라 할 수 있다.

얘기가 빗나가는데 어느 겨울날 늦은 오후에 암스테르담 시내를 걷다가 피할 새도 없이 소나기 물 폭탄을 맞았다. 순식간에 꼴이 말이 아니게 되었다. 그런데 갑자기 운하 위로 쌍무지개가 뜨는 게 아닌가. 우중충하던 주변이 순식간에 렘브란트의 조명을 받은 무대처럼 화려하게 돌변하는 이적을 체험했다. 운하와 쌍무지개가 합해지면 옷은 몰라도 기분은 말려주는 게 분명하다.

같은 운하라도 내륙의 거미줄 운하와는 급이 다른 운하가 있다. 바다와 바다를 잇는 본격적인 운하 말이다. 파나마운하가 대표적이다. 이성형 선생의 라틴아메리카 책을 읽고 이 나라에 관심을 두던 차에 중남미에 가르치러 갈 기회가 생겨 마침내 파나마운하를 직접 볼 수 있게 되었다. 그 이야기를 하기 전에 파나마에 얽힌 에피소드 하나.

젊은 시절 시골 군소재지에서 살았던 적이 있다. 장날 시장에 나가면 모자를 파는 좌판이 있었다. 농사 필수품인 밀짚모자부터 군모에 베레모, 신사용 정장 모자까지, 세상의 모자란 모자는 죄다 모여 있는 (아마 동양 최대 규모의) 헤드 패션 전문 몰이었다. 모자에 로망이 있었던지라 몇 번 망설이다 고객이 없는 틈을 타 점주님과 독대하여 상담을 했다. 챙이 너무 넓지도 좁지도 않고 너무 노티 나지 않고 너무 촌스럽지 않으면서 너무 튀지 않고 너무 눌리지 않고 너무 들리지도 않고 너무 비싸지 않으면서 너무 싼 티 나지 않는, 점잖으면서도 은근히 멋있는, 사계절 언제 써도 어울리는 색상, 한마디로 멋있고 착한 가격의 맞춤한 그런 모자가 어디 없을까요.

늦은 점심으로 국수를 말고 있던 점주님은 고객을 쳐다보지도 않은 채 내 말이 끝나기도 전에 구석에 파묻혀 있던 베이지색 모자 하나를 얼른 꺼내주었다. 이름하여 파나마 맥고! 갈색 리본을 두른 음전하고 튼실한 스타일. 한눈에도 날 위해 탄생한 운명의 걸작이었다. 파나마가 내 인생 깊이 들어와 얹히는 순간이었다. 월급 이십사만 원 시절의 기준으로 치면 상당한 고가였지만 한 푼도 깎지 않는 호기를 부렸다.

한동안 그 파맥을 신나게 쓰고 다녔다. 모자를 비스듬히 기울인 채 읍내 선술집에서 막걸리에 사이다를 일대일로 섞어 마시는 '막사이사이 칵테일'을 유행시키기도 했다. 사람들이 못 알아보도록 깊숙이 눌러쓰고 다녔는데도 꼭 지인들이 가까이 다가와 알은체를 하면서 멋있다고 칭찬을 아끼지 않는 것이었다.

하지만 호시절도 잠시, 어찌어찌하여 다시 파맥 없는 맨머리 시대로 돌아가게 됐다. 얼마 뒤 체르노빌 사건이 터졌고 방사능 낙진이 섞인 비를 조심하라는 뉴스가 산골 마을에까지 퍼졌다. 아뿔싸, 그땐 이미 핵우(核雨)를 샤워처럼 맞으며 많이 쏘다닌 뒤였다. 요즘 숱이 다 빠져 한심한 꼴의 정수리를 거울로 비춰 보면 이 모든 것이 파맥의 부재와 체르노빌에서 비롯됐을지 모른다는 의구심이 들곤 한다.

파나마는 운하와 미국, 두 요소로 이루어진 아주 단순한 구도의 나라다. 지리적 위치가 곧 나라의 팔자라는 명제가 파나마보다 더 잘 맞아떨어지는 경우도 없을 것이다. 폭이 82킬로밖에 안 되는 지협인데다 중간에 있는 강줄기와 호수를 그대로 이용하여 물길을 쉽게 연결시킬 수 있다는 이점 때문에 오랫동안 서구 열강이 관심을 보였던 땅이다. 파나마 지협은 천만년 전에 해저에서 솟아오른 땅이다. 그때부터 북미와 남미가 연결되었고, 대서양과 태평양이 분리되어 해류가 달라지면서 전 세계 기후가 변했다고 한다.

파나마는 두 번 독립했다. 한 번은 미국 덕에, 또 한 번은 미국으로부터. 콜롬비아의 변방이던 영토를 떼어내어 20세기 초 미국이 파나마로 독립시켜주었다. 서반구에서 영향력을 독점하고 운하 소유권을 장악하기 위해서였다. 십 년 대공사 끝에 1914년 드디어 운하가 개통되었다. 파나마운하는 지금도 매년 이십억 달러 이상을 벌어주는 황금 거위다. 배 크기에 따라 다르지만 초대형 선박의 경우 한 번 통과에 근 백만 달러의 통행료를 낸다.

하지만 미국과의 종속 관계 때문에 말도 많고 탈도 많았다. 1964년엔 학생들의 반미 시위로 수십 명이 죽고 다치는 심각한 유혈사태가 발생하기도 했다. 이 사건으로 파나마의 정치적 정체성이 새롭게 만들어졌다. 오랜 협상 끝에 미국으로부터 운하 통제권을 완전히 돌려받은 게 2000년이었다. 파나마가 실질적으로 독립한 시기가 겨우 이때다.

운하 개통 백 주년이 되던 해 어느 가을날, 나는 태평양 쪽에 있는 파나마시티의 아메리카 대교 근처에서 석양을 배경으로 대서양 쪽의 콜론시로 들어가는 선박들을 바라보고 있었다. 파나마 만의 반짝이는 물결들이 지난 세기의 사연을 기록한 거대한 자료집의 페이지들처럼 넘실거렸다. 세월의 부침을 기록하는 역사가가 된 듯한 우쭐함에 잠시 사로잡혔다.

그런데 막상 운하를 실제로 보려면 지정된 장소에 가야 한다. 그냥 강가에서 지나다니는 배 구경하듯 운하를 관찰할 수 있는 게 아니다. 운하의 양쪽 4킬로씩이 통제구역으로 막혀 있어 일반인의 출입이 허용되지 않기 때문이다. 미라플로레스 록스(갑문)에 개설된 방문객 센터에 가야 운하를 직접 볼 수 있다.

19세기에 프랑스가 시도했다 실패한 후 20세기 들어 미국이 주도한 공사에 동원된 다국적 노동자들을 '운하의 영웅들'이라고 부른다. 뜻밖에도 카리브해 섬나라 바르바도스 출신이 제일 많았다. 프란츠 파농의 고향인 마르티니크, 과달루페, 트리니다드, 자메이카, 스페인, 이탈리아, 그리스, 인도, 미국, 쿠바, 코스타리카, 콜롬비아, 그리고 파나마 현지 주민들도 일부 포함되어 있었다.

센터에 입장하면 '엘 카날 노 세 데티엔네(운하는 멈추지 않는다)'라는 선언이 방문객을 맞는다. 백 년간 한 번도 운항이 정지된 적이 없고, 2010년에 백만번째 선박이 통과했다고 한다. 중남미 특유의 격정적인 어휘들을 벽면에 새겨놓았다. '영웅들'이 어떤 조건 아래에서 노역을 감당해야 했는지 감을 잡을 수 있다. 일루시온(희망), 에스푸에르초(노력), 코라헤(용기), 데테르미나시온(의지), 페르세베란시아(불굴), 에스피리투(정신), 엠페뇨(끈기), 사크리피시오(희생)…… 이런 식이다. 공사 기간 중 육천 명 가까운 산재 사망자가 발생했다고 한다.

사람들을 따라 전망 층에 오르면 바로 눈앞에 거대한 화물선이 정박해 있(는 것같이 보인)다. 여기서부터 헷갈리기 시작한다. 처음에는 항구의 접안시설을 보여준다고 착각하기 쉽다. 배가 워낙 천천히 움직이는데다(정지한 것 같은 착각), 넓은 물길이 보이지 않기 때문이다. 운하를 보러 여기까지 왔는데 대체 운하가 어디에 있단 말인가. 장대한 스펙터클을 기대했다면 허탈할 수밖에 없다. 관람객들이 아래쪽을 가리킨다. 폭이 32.3미터밖에 되지 않은 저 좁다란 콘크리트 수로가 운하란다. 양쪽에 콘크리트 구조물로 된 턱이 바짝 자리 잡고 있다. 어디 시골의 농사용 수로라 해도 속을 만큼 좁고, 평범하고, 보잘것없고, 안티클라이맥스적인 광경이다.

나는 파나마운하가 예전에 가봤던 그리스의 고린토운하 또는 사진으로 본 수에즈운하와 같을 거라고 상상했었다. 양쪽 바다 사이의 육지를 정중앙으로 우직하게 뚫어 물길을 그대로 연결하는 방식 말이다. 옛날 학교에서 두발 검사하던 시절 바리캉으로 남학생들 머리 한복판을 일직선 고속도로처럼 밀던 광경을 상상해보라.

고린토운하는 백 미터 높이의 언덕을 중간에서 정면으로 쪼개어 개통했으므로 깎아지른 양쪽 절벽 사이 맨 밑바닥의 바다 위로 배가 지나간다. 압권이고 장관이다. 수에즈운하는 배가 사막의 한복판에 뚫려 있는 물길로 이루어져 있다. 운하의 입구든 중간이든 종점이든 해수면의 높이는 똑같이 해발 제로다.

코로나가 한창일 때 수에즈운하를 지나던 화물선이 수로 중간에 끼여 난리가 났던 적이 있다. 전 세계 무역에 파장이 컸다. 파나마에서는 절대 일어날 수 없는 사건이다. 좁은 수로에 배가 꽉 조일 정도로 밀착한 상태에서 항해하는 방식이기 때문이다. 파나마운하의 놀라움은 눈에 보이는 웅장함에 있는 게 아니다. 태평양과 대서양 사이에 놓인 해발 26미터의 육지 언덕 '위'에 운하를 '올려놓은' 기술력에 있다.

파나마운하는 배가 이쪽 바다에서 운하로 들어와 언덕 위로 올라갔다가 다시 내려와 저쪽 바다로 나가게 된다. 높낮이가 다른, 좁고 기다란 수로 여러 개를 차례대로 이어놓았다고 생각하면 된다. 육지 중간에 서로 높이가 다른 갑문을 여러 개 만들어 앞 갑문을 열어 물을 채워 배를 띄운 후 뒷 갑문을 닫고 앞으로 나아가게 하고…… 이런 식으로 배를 앞으로, 앞으로 밀어 올린다.

그러니 파나마에선 '배가 산으로 올라가야' 일이 풀린다. 운하 전체를 통과하는 데 열 시간이나 걸린다. 워낙 고도의 기술과 전문성이 요구되는 시스템이라 모든 배에 반드시 파나마 운하청 소속의 항해사가 승선해서 운항을 지휘하게 되어 있다. 시각적인 드라마는 없지만 기술의 비밀을 알고 나면 감탄할 수밖에 없다.

전 세계 해운 물량의 육 퍼센트가 파나마운하를 통과한다. 운하를 이용하는 선박을 국적별로 보면 미국, 중국, 칠레, 일본, 한국순이다. 여기 와보니 정말 대한민국은 국제무역으로 먹고사는 나라다. 파나마운하가 없으면 한국에서 미국 동부로 가는 컨테이너들, 브라질에서 한국으로 오는 철강, 사료용 작물, 커피, 바나나, 파인애플, 이런 것들이 눈물을 머금고 먼먼 길을 돌아야 한다. 당장 치킨 가격이 오를 것이다.

파나마시의 구도심에 있는 국립박물관에 가면 운하의 통제권을 놓고 미국과 줄다리기해온 한 세기를 중심으로 '국사'를 보여준다. 역사는 빈약하고 서사는 단순하다. 파나마사가 곧 운하사고, 운하사가 곧 파나마사다. 운하라 쓰고 파나마라 읽는다. 괜찮다는데도 굳이 박물관 도우미가 따라와 요령부득의 설명을 해주고 팁 2달러를 챙겨 간다. 아직도 미국 달러를 그대로 쓰는 나라다. 기념품 가게에 가봐도 온통 운하에 관한 모티프뿐이다. 배 그림이 조각된 파이프를 하나 샀다.

지금의 파나마는 운하를 중심으로 관광, 금융, 무역으로 먹고산다. 세계의 갑부들, 투기꾼들이 몰려와 육성급 호텔에서 카지노를 즐긴다. 고급 승용차들이 즐비한 중미의 라스베이거스다. 하지만 카스코 비에호 같은 달동네에 한 걸음만 들어가도 대낮에 중무장한 경찰이 순찰을 돌고 있다. 빈부격차가 한눈에 드러나 보인다. 파나마시는 조세 회피처로도 악명이 높다.

여기 와보니 수천 년의 동아줄을 거머쥐고 그것의 성취와 업보를 함께 지고 살아가는 한국을 생각하지 않을 수 없다. 누적

된 역사가 주는 삶의 하중과 밀도와 염도, 그것을 어찌 다 말로 표현할 수 있을까. 생긴 지 백 년밖에 안 되는 나라 사람들의 정신세계는 어떨지 궁금하다. 홀가분할까, 자유로울까, 허허로울까, 멍때릴까. 국사 시간에 외워야 할 사항은 확실히 적을 것이다. 바닷가 수산시장에서 파는 마리스코스 스튜는 우리 해물탕과 별반 다르지 않은데.

한강대교의 남쪽 절반은 여섯 개의 철제 트러스로 뒤덮여 있다. 조명에 비치는 철제빔이 티라노사우루스의 등뼈를 연상시킨다. 낙서 금지 경고문이 수십 장이나 붙어 있다. 대체 누가 여기까지 와서 낙서를 한단 말인가. 북단에 가까워지자 지금까지 안 보이던 한 건물의 옥상 전광판에 불이 들어와 있다. 'TRUMP WORLD III' 좀 놀랐다. 여의도 63빌딩 근처에서 트럼프월드 1차 건물을 본 적은 있지만 이 양반의 3차가 여기까지 와 있을 줄은 정말 상상 못했다. 웃어야 하나 울어야 하나.

불야성의 뒷모습

다시 남행을 할 차례다. 슬슬 배가 고프다. 매사에, 특히 먹는 문제에 준비성이 철저한 나는 이럴 줄 알고 간식을 좀 챙겨왔다. 전망대 뒤편에 오토바이가 세워져 있는 공간이 있다. 난간에 서서 강물을 바라보며 떡과 견과류와 방울토마토를 먹었다. 칼바람 부는 밤이었다면 한강 다리에서 이렇게 느긋한 시간을 보낼 수 있었을까. 운수 좋은 날이다. 다시 발길을 옮긴다.

주로 보행자 통로를 걸었지만 도로변의 자전거 전용도로를 걷기도 한다. 지나는 자전거가 많지 않은데다 그쪽이 오히려 걷기 편하다. 하지만 버스 같은 큰 차가 지나가면 다리 바닥이 부르르 떨릴 정도로 진동이 심하다. 아까보다 강이 훨씬 검어진 것 같다. 시간이 지날수록 강물이 타르처럼 깊고 짙고 무거워진다.

'어제의 시내 교통상황'이라는 전광판에 불이 들어와 있다. 사망 0명, 부상 99명. 일 년으로 치면 서울에서만 삼만 명 넘게 부상을 당한다는 말이다. 이건 저강도 전쟁이나 마찬가지다. 한강철교를 지나는 기차 소리가 여기까지 날아온다. 왜 저 소리가 이제야 들리는지 모르겠다.

여의도의 불야성이 신기루처럼 수평선 위에 떠 있다. 밤하늘을 배경으로 도시의 야경이 강렬하고 야성적인 색상미를 분출한다. 야경에는 참을 수 없는 인공적인 흡인력이 있다. 암흑 속의 불빛에 끌리는 걸 보면 인간이나 불나방이나 비슷한 성향이 있는 것 같다.

불야성 하면 맨해튼을 떠올리게 된다. 아니란 사람 있으면 나와보라. 하지만 막상 뉴욕 시내에서는 그 효과를 제대로 느낄 수 없다. 등잔 밑이 어둡기 때문이다. 그러면 어떻게 해야 하나. 야간에 하늘에서 맨해튼을 내려다보거나, 바다 건너에서 불구경을 하는 수밖에 없다. 9·11 이후 밤에 뉴욕에서 헬기를 타기가 어려워졌다. 그래서 방법은 하나다. 스태튼 섬에서 맨해튼으로 들어오는 페리를 타면 된다. 단언컨대, 불야성의 해협 횡단 중 전 세계 최고 경지의 바닷길이다.

보스턴에 살 때 틈만 나면 뉴욕에 갔다. 두 가지 방법이 있었다. 우선 중국 기사가 모는, 불법인지 합법인지 아리송한 대절버스를 타는 방법. 다들 차이나 버스라 불렀지만 정확히 말해 풍화파사유한공사(風華巴士有限公司)라는 회사에서 운영하는 시외버스 노선이었다. 이 회사는 영어를 한마디도 못하는 기사를 채용했다고 해서 로컬 뉴스에도 나왔던 전설적인 (어드)벤처 기업이었다. 허름한 시골 버스 같은 느낌이 들긴 했어도 가격이 경이적으로 싸다는 이점이 있어 자주 애용했다. 난폭운전, 곡예운전, 과속운전, 신호위반, 무단정차, 급발진, 급정거, 차선무시, 매연배출, 정비불량, 청소생략 등, 어릴 때부터 모험 소설을 읽고 탐험가의 꿈을 키워온 나 같은 사람에게 안성맞춤인 교통수단이었다.

주머니 사정이 괜찮을 때엔 뉴잉글랜드 해안을 따라 내려가는 암트랙 철도선을 탔다. 버스보다 훨씬 비싸고 시간도 짧지 않았지만 오른쪽으로 도시들, 왼쪽으로 대서양을 한눈에 조망하는 호사를 누릴 수 있었다. 검표를 하는 차장과 스스럼없이 이야기를 나눌 수 있는 독특한 분위기의 열차였다.

처음 뉴욕에 갔던 날, 버스에서 내리자마자 무조건 스태튼섬부터 찾았다. 섬으로 가는 페리를 타려면 맨해튼 지하철 1호선 빨간 라인의 남쪽 종점인 사우스페리역, 또는 R선 노란 라인의 화이트홀 스트리트역에서 내려 선착장으로 바로 걸어가면 된다.

페리에 승선하는 건 세상에서 제일 쉽다, 정말 쉽다, 너무 쉽다. 아무 때나 가서 아무 페리나 그냥 타면 된다. 일 년 365일, 하루 24시간, 15분 내지 30분 간격으로 '묻지 마' 운행하는 해상 노선이다. 늘 사람들로 붐빈다. 나중에 코로나 사태가 나고 텅 빈 페리에 할머니 승객이 혼자 앉아 있는 흑백사진을 봤는데 믿을 수 없을 만큼 시간이 정지된 듯한 이미지였다.

스태튼 섬 페리는 역사가 이백 년이 넘는다. 뉴욕의 스태튼 구와 맨해튼구를 오가는 주민들의 통근을 돕기 위해 개설한 수상 대중교통이다. 연인원 이천오백만 명이 이용하는 노선이지만 운임은? 공짜다! 이건 실화다. 우여곡절이 있었다. 아주 오래전엔 오 센트 정도 받은 적도 있었다. 하지만 운임이 점점 오르자 화가 난 스태튼 주민들이 뉴욕시에서 분리 독립하겠다는 선언을 했다. 그 후 루디 줄리아니가 페리 운임을 아예 철폐하겠다는 공약을 내걸고 시장에 출마해 섬 주민들의 압도적인 지지로 당선되었다.

맨해튼에서 퇴근 후 친구들과 한잔했던 사람들이 늦게라도 섬으로 귀가할 수 있는 게 다 페리 덕분이다. 섬에서 맨해튼으로 출근할 때엔 승객들이 많이 몰리는 시간을 피해 이른 아침, 심지어 새벽 두시부터 배를 타는 사람도 있다고 한다.

뉴욕항을 출발하면 오른편으로 자유의 여신상과 엘리스 섬이 손에 잡힐 듯 눈에 들어온다. 이곳을 통해 아메리카에서 피난처를 찾았던 수백만의 "폭풍우에 시달린, 고향 잃은 군상들"을 상상하다 보면 삼십 분이 채 안 돼 스태튼 섬의 세인트조지 선착장에 도착한다. 직선거리로 8.4킬로밖에 안 되는 단출한 뱃길이다.

뉴욕에는 스태튼 페리 외에도 정기 연락선 노선이 여럿 있다. 뉴요커들에게 바닷길 출퇴근이 어떤 영감을 주지 않는다면 이상할 것이다. 일찍이 월트 휘트먼은 브루클린과 맨해튼을 잇는 페리를 타고 "내 발아래에서 출렁이는 물결! 나는 네 얼굴을 똑바로 본다!"라고 시작하는 시를 남겼다. 콜린 조스트라는 작가는 스태튼 섬에서 맨해튼의 고등학교를 다녔다. '집-버스-페리-지하철-학교-지하철-페리-버스-집' 이렇게 하루 세 시간 이상을 통학하며 일찌감치 인생의 쓴맛을 보고 문학의 길에 들어섰다고 한다.

섬 자체는 그냥 밋밋하고 편평한 지형이다. 전형적인 미국 타운식 건물들, 가로, 상점, 주택가가 열 지어 있다. 노동계층이 많이 산다고 했다. 바로 돌아오기보다 해변에서 핫도그를 사 먹으며 시간을 보내다 해가 지고 완전히 땅거미가 내린 후 야간 페리를 타고 맨해튼으로 귀환하는 게 핵심이다. 그래야 불야성을 즐길 수 있다.

섬에서 페리가 출발한 후 오 분쯤 지나면 사람들이 선실에서 하나둘씩 갑판으로 나와 육지 쪽을 응시하기 시작한다. 물정 모르는 나는 다른 사람들이 다 나가고서야 바깥으로 따라 나갔다. 여느 밤바람보다 더 강렬한 냉기 서린 폭풍이 몰아친다. 그런데 성좌의 잔치 같은 맨해튼이 초현실적인 포스로 저 건너편에 떠 있는 게 아닌가. 초짜 방문객은 불빛의 숲이 하늘과 바다를 밝히고 있는 뉴욕항이 눈앞으로 서서히 다가오는 정경에 입을 다물지 못한다.

많은 승객들이 사진을 찍지만 이야기 소리는 별로 들리지 않는다. 마천루가 뿜어내는 휘황함이 세상을 무음 모드로 만드는 것 같다. 부둥켜안고 조용히 스텝을 밟는 커플도 있다. 영화 좋아하는 사람이라면 뉴욕항의 야경이 낯설지 않을 것이다. 미라맥스 영화사의 로고가 이곳에서 바라본 뉴욕항의 야경과 판박이처럼 닮았다.

항구에 다가갈수록 불야성의 폭과 높이와 현란함, 은하계가 내려앉은 듯 빛점들이 흩뿌려진 환상적인 슈퍼 점묘화의 광활한 캔버스가 사람의 감각을 어지럽게 압도한다. 내 평생 그런 찬란함에 빠져 허우적거려본 건 처음이자 마지막이었지 싶다. 하지만 숨 막히는 감흥도 한순간, 어느새 승객들이 선착장으로 몰려나간다. 땅을 밟고 있는데도 온몸이 아직도 우주유영을 하고 있는 듯하다.

그런데 야경이라 해서 다 같은 야경이 아님을 알게 되었다. 전동민 화백의 「서울 야경」이라는 그림을 전시회에서 본 적이 있다. 두 폭을 이어 그린 대작인데 거기에 묘사된 서울의 야경 조감도는 화사하면서도 아기자기하고 포근한 인상이어서 야수파적인 뉴욕의 그것과는 전혀 다른 느낌이었다.

뉴욕에 가면 센트럴파크 근처 63번가에 있는 YMCA 유스호

스텔에 묵었다. 숙박료가 싼데다 예치금이 필요 없고 무엇보다 위치가 편리했기 때문이다. 투숙객이 없을 땐 4인용 벙커 침대 방을 혼자 쓰기도 했다. 스태튼에 다녀온 날엔 자정 가까운 시간인데도 인공 불빛의 세례를 받은 흥분을 식히려고 그 야밤에 숙소 주변의 블록을 한 바퀴 돌고 방에 들어갔다.

그만큼 내게 맨해튼은 스태튼 섬 페리에서 바라본 눈부신 스펙터클과 동의어나 마찬가지였다. 미국에 대한 복잡한 감정을 떠나 뉴욕의 야경만큼은 내 머리에 인상 깊게 박혀 있었다. 그런 게 바로 미국 '문명'의 매력이라고 생각했을 정도다.

그런데 2014년, 그 인상이 완전히 깨졌다. 7월 17일이라고 기억한다. 스태튼 섬에서 백주에 에릭 가너라는 흑인이 살해당한 사건이 발생했다. 당시 마흔셋이던 가너는 허가 없이 노상에서 담배를 팔았다는 이유로 경찰에게 폭행을 당한 후 죽음을 맞았다.

그 현장을 찍은 동영상이 유튜브로 퍼졌다. 백인 경찰들이 길가에서 가너를 둘러싸고 승강이를 하던 중 한 경관이 헤드록을 건 채 가너를 쓰러뜨렸다. 가너는 "숨을 못 쉬겠어"라고 열한 번이나 반복하다 정신을 잃었다. 응급대원이 왔지만 속수무책, 결국 경찰 폭력 희생자의 길고 긴 통계에 숫자 하나가 더해졌다. "아이 캔트 브리드." 인종차별을 항의하는 시위에 흔히 등장하게 된 구호다. 지금도 이 말을 떠올리면 내 숨이 가빠진다.

도무지 이해가 안 되는 사건이었다. 인종차별로 악명 높은 남부도 아니고 여러 면에서 리버럴하다는 뉴욕에서, 무슨 대단한 혐의도 아닌 잡상인 단속 건으로, 그리고 '거의 분명히' 흑인이라는 이유만으로 경찰에 의해 대명천지에 폭력적인 죽음을 당하다니. 이 사건의 상징성과 충격은 유난했다. 그 후 2020년에 미니애폴리스에서 조지 로이드가 살해당하는 사건이 또 발생하여 그때에도 '아이 캔트 브리드'가 구호로 사용되었다. 미국에 대한 인상이 정말 바닥 수준으로 떨어진 사건이었다.

인권사회학 시간에 인종주의를 설명할 때 나는 근대적 분류법의 발전이 인종주의를 심화시킨 면이 있다고 가르친다. 생물분류학을 창시한 칼 폰 린네가 그 원조였다. 린네가 속명과 종명으로 이루어진 두 단어를 사용해 체계적으로 모든 생물에 고유한 명칭을 부여하기 전까지는 종류가 다른 동식물들을 구분하려면 이야기식으로 풀어서 설명하는 수밖에 없었다.

예를 들어, 토마토는 "줄기와 엽연에 가시가 부재한, 유채과에 속한 애기장대"라고 장황하게 묘사되던 식물이었지만 린네에 의해 '솔라눔 리코페르시쿰'이라고 간단히 정리되었다. 각개 생물종이 이렇게 체계적이고 과학적이고 명료하게 정의되는 것에 탄복한 괴테는 "신은 창조하시고 린네는 정리하였다"라는 찬사를 남기기도 했다.

처음엔 이렇게 생물을 분류하기 위해 고안된 방법론이 점차 사회 전반에 적용되기 시작했다. 르네상스 이후 지식이 폭발적으로 늘면서 정보를 기록, 분류, 검색하는 일이 극히 중요한 사회적 활동으로 격상되었다. 18세기 초가 되면 비엔나의 법원 문서고에서 처음으로 린네의 분류법을 사법 기록의 정리와 보관에 활용하기 시작했다. 당시 사람들이 얼마나 분류에 몰두했던지, "계몽주의의 열정은 분류의 열정"이라고 했을 정도다. 문헌정보학은 열정적으로 문헌을 분류하는 학문이고, 사서는 열정적으로 도서를 정리하는 전문가가 된 것이다.

이처럼 분류에 열광하다 보니 근대 인종주의의 단초가 생겼다. 자연의 계보를 따지고 사물들을 이리저리 나누다 인간들 사이의 차이까지 따지게 된 것이다. 피부색, 두상, 측면 각도, 코 높이, 골격, 모발, 눈동자 색깔 등등 인류학자들이 린네의 자연 분류법을 인간에게 적용하면서 '과학적' 인종 연구라는 유사 학문이 등장했고, 그것은 다시 인종주의로 귀결되었다.

린네는 종이를 잘라 만든 색인 카드를 제일 먼저 사용한 사람이라고 한다. 그래서 색인 카드가 인종차별의 기원이 됐다고 보는 시각도 있다. 우리는 컴퓨터에 파일을 저장할 때 폴더를 만들어 그 안에 서로 연관이 있는 파일들을 넣어둔다.

마찬가지로 색인 카드 시스템도 무질서한 정보들을 일정한 범주 내에서 '질서' 있게 배치한다. 즉 분류와 정리 행위는 더 크거나, 더 작거나, 다른 차이에 근거한 범주화를 전제로 하는 행위인 것이다. 색인 카드가 편 가르기와 줄 세우기의 원조가 됐다니, 개인 컴퓨터가 나오기 전에 십 년도 넘게 색인 카드를 썼던 터라 당혹감마저 든다.

아무튼 이런 식으로 인종주의의 기원을 설명한 다음 노예무역과 미국의 인종주의를 가르치곤 한다. 그런데 가너의 사건 이후 나는 기존의 설명 방식에 회의를 느꼈다. 미국 남부의 노예제 경제, 그리고 먼저 산업화된 북부와 개발이 늦었던 남부 간의 차이, 노예제도가 끝난 후 본격적으로 산업자본주의와 금융자본주의가 등장했다는 식의 통설이 과연 맞는 것일까.

최근의 연구를 찾아보니 전혀 새로운 사실이 나온다. 19세기 초 남부의 노예제 아래에서 통용되었던 면화농업 경제가 북부의 산업화된 금융경제와 이미 그때부터 긴밀하게 통합되어 있었다고 한다. 1820~30년대에 미국에서 새로운 은행거래 기법이 등장한다. '노예자산의 금융화', 즉 흑인 노예를 담보로 해서 은행으로부터 융자를 받고, 저당권을 설정하고, 증권과 채권을 발행하기 시작한 것이다.

19세기 중반에 성인 남성 노예의 '가치'가 요즘 가격으로 얼마나 됐을까. 농장에서 일하던 보통 노예들은 우리 돈으로 약 삼천오백만 원, 대장장이 같은 기술자 노예는 약 육천만 원 정도였다고 한다. 이런 노예들을 열 명만 거느린다고 쳐도 그 식솔들의 가치까지 합산하면 대단한 자산 규모가 된다. 노예제가 얼마나 미국을 떠받친 핵심적 경제 시스템이었는지 상상이 간다.

노예를 부동산이나 주택과 똑같이 사고팔고, 금융거래의 대상으로 활용했다니, 그들을 인간이 아닌 물질적 '재산'으로 보지 않는 한 절대 일어날 수 없는 일이었다. 1830년대가 되면 노예를 담보로 한 대출 규모가 너무 커져 1837~1842년 사이에 공황이 발생하기까지 했다. 당시의 '비우량 노예담보대출' 위기는 21세기의 '비우량 주택담보대출(서브프라임 모기지)' 사태와 판박이처럼 닮았다. 미국의 자본주의는 처음부터 노예제에 기반한 인신매매형 자본축적 체제였다.

그러고 보니 스태튼 섬의 경찰 폭력 사건과 페리가 도착하는 뉴욕항 근처의 월스트리트 사이엔 역사적 연관성이 있다. 2008년 리먼 브라더스가 파산했을 때 그 회사의 창설자 중 하나인 메이어 리먼이 노예담보 대출로 시작해 떼돈을 번 사람이었다는 보도가 나왔다.

가너가 살해되고 오 년 뒤, 미연방 검찰은 그를 죽인 백인 경찰을 기소하지 않기로 최종 결정했다. 트럼프가 유색인종 출신 국회의원들에게 "너희들이 태어난 나라로 돌아가라"고 막말을 퍼부었던 날이다. 나는 절망감을 느꼈다. 언필칭 세계 최강대국이고 '자유세계'의 지도국이라 자랑하는 나라에서 어떻게 저렇게 무도한 작태가 버젓이 일어날 수 있단 말인가. 그것도 법의 이름으로.

검찰의 발표 후 자식의 한을 풀기 위해 동분서주했던 가녀의 모친이 인터뷰에 나왔다. 항상 핑계만 늘어놓으면서 인종차별 문제를 피해 가는 미국의 사법 시스템에 신물이 난다고 울분을 토했다. 그러나 죽는 날까지 정의를 포기할 수 없다고도 했다. 그녀의 호소를 차마 끝까지 들을 수가 없어서 스위치를 껐다. 나중에 뉴욕 경찰이 해당 경찰을 해고하긴 했지만 그걸 누가 정의의 실현이라 할 것인가.

미국의 흑인들만 피해자인 것도 아니다. 박한식 교수의 회고록을 보면 한국전쟁에서 왜 미군과 국군이 민간인 학살 사건을 저질렀는가 하는 질문이 나온다. 세 가지 대답이 제시되는데 그중 제일 중요한 이유가 해리 트루먼의 기독교적 선악관과 인종차별적 시각이었다고 한다.

퓨리턴적 신념으로 무장한 세계관에 무신론인 공산주의는 그 자체가 악이라는 정치신학이 결부되어 문제의 뿌리가 형성되었다. "트루먼과 미군정의 시각으로 볼 때 인디언과 피부색이 유사한 조선인이 빨갱이까지 되었다면 결코 살려둘 수 없는 '악마'에 지나지 않았다." 이런 경향은 역사적 뿌리가 깊다. 미군은 18세기에 아메리카 원주민들을 상대로 생물학전을 벌였고, 이차대전 때엔 독일이 아니라 일본에 원자탄을 투하했으며, 베트남인들에게는 '에이전트 오렌지'를 무차별 살포했다.

평생을 미국에서 활동한 박 교수는 "미국의 '유전자'에 인종주의가 각인"되어 있다고 단언한다. 서양인이 동양인에 대해 흔히 가지기 쉬운 우월감과 편견을 경험상 알고 있기에 나는 그의 설명에 고개가 끄덕여진다. 물론 반인종주의 원칙을 지키는 서양인들도 적지 않지만 말이다. 그렇지만 솔직히 말해 미국이나 서양만 인종차별적이고 한국 사람들은 결백한가. 인종주의는 백인들의 문제이기도 하지만 대다수 인간들과 관련된 문제이기도 하다. 아프리카 사람들을 '토인'이라 부르며 경멸과 조롱을 퍼붓곤 하던 시절이 부끄럽게 떠오른다.

한번은 뉴욕으로 가는 암트랙에서 차표를 확인하러 온 차장과 한참 이야기를 나눴다. 체구가 큰 흑인이었다. 뉴욕주립대 야간학부에서 사회학을 공부했다고 한다. 그는 미국의 노예제가 언제부터 시작되었는지 아느냐고 물었다. "영국의 해적선이 아프리카 앙골라 주민들을 버지니아에 끌고 온 게 1619년이었어요. 그때부터 이 나라에서 노예제가 시작된 겁니다. 그거 폐지하는 데 246년이 걸렸죠. 아마 그 기간만큼 더 지나야 인종차별이 사라질 거예요." 그렇다면 2111년까지 기다려야 한다는 말인가. 차장은 자기 이야기에 귀 기울이는 승객에게 호감이 갔는지 이런저런 이야기를 많이 해준다.

승무원실로 돌아갔다 한참 뒤에 다시 나온 그가 내 손에 책한 권을 쥐여주었다. "도착하려면 한참 남았으니……" 바이킹 출판사에서 나온 『에드워드 사이드 선집』, 손때가 묻고 모서리가 닳은 문고판이었다. 책장을 넘기다 연필로 줄을 쳐놓은 구절에 눈이 갔다. "호머 시대 이래 유럽인들이 오리엔트에 관해 말했던 것으로 미루어 보면 그들은 하나같이 인종주의자, 제국주의자, 그리고 거의 전적으로 자민족 중심주의자들이었다." 어둑어둑한 차창 밖을 내다보며 한숨을 쉬었던 기억이 지금도 남아 있다.

그런데도 맨해튼의 야경에 빠져 잠시나마 미국 현실을 반쪽만 보고 경탄했다니, 내 유치함의 끝이 어디인가. 현혹과 미혹은 종이 한 장 차이에 불과한가. 이런 일을 겪고 나니 스태튼 섬 페리의 로망에 씁쓸한 배신감이 섞였다. 맨해튼의 불바다에도 별로 관심이 가지 않는다. 저 건너 보이는 여의도의 불야성도 그 뒤에 뭐가 있을지 모르겠다는 의심부터 든다. 본의 아니게 회의론자가 되어버린 자신을 발견한다.

소와강에 흐르는 침묵의 절규

바람이 더 세졌다. 한기가 닥치니 갑자기 떠오르는 기억. 아주 오래전 이 다리를 건넌 적이 있었다! 사십 년쯤 된 것 같다. 서울 토박이 친구를 감언이설로 회유하여 겨울밤에 한강대교를 건넜다. 서울역 근처 포장마차에서 소주잔을 기울이다 즉석에서 결행한 일이었다. 눈을 못 뜰 정도로 바람이 매서웠다는 기억이 훅 올라온다.

정말 이상하다. 한강대교를 꼭 걷겠다고 다짐하면서도 예전에 건넜던 사실을 잊고 있었다니. 믿을 수 없고 종잡을 수 없는 게 기억이다. 기억은 일기장에 적힌 손글씨와는 다른, 액체와 고체 사이의 중간쯤 되는 물질이다. 무엇이 그 기억을 억누르고 있었던가. 기억이 이토록 가변적이라면 지금 이 순간의 나를 규정하(는 것처럼 기억되)는 인생사도 환상은 아니지만 그렇다고 팩트도 아닌, 내 꿈과 나비 꿈이 뒤섞인 캔버스란 말인가.

기분이 가라앉으면서 또 하나의 강줄기가 기억의 흐름 위로 올라온다. 내가 건너본 강 중에서 가장 조용하고, 가장 가라앉아 있고, 가장 서글펐던 물길, 소와강이다.

베를린에서 가르치고 있을 때다. 하루는 폴란드의 오시비엥침에 있는 유대박물관에서 특별전이 열린다는 소식을 들었다. 눈이 번쩍 뜨였다. 며칠 뒤 크라쿠프로 가는 비행기에 올랐다. 처음 타보는 프로펠러 쌍발기 아래로 끝없이 펼쳐지는 폴란드의 평원을 오래오래 내려다보았다. 그때만 해도 시외버스 대합실 같았던 크라쿠프 공항에 내려 시내에서 일박하고 다음 날 오시비엥침으로 가는 새벽 첫 기차를 탔다. 빗방울들이 가는 대각선을 그으며 차창에 흘러내렸다. 을씨년스런 날씨 속을 거의 두 시간 달려 오시비엥침역에 도착했다. 구내매점에서 커피한 잔을 사 들고 사람들이 걸어가는 쪽을 그냥 따라갔다.

이곳에 내리는 외지인들은 거의 백 퍼센트 아우슈비츠 수용소 방문자라 보면 된다. 아우슈비츠는 오시비엥침을 독일식으로 부르는 말이다. 폴란드 사람들은 지명은 오시비엥침, 강제수용소는 아우슈비츠라 부른다. '폴란드의 강제수용소'라고 하면 펄펄 뛴다. 그것을 금지하는 법까지 생겼다. 반드시 '나치의 아우슈비츠 강제수용소'라 해야 한다.

단체 인솔팀들이 많아 수용소 내 여기저기서 다국적 언어로 설명이 진행되고 있었다. 정식 명칭은 '아우슈비츠-비르케나우 국립박물관'이며 아우슈비츠 추모재단에서 관리한다. 육만 평이 넘는 부지에 I수용소, II수용소가 들어서 있다. 실제로 학살은 II수용소에서 더 많이 일어났지만 방문객들은 주로 메인 전시관이 있는 I수용소를 찾는다. 28동까지 있는 시설 중 '죽음의 막사'라는 별명이 붙은 11동에 사람들이 많이 몰린다. 아우슈비츠에 관해 하도 많이 읽었던 탓인지 기시감이 들 정도였다.

아우슈비츠는 홀로코스트의 대명사처럼 되어 있지만 나치의 수용소 분류체계로 보면 예외적인 시설이었다. 독일 내의 대다수 수용소는 '집결수용소', 즉 수인들을 한군데 모아놓은 시설이었다. 잔혹하게 운영하여 사상자가 많이 발생했지만 가둬놓고 강제노동시키는 게 일차 목적이었다. 뮌헨 근처에 있는 다하우 집결수용소에도 가봤는데 소각로가 있었지만 실제로 사용되지는 않았다고 한다.

반면 폴란드나 동유럽에는 '절멸수용소'가 많았다. 죽이는 것이 일차적 목적이었다. 악명 높은 벨젝, 첼름노, 소비보르, 트레블링카, 마즈다넥 같은 곳이다. 수인들을 오래 가둬놓지 않았고, 파자마 같은 유니폼을 입히지 않은 곳도 많았다. 수용소에 도착하는 즉시 죽였으니 오히려 세상에 덜 알려지고 기록도 적다. 벨젝 수용소에서만 오십만 명 가까이 학살당했는데 공식적으로 증언을 남긴 생존자는 단 한 사람뿐이었다. 그런데 아우슈비츠는 집결과 절멸, 두 기능을 함께 수행한 초대형 '종합' 수용소였다. 가둬놓고 강제노동을 시키면서 학살도 저지르는 이중적 기능을 수행했다. 이런 점을 교묘히 비틀어 홀로코스트 부정론자들이 아우슈비츠에서는 일만 시키고 대규모로 죽이지는 않았다고 주장한 적도 있었다.

막사 앞마당에서 단추 크기의 조약돌 하나를 주웠다. 지금도 그것을 크라쿠프에서 구입한 작은 나무 상자에 넣어서 가지고 있다. 관람이 끝나는 후문 쪽 서점에서 책자를 몇 권 샀다. 사람들은 관광버스에 오르거나 역 쪽으로 걸어갔지만 나는 그들과 반대 방향으로 발걸음을 옮겼다. 길가의 버스 정류장에 오시비엥침 타운 설립 팔백 주년을 홍보하는 포스터들이 붙어 있다. 원래 오시비엥침은 오스트리아, 독일, 체코 국경에서 가까운 실레지아 지역에 속하는 교역의 중심지였다. 오시비엥침은 소와강을 중심으로 원래의 타운이 있는 동지구, 그리고 강 건너 기차역과 수용소가 있는 서지구로 나뉜다.

이차대전이 동네를 완전히 바꿔놓았다. 나치가 폴란드를 침공한 후 오시비엥침 서지구에 산업시설이 들어섰고, 하필이면 강제수용소까지 설치되었다. 동지구 타운에는 유대인들이 팔천 명이나 살고 있었다. 인구의 절반 이상이었으니 유대인 타운이라 해도 과언이 아니었다. 중부유럽, 동유럽 유대인들이 사용하는 이디시어로 '손님'을 뜻하는 '오시피친'에서 지명이 비롯되었다는 설도 있다.

유대인들은 아우슈비츠 수용소를 만들 때 동원되어 터를 닦았고 그 수용소에 갇혔다가 죽음을 당했다. 동네의 폴란드 주민들 중 수용소에 갇힌 유대인 이웃을 돕다 처벌된 사람도 있었다. 지금은 오시비엥침 인구가 사만 명이 넘지만 유대인 주민은 단 한 사람도 없다. 세상이 바뀌었다고 해도 유대인으로서 오시비엥침에 돌아와 살고 싶은 사람이 누가 있겠는가.

소와강 다리를 건너려면 933번 국도인 레기오노브가를 따라 북쪽으로 올라가야 한다. 선거가 있는지 곳곳에 출마자들 포스터가 붙어 있다. 길가에 걸어가는 사람은 나밖에 없다. 강변에 식당이 하나 보였다. 손님이 아무도 없는 넓은 홀에 들어가 창밖으로 강물을 바라보면서 빵과 주레크 수프를 시켜 먹었다. 혼자 카운터를 지키던 남자가 음식을 갖다 주고 계산도 한다. 사방이 고요하다. '적막 레스토랑'이라고 이름을 붙여도 되겠다.

다시 걷기 시작했지만 여전히 사람을 만날 수 없다. 아파트 단지 앞에도, 까르푸 슈퍼 앞에도 사람이 안 보인다. 비가 오락가락하는 날씨 탓인지, 이 동네 역사를 자꾸 떠올려서인지 동네 전체가 깊이 가라앉아 있다는 인상을 받는다. 국도에서 이어지는 44번 간선도로를 따라가다 로터리에서 우회전하여 동쪽으로 잠시 걸으니 다리가 두 개 나온다. 왼쪽은 사람이 다니는 보행교, 오른쪽은 자동차 다리다. 식당에서 여기까지 사십 분쯤 걸렸다.

소와강은 슬로바키아에서 시작해 오시비엥침을 거쳐 비스와

강으로 흘러 들어가는 작은 지류천이다. 거품이 떠 있는 녹색의 물길이 천천히 왼쪽으로 흐른다. 그리 길지 않은 자그마한 다리가 동서 오시비엥침을 잇는다. 아우슈비츠의 역사가 없었더라면 그저 정다운 시골 동네 다리로 남았을 것이다. 강 건너편의 붉은 수도원 탑을 보면서 그쪽으로 발길을 향한다. 아무도 보이지 않고 그 흔한 새소리조차 들리지 않는다.

강제수용소에서 시신을 태우던 소각장에 집진 시설을 갖췄을 리 없다. 24시간 가동하던 소각로에서 뿜어져 나온 연기, 그을음, 분진이 바람을 타고 와서 강물을 뒤덮었을 것이다. 오스트리아의 마우타우젠에서는 수용소에서 날아오는 악취 나는 재 때문에 동네 전체가 늘 창문을 닫고 지내야 했다는 기록이 남아 있을 정도다.

강을 건너 작은 공원을 지나면 바로 널찍한 타운 광장이 보이고 오른쪽 첫째 건물이 유대박물관이다. 광장 마당에 선거 홍보 플래카드가 가득 세워져 있다. 박물관 현관의 입구 벽에 유대인의 집을 의미하는 문설주 '메주자'가 열한시에서 다섯시 방향으로 비스듬히 걸려 있다. 내가 들어서자 담소를 나누던 안내 데스크 직원들이 반가워한다. 방문객이 아무도 없다. 어느 나라에서 왔느냐고 묻는다. 한국이라고 하니 동양 사람이 찾아온 건 처음이라고 놀란다. 방명록에 "마침내 찾아왔습니다"라고 적었다.

전쟁 전까지만 해도 폴란드는 전 세계에서 유대인들이 제일 많이 살던 나라였다. 홀로코스트 희생자 육백만 명 중 절반이 폴란드 출신이었다. 바르샤바의 옛 게토 자리에 세워진 유대역사박물관에 가보면 폴란드에 유대인들이 처음 도착한 때가 10세기경이라고 설명한다. 천년의 세월이다. 폴란드 사람에게 유대인은 자기들 역사의 일부이고, 정체성의 한 조각이며, 문화의 큰 기둥이고, 복잡한 감정이 뒤섞인 집단이다. 앙리 베르그송, 지그문트 바우만, 베니 굿맨, 아르투르 루빈슈타인, 아이작 슈턴, 아이작 바셰비스 싱거가 없는 폴란드를 상상해보라.

원래의 유대 회당은 조금 전에 지나온 공원 자리에 있었고 현재 건물은 십 년 전에 박물관으로 개관했다고 한다. 특별전은 홀로코스트 전후 폴란드 유대인들 이야기 절반, 오시비엥침의 유대 공동체 이야기 절반으로 구성되어 있다. 몇십 년 전, 용산 미8군 영내에서 열린 유대인 신년 축하 로슈 하샤나 모임에 갔을 때 느꼈던 분위기와 비슷했다. 쿰란에서 발견된 이천 년 전 사해사본의 히브리어 경전을 21세기의 유대 초등학생들도 읽을 수 있다고 한다. 유대인의 정체성을 민족, 인종, 종교, 언어로만 설명할 수 없다. 오히려 몇천 년 동안, 전 세계에서 단일한 스토리를 유지하려고 발버둥 쳐온 문화적 응집력, 그 끈질긴 서사의 연속성에서 찾아야 하지 않을까 싶다.

두어 시간 꼬박 선 채로 전시물을 훑어보았다. 박물관을 떠날 때에는 관람객이 몇 명 보였다. 소와강 다리를 다시 건넜다. 벌써 해가 지고 있어서 역으로 돌아가는 길이 더 멀게 느껴졌다. 오늘 내가 보고 들은 것을 학생들에게 어떻게 전달하면 좋을까. 홀로코스트에 대해 강의를 하면 왜 유대인들이 저항하지 않았는가, 라는 반응이 나오곤 한다. 우울하고 어려운 질문이다.

유대인들이 저항하지 않았던 것은 아니다. 리투아니아나 벨라루스에서 빨치산 부대를 조직하여 투쟁을 벌였다. 영화 「디파이언스」의 배경이 그것이다. 1943년 바르샤바 게토에서 봉기도 일으켰다. 유럽의 점령지 전체에서 나치에 맞선 최초의 저항이었다. 프랑스의 레지스탕스 운동에서도 유대인의 비율이 높았다. 하지만 폴란드는 지형상 평지가 많은데다 일반 주민들의 호응을 얻기 어려웠고 전투 경험이 있는 유대인 재향군인도 없었으며 외국으로부터 무기를 조달하기도 쉽지 않았다. 유고슬라비아나 그리스처럼 무장투쟁을 벌이기에 좋은 조건이 아니었다.

이런 차원을 넘어 더 뼈아픈 문제는 유대인들 스스로 나치의 박해에 부역했다는 의혹이 있다는 점이다. 한나 아렌트의 『예루살렘의 아이히만』이 나온 이래 거의 육십 년 동안 계속된 논쟁이다. 특히 유대인 동포협회의 간부들이 저지른 일들이 논란을 낳고 또 낳았다. 아렌트는 오랫동안 유대 사회에서 같은 동포에게 어쩌면 그렇게 야박할 수 있느냐 하는 비난을 받았다.

아이히만의 재판이 마치 아렌트의 재판처럼 변해 지금까지 이어지고 있다. 이스라엘에서는 『예루살렘의 아이히만』이 2000년에야 히브리어 번역본으로 나왔다.

아렌트의 주장에 대해 짚어야 할 배경이 있다. 하나는, 아이히만이 붙잡힌 때가 전쟁 끝나고 겨우 십오 년밖에 안 된 시점이었다는 사실이다. 나치의 학살을 깊이 연구하지 못했을 때였다. 소문자로 된 '홀로코스트' 단어를 '파괴'라는 일반적 의미로만 사용했던 시절이었다. 『예루살렘의 아이히만』에는 '홀로코스트'가 소문자 단어로 딱 세 번 나온다. 1960년대 중반이 지나서야 대문자 고유명사로 '홀로코스트'라 쓰기 시작했고, '홀로코스트학'이라 부를 만한 연구 분야가 출현했다. 오늘날 우리는 아렌트보다 홀로코스트 역사에 대해 더 많이 알고 있다.

다른 하나는, 당연한 얘기지만 아렌트가 정치철학자였다는 사실이다. 사상을 논하고 권력의 의미를 탐구하는 일에는 명민하고 뛰어났지만, 실제 현장에서 구체적으로 어떤 사회현상을 조사하거나 그것을 구조적 조건에 비추어 맥락화하여 분석할 수 있는 훈련을 받은 사람이 아니었다. 이 때문에, 다소 거칠게 말하면 철학적·이론적 성향의 사람들은 아렌트를 열성적으로 읽고 토론하지만, 역사학이나 역사사회학 연구자들은 그의 견해를 그저 '하나의' 해석 정도로 간주하는 경향이 있다.

『예루살렘의 아이히만』의 시작 부분에서부터 일부 젊은이들을 제외한 나머지 유대인들이 마치 "도살장에 끌려가는 양 떼처럼" 고분고분 나치에게 목숨을 바친 것처럼—약간 비아냥조로—묘사된다. 뒤로 가면 유대인 동포협회 지도자들의 수치스런 행위들이 자세히 소개된다. 의도했든 안 했든 홀로코스트에 유대인 스스로의 책임이 어느 정도 있다는 식으로 읽힐 수 있는 대목이다. 아렌트 문장 특유의 신랄함과 아이러니가 넘쳐서 읽을 때마다 조마조마하다. 흥미롭긴 하나 냉소적이라고 해독될 수 있는 분위기가 분명히 있다.

유대인들의 '고분고분한' 태도에는 다 이유가 있었다. 우선, 저항이 성공할 가능성이 낮았다. 낮은 정도가 아니라 거의 없다시피 했다. 나치는 처음부터 모든 저항의 싹을 도려냈다. 유대인협회의 임원들이 조금이라도 마음에 들지 않으면 그 자리에서 쏘아 죽이기 일쑤였다. 협박용, 과시용 처벌도 흔했다. 폴란드 로츠의 유대인협회 간부 서른 명 중 스물두 명을 순전히 본보기로 총살시켰을 정도였다. "잘 봤지? 시키는 대로 할래, 당장 뒈질래?" 이런 식이었다. 로렌스 랭거는 이것을 "선택 아닌 선택"이라 불렀다.

또한 유대인들은 나치가 자기들을 무조건, 모조리 죽일 거라고는 예상하지 못했다. 할 수도 없었다. "어차피 죽일 거라면 왜 공장 가동을 허용해줬겠어? 그런데도 다 죽인다? 도대체 말이 안 되잖아?" 설령 멀리서 집단학살이 벌어지고 있다는 소문이 들려도 이곳에선 살아남을 수 있다는 희망이 손톱만큼이라도 있어 보이면 그 기대의 동아줄을 끝까지 붙잡고 있었다. 누군들 그렇게 하지 않겠는가.

게다가 유대인들을 '유대인'이라는 동질적 집단으로 보는 시각도 사후적 해석에 불과하다. 유대인들은—다른 여느 인간 집단들과 마찬가지로—복잡한 사회적 관계로 얽히고설키고 갈라져 있었다. 유대인들 사이에 적어도 다섯 개의 단층선이 존재했다. 첫째, 도시 중산층 출신 세속주의자와 사회주의자. 둘째, 종교인과 마르크스주의자와 일반인이 뒤섞인 시온주의자. 셋째, 전통적인 유대교 정통파 신도들. 넷째, 18세기 동유럽에서 시작된 열성적인 하시딤파. 다섯째, 공산당원들. 평소에 절대로 말을 섞지 않던 사람들이 박해를 받는다고 하루아침에 유대인이라는 이유만으로 대동단결하여 투쟁에 나설 수 있었겠는가. 그건 후세 사람들의 순진한 소망에 불과하다.

가혹한 상황에서 생명을 부지하기조차 어려웠던 사정도 감안해야 한다. 1941년 바르샤바 게토의 식량 배급은 하루 이백 칼로리 정도에 불과했다. 종일 라면 반 봉지로 버틴다고 상상해보라. 배가 고파 휘청거리고, 결핵과 장티푸스와 발진티푸스에 시달리고, 기력이 없어 걷기도 힘든 사람들이 저항에 나설 수 있었겠는가.

홀로코스트의 전체 모습을 있는 그대로 파악하려면 인간의 행위를 규범적으로 재단하기보다, 사회학적 상상력으로 보는 눈이 그래서 필요하다.

거대한 '악'이 발생하면 어떤 결과가 초래될까. 첫째, 피해자에게 일차적인 영향, 즉 고통과 손실이 발생한다. 우리가 가해자를 비난하는 것은 흔히 이런 일차적 가해행위에 대한 반발 때문이다. 그러나 '악'의 영향은 그것으로 끝나지 않는다.

둘째, 피해자, 피해자와 가까운 사람들, 피해자가 속한 집단 안에 잠복해 있던 인간의 온갖 추한 양상을 강제로 들추는 효과가 나타난다. 목숨이 걸린 상황에서 유대인들은 보통 때라면 절대 나타내지 않았을 인간의 적나라하고 모순적인 측면을 고스란히 노출시킬 수밖에 없었다. 유대인협회 간부들의 비루한 짓도 이런 맥락에서 발생했다. 배신, 변절, 밀고, 자치경찰이 되어 동포를 괴롭힌 자들도 나왔다.

이런 식의 이차적 영향이야말로 가해행위의 진정한 사악성이라 할 수 있다. 피해자가 인간으로서 걸치고 있던 체면과 존엄의 마지막 속옷마저 발가벗겨져 더욱 비참한 존재로 전락하게 만드는 것, 그럼으로써 이 세상에 사악함의 총량도 늘어난 것이다. "탄압이 피해자를 성인으로 만들지는 않는다"라는 프리모 레비의 말은 비극적인 진실이다. 아렌트가 유대인들을 비난했을 때 이런 점까지 고려했을까.

아렌트가 유행시킨 개념 '악의 평범성' 또는 '악의 진부성'에 대해서도 생각해보자. 베티나 스탕네스가 쓴 『예루살렘 이전의 아이히만』은 아렌트의 기본 전제에 의문을 제기한다. '이른바 사센 인터뷰'라는 제목이 붙은 4장에는 아이히만이 전후 아르헨티나에서 도피 생활을 할 때 친나치 언론인 빌렘 사센과 나눈 인터뷰―수백 시간짜리―의 녹취록을 분석한 내용이 나온다. 스탕네스는 학계의 오십 년 연구 덕분에 이제 아이히만의 거짓말에 반박할 수 있는 논리가 마련됐다고 단언한다. 픽션 뒤에 숨어 있던 팩트가 완전히 드러났다는 것이다.

아이히만이 사센에게 솔직히 털어놓은 증언에서 그의 인생관과 가치관이 적나라하게 표출된다. "전쟁이 끝나갈 무렵, 거의 마지막 순간이라고 해도 과언이 아닌 시점에서 나는 부하들에게 이렇게 말한 적이 있었다…… '반드시 그렇게 해야만 한다면 나는 오백여만에 달하는 제3제국의 적들이 소멸되었음을 확인한 후 환호작약하면서 기꺼이 죽음의 구덩이로 떨어질 것이다'라고." 설령 죽는 한이 있어도 유대인 수백만을 죽일 수 있다면 행복하게 죽음을 맞겠다는 소리 아닌가?

녹음기 앞에서의 기고만장한 아이히만은 예루살렘 법정에서의 왜소하고 초라한 아이히만이 아니었다. 그는 아렌트가 묘사했던 것처럼 스스로 생각하지 않고, 거대한 기계의 톱니바퀴처럼 명령에만 충실했던, 공감 능력이 결여된, 로봇과 같은 일개 관료가 아니었다. 무사유? 아이히만은 그런 인간이 아니었다.

뼛속까지 확신범이었고 백팔십도 다른 모습을 연기할 줄 아는 계산형 인간이었다.

그런데도 아렌트는 왜 그를 악의 평범성의 사례로 해석했을까? 몇 가지 설명이 가능하다고 본다.

아렌트는 아이히만이 작성한 진술서를 읽으면서 그것이 너무나 뻔한 관료적 어투와 진부한 문장으로 되어 있어서 실소를 금치 못했다고 술회한 적이 있다. 아이히만이 피상적으로 그런 언행을 했을 수는 있다. 그러나 명백히 사악한 실행 동기와 의도를 가졌으면서도 진부하고 따분하고 기계적인 행동을 취하는 경우가 있을 수 있다. 평범한 외양과 사악한 내면이 공존할 수 있다는 말이다. 나치 잔당들의 재판에서 흔히 나타났던 모습이다. 약간 어눌하고 말귀를 못 알아듣는 듯한, '세상 물정 모르는 우직한 병사'와 같은 모습으로 스스로를 가장했던 자들이 있었다. 이것을 '악의 가면성'이라 불러보자.

다음, 아이히만이 자신의 악을 인식하고 악행을 의도했으면서도 그것을 심리적으로 억압-부인하면서, 진부한 관료 마인드에 기대어 판단하고 행동한다고 스스로 믿었을 수도 있다. 이것을 '악의 자기기만성'이라고 부르면 어떨까.

마지막으로, 나치 정권의 집단사고에 빠져 남들이 하는 대로, 그들을 본떠 반유대주의를 '욕망'했을 수도 있다. 르네 지라르식으로 표현하자면 '악의 모방 욕구'에 해당된다고 하겠다.

'악의 평범성'이 독창적이고 심오한 개념인 것은 의문의 여지가 없다. 악에 관해 우리의 고정관념을 전복시킨 혁명적인 발상이다. 악행의 중심에 속하지 않은 주변부 관리자, 전체적 결과에 대해 생각할 틈이나 능력이 없이 눈앞의 임무 수행에만 급급하는 범상한 인간, 피상적인 언어와 현상유지적인 프레임에 무신경하게 편승하여 안일하게 살다 결과적으로 악행에 일조하는 썩은 사과들이 세상에 얼마나 많은가.

그런데 이러한 '무사유'형 인간들이 악행에 기여하는 바가 있다 하더라도 아이히만이 꼭 그런 사람이었다고 보기는 어렵다. 아렌트는 악의 평범성이라는 빛나는 통찰을 내놓았지만 그것을 잘못된 사례에 적용한 것 같다. 훌륭한 개념을 설명하기 위해 나쁜 예를 드는 우를 범했다고나 할까. 황금 화살로 엉뚱한 과녁을 쏘았다고 나는 생각한다.

어둠이 깊어지니 한강대교 상판의 진동이 더 심하게 느껴진다. SOS 생명의 전화를 지나면서 인명구조장비 보관함을 또 만난다. 다리를 왕복할 때마다 보게 되니 스스로 세상을 등지는 사람들을 또다시 떠올리지 않을 수 없다.

홀로코스트 생존자로서 자살한 사람들이 많았다. 이스라엘에는 생존자 중 이런 선택을 한 사람을 전문적으로 연구하는 정신의학자들도 있다. 가해자의 언어로 시를 써야 했던 파울 첼란은 「죽음의 푸가」에서 "새벽의 검은 우유"를 마신다고 했다. 그러고는 센강에 몸을 던졌다. 나치수용소에서 탈출해 저항운동을 벌이다 다시 아우슈비츠에 갇혔지만 생환할 수 있었던 풍운아 장 아메리도 끝내 스스로 목숨을 끊었다. 『자유 죽음』에서 그가 남긴 말이 있다. "죽음을 기다린다는 것은 일종의 수동태이다. 하지만 자유 죽음은 문법적으로나 실제로나 적극적인 행위다." 자유로운 죽음의 선택이 곧 궁극적으로 저항의 길이라는 뜻인가. 노들섬의 버스 승강장 번호 '03-340'이 선명하게 시야에 들어온다. 한강철교를 지나는 열차의 그림자가 강물 위에 또렷하게 반사되어 지나간다. 크라쿠프로 돌아오는 야간열차의 그림자도 소와강의 검은 수면 위에 저렇게 인장처럼 찍히며 달렸을 것이다.

　사족. 원고를 출판사에 보낸 후에 이스라엘-하마스 전쟁이 터졌다. 안전하다고 생각했을 자기 나라에서 살해된 유대인들, 포위당한 채 토끼몰이처럼 집단학살되는 가자 주민들. 나는 분노와 슬픔과 무력감으로 잠을 이루지 못했다. 철들고 처음으로 언론 기사를 읽을 수가 없었고, 보도사진과 동영상을 볼 수가 없었다. 백신을 맞으러 병원 대기실에 앉아 있는데 텔레비전에서 가자의 병원 뉴스가 나왔다. 얼굴이 백지장이 된 팔레스타인 아이들이 피를 흘리고 있었다. 내 한 몸 건강에 신경 쓰고 있는 자신이 처참하고 부끄러웠다. 과거의 피해자가 오늘의 가해자가 된 역사의 기막힌 아이러니!

자오선의 노스탤지어

전망대 휴게소의 조명이 교각과 강물을 훤히 비춘다. 다음에
는 낮에 와서 차를 한잔해야겠다. 맥주 캔을 든 청년이 지나간
다. 바람 센 한강 다리 위에서 맥주 한잔하며 걸어가는 뒷모습
이 너무 멋있어 보인다.

찬바람을 맞지 않고 강을 건널 수는 없을까. 방법이 있다. 터
널을 이용하면 된다. 오랫동안 하저터널을 이용해봐서 그게 얼
마나 재미있고 편리한지 잘 안다. 비가 와도 눈이 와도 폭풍이
몰아쳐도 아무 걱정 없다. 특히 홍수가 나서 강둑까지 물이 출
렁이는 날, 강바닥 아래 지하 통로를 마른 발로 건널 때의 그
스릴감은 말로 표현할 수 없다. 한강에 5호선과 분당선이 지나
는 하저터널이 있지만 보행용 터널은 아직 없다. 런던의 템즈
강에는 터널이 서른 개도 넘게 뚫려 있다. 점토로 된 지층이어
서 공사가 쉽다고 한다. 보행자와 자전거가 다닐 수 있는 주민
용 터널이 세 개, 그중 두 개가 그리니치에 있었다. '우리 동네'

라 할 만큼 정이 들었던 곳이다.

그리니치는 템즈강 남동쪽에 있는 자치구다. 동네 사람들은 '그레니치'라 발음한다. 서울로 치면 송파구쯤 되는 위치다. 한강은 서쪽으로 흐르지만 템즈강은 동쪽으로 흐르니 그리니치는 강 하류 지역에 속한다. 그리니치구, 그 안에서도 동쪽 끝에 있는 애비우드의 전셋집에서 몇 년을 살았다. 12세기에 세워진 레스니스 애비 수도원이 있던 숲이라는 뜻의 지명이었다. 템즈강 하류의 상습 침수 지역을 매립하여 택지로 개발한 곳이다. 집에서 강까지 직선거리로 이 킬로가 채 안 됐다. 널찍한 공간과 녹지, 아일랜드, 인도, 이탈리아, 아시아 출신이 많이 사는, 약간 썰렁하고 느릿느릿하고 드문드문한 변두리 서민 동네였다. 애비우드역은 교외선이 지나는 노선에 있어서 런던 한복판의 차링크로스역까지 한 시간 거리였다.

세상 어디에서 살든 자신이 발을 딛고 있는 로컬에서 살기 마련이다. 구청에서 정한 주민세, 쓰레기 수거, 마을버스, 공원 이용, 병원 위치, 주차 규정, 반려동물 규정까지 다 로컬의 영향을 받는다. 그렇게 살다 보니 생활정보지의 세일 광고를 열심히 뒤지는 진짜 동네 사람이 되어 있었다. 보수당이 추진했던 민영화 바람으로 공공시설이 매물로 나오곤 했다. 한번은 애비우드역을 매각한다는 공고가 나왔다. 사설 역장이 되어 이 동네에 말뚝을 박을까 하는 엉뚱한 상상도 해봤다.

건너 건넛집에 세 들어 사는 식구들과 알고 지냈는데 하루는 동네에 난리가 났다. 그 세입자 가족이 사라졌다는 것이다. 몇 달 치 집세를 내지 않은 채 계단의 카펫까지 걷어 야반도주했다고 한다. 낡은 승용차 한 대에 전체 식구들과 카펫까지 어떻게 싣고 갔는지 그 점이 제일 궁금했다. 그 정도로 수더분한 동네였다. 그런데 2022년 런던에 새 전철선 '엘리자베스 라인'이 개통되었다. 놀랍게도 동쪽 종착역이 애비우드였다. 변두리의 평범했던 동네가 천지개벽을 한 것이다.

학교에 안 나가는 날에는 골방에서 논문을 쓰다 점심을 먹은 후 애비우드 숲에 갔다. 연륜 깊고 거대한 산림지구다. 중세 수도원이 있던 자리에는 돌담의 흔적이 설계도처럼 남아 있었다. 숲속으로 난 산책로, 작은 개울, 언덕에 혼자 서 있는 뽕나무 노목, 봄이 되면 수선화와 청색 초롱꽃이 만발한 풀밭, 상어 이빨 화석이 나오는 자연보존 구역을 산책하며 머리를 식히다 근처 초등학교가 끝나는 시간에 맞춰 아이를 데리러 갔다.

강가에도 자주 나갔다. 옆 동네 울리치에 가면 강을 건널 수 있는 선착장이 있었다. 몇백 년 전부터 나룻배가 오가던 곳이다. 19세기 말 템즈강의 다리 통행료가 폐지되면서 페리 서비스도 무료가 되었다. 페리 두 척이 하루 종일 교대로 사람과 자동차를 강남과 강북으로 이어준다. 배가 부두에 닿으면 선원들이 템즈 하구 사투리로 소리를 지르며 신호를 주고받았다.

춥거나 비가 많이 오는 날에는 근처 터널로 내려가 걸어서 강을 건넜다. 천장에서 물이 새고, 끝이 안 보이게 도열해 있는 빛바랜 램프들이 터널 벽에 대나무 마디처럼 겹겹이 음영을 드리우는, 오백 미터가 넘는 기나긴 원형 공간이었다. 초현실적이고 초시간적인 분위기 때문에 스탠리 큐브릭의 「2001 스페이스 오디세이」를 떠올리곤 했다.

터널을 건너 강북으로 올라가면 뉴엄구가 나온다. 강변에 있는 로열 빅토리아 가든스 공원에 오르면 끝없이 펼쳐진 템즈강 하구가 보였다. 내게 강 풍경은 만성적인 불안을 다독여주는 안정제와도 같았다. 이 물길을 따라 바다를 동쪽으로 직선 횡단하면 네덜란드 서남단에 도착한다. 공원에서 북쪽으로 더 올라가면 큐브릭이 「풀 메탈 재킷」을 찍었던 벡턴 가스공장 자리가 나온다. 말할 수 없이 황량한 풍경인데 어떻게 이런 곳이 베트남전 촬영 장소로 뽑혔는지 의아할 따름이다. 2012년 이 근처에서 올림픽이 열려 런던에서 제일 낙후되었던 지역이 많이 좋아졌다는 이야기를 들었다.

같은 그리니치구라도 서쪽은 우리 동네와 분위기가 달랐다. 거기야말로 그리니치구의 정수라 할 수 있는 곳이었다. 강가의 그리니치 공원에는 언제나 관광객들이 붐볐다. 언덕 꼭대기에 적갈색 벽돌로 된 그리니치 천문대가 있다. 이곳을 본초자오선이 지난다. 사람들이 줄을 지어 사진을 찍는다. 북쪽을 바라보며 자오선 중간에 서서 오른쪽으로 똑바로 가면 동경 124도에 평안북도 신도군 마안도가 나오고, 왼쪽으로 주욱 가면 서경 67도에 미국의 메인주 웨스트쿼디헤드가 나온다.

19세기 말에 그리니치를 경도 원점으로 하고, 세계시간을 그리니치 평균시(GMT)에 맞추기로 합의가 되었다. 현실적 이유가 컸다. 국제무역에 종사하던 전 세계 화물선의 칠십 퍼센트 이상이 그리니치를 기준점으로 표시한 해도를 사용했다고 한다. 영국의 위세가 '세상의 물결을 주름잡던' 세기였다. 영향력이 곧 표준이 되고, 표준이 곧 제국주의의 상징이던 시대였다.

중학교 때 공업 과목에서 전자기술을 배웠다. 라디오 조립 경연대회에 나가 입상한 적도 있었다. 공고에 진학할까 심각하게 고민하기도 했었다. 고등학교 때엔 하라는 공부는 안 하고 단파방송에 빠져 집에 있던 커다란 진공관 라디오로 KBS의 일본어 국제방송을 들었다. "고치라와 라지오 간코쿠노 곡사이 호소 데쓰……"라고 시작되는 방송 멘트를 외우고 다녔다. BBC월드서비스는 6.19메가헤르츠로 듣다 신호가 나빠지면 9.58로 옮기면서 들었는데 그리니치 시간으로 매시간 정시에 흘러나오는 씩씩한 시그널 행진곡에 홀려 살았다. 나중에 알고 보니 헨리 퍼셀의 「릴리 볼레로」라는 곡이었다. 아침에 학교 가기 싫을 때에도 이 곡조를 떠올리면 발걸음에 힘이 나곤 했다.

간혹 시간이 나면 가족과 그리니치 공원에 나가곤 했다. 한

번은 아이가 공원 내 어린이동산에서 놀잇배를 태워달라고 졸랐다. 어른 허벅지 정도 깊이의 풀장에 호기롭게 배를 띄웠다. 풀의 중간쯤에서 갑자기 거센 풍랑이 일면서 우리가 탄 오리보트가 요동을 쳤다. 나는 사력을 다해 버텼지만 심한 멀미에 결국 구토까지 하게 됐다. 이러다 이역만리 물놀이 공원에서 수장당할 수도 있겠다 싶은 공포에 사로잡혔다. 일생일대의 위기를 겪은 후 나는 지금껏 물을 멀리한다.

주말이면 공원 근처에 벼룩시장이 섰다. 아이 장난감과 동화책, 의자나 티테이블 같은 중고가구를 '극헐값'에 살 수 있었다. 그때 샀던 가구들을 지금도 곁에 두고 쓴다. 비를 맞으며 옛 그림을 뒤지다 '안 깎아주면 다신 안 온다'고 주인에게 큰소리칠 정도가 되면 동네의 '박힌 돌'이 다 된 것이다. 거문도를 '포트 해밀턴'이라고 표기한 19세기 '꼬레아' 지도를 찾아낸 것도 이곳 벼룩시장에서였다. 롬니 로드에 있는 타이 식당에서 볶음국수를 먹고 길가에서 스티로폼 잔에 담아주는 이십 펜스짜리 홍차를 마시다 보면 어느새 해가 졌다. 가을이 오면 오후 네시에 벌써 초저녁 같은 어스름이 깔렸다.

그리니치의 애칭이 '해양구 그리니치'다. 공원에서 강변으로 내려오면 양주 브랜드로 유명한 배 커티사크가 전시되어 있다. 강을 따라 오른쪽으로 발길을 옮기면 독수리 날개처럼 대칭을 이루는 웅장한 쌍둥이 돔 빌딩이 나온다. 유네스코 세계문화유

산에 등재된 구 왕립 해군사관학교 건물이다. 영국은 바다 위에 건설되었고, 바다 제국의 바탕에 해군이 있었으며, 해군의 중심에 해군사관학교가 있었다. 트라팔가 해전을 승리로 이끌고 전사한 넬슨 제독의 시신이 가장 먼저 운구된 곳도 해군사관학교였다. 대영제국이 여러 개의 동심원이라면 제일 안쪽의 심장이 그리니치였다.

이때 영국은 정말 잘나가던 나라였다. 흥분하지 않는 냉정한 분석으로 이름난 홉스봄조차 이렇게 썼다. "1815년경 영국은 인류 역사를 통틀어 가장 완벽한 승자로 등극했다. 프랑스와의 20년 전쟁 후 산업화된 유일한 나라, 세계를 지배하는 유일한 해군력, 사실상 유일무이한 식민 지배 강국으로 자리 잡았다. 1840년 영국 해군은 다른 모든 나라의 군함을 합친 것보다 더 많은 함대를 보유하고 있었다." 이런 영광을 자기 안방에서 경험한 주민들의 자부심이 어떠했겠는가. 조지프 콘래드의 『암흑의 핵심』에 데트포드, 그리니치에서 온 수부들이라는 표현이 등장할 정도였다. 허구한 날 누비고 쏘다녔던 동네, 긴 세월 몸담았던 나라에 관심이 안 간다면 거짓말이다. 뉴스를 읽다가 영국을 생각하기도 하고, 영화를 보다가 그리니치를 떠올리기도 한다. 그런데 그런 친근감을 뒤흔든 사건이 발생했다. 영국이 유럽연합을 탈퇴한 것이다. 브렉시트 국민투표를 실시한다는 소식을 듣고 나는 한 줌도 안 되는 잉글랜드 민족주의

또라이들이 난리를 친다고 생각했다. 말도 안 되는 헛발질이라고 기막혀했다. 찻잔 속 태풍으로 끝날 거라고 굳게 믿었다. 내가 참 나이브했다.

솔직히 충격을 많이 받았다. 결과도 결과지만 그 과정에서 영국의 민낯을 보았다고나 할까. 경악스러웠다. 투표일이 가까워질수록 이 사태가 장난이 아니란 사실이 분명해졌다. 탈퇴와 잔류 사이의 거리가 철천지원수들보다도 멀었다. 지도자들부터 보통 사람들까지 온 나라가 둘로 쪼개졌다. 교회에서 예배 시간에 브렉시트 결과와 상관없이 서로 미워하지 않게 해달라는 기도를 바친다고 했다. 영국 지인들의 의견도 갈라져 있었다. 막역하게 지내던 옛 친구가 탈퇴 캠페인을 벌인다는 소식을 전해 들으니 마음이 뒤숭숭해졌다.

민주주의에서 자기 마음에 들지 않아도 전체의 결정에 승복해야 한다는 건 너무나 지당한 말이다. 하지만 결론에 이르는 과정이 엉망진창이라도 승복해야 하는가. 명백한 허위 정보로 선동하여 억지 결론을 만들어냈더라도? 특히 탈퇴파 중 일부가 보여준 태도는 이 나라가 내가 알던 그 나라가 맞나 하는 회의를 품게 할 정도였다. 날것 그대로의 감정, 조야하고 천박한 수사, 유럽에 대해 광기에 가까운 증오, 도저히 이해하기 어려웠다. 잔류를 주장하던 국회의원이 백주에 살해당하는 사건까지 발생했다. 총으로 세 번 쏘고 칼로 열다섯 번 찔렀다고 한다.

탈퇴를 주도한 보수당 내 강경파들에 대해 나는 이루 말할 수 없는 분노와 함께 경멸의 마음이 들었다. 어떻게 저런 새빨간 거짓말로 사람들을 호도하는가. 영국이 유럽에 속아 돈을 퍼주고 있다느니, 이주자들이 온 나라를 갈색으로 바꾸고 있다느니, 오바마 대통령이 원래 케냐 출신 반영파라서 유럽 잔류를 권한다느니, 아주 대놓고 인종차별적인 선전 선동을 해댔다.

그런 짓을 이끌었던 강경파 중에 좋은 집안, 이튼 같은 명문 사립학교 출신의 소위 엘리트들이 많았다. 이들은 보수당 내 잔류파에 속한 원로들을 쫓아내기까지 했다. 윈스턴 처칠의 손자까지 출당되었다. 그런 광란의 작태의 꼭짓점에 있었던 보리스 존슨은 총리가 되었다가 각종 스캔들로 불명예 퇴진했다. 평생을 거짓말과 허풍으로, 사기꾼처럼 살았던 문제적 인간이었다.

내가 알던 영국의 보수파는 대처 때에 경제적으로 신자유주의 노선을 취하긴 했어도 정치적으로는 상식선을 넘지 않는 분별력 있는 집단이었다. 노회한 품격 같은 것이 있었다. 하지만 내가 가졌던 그런 인상은 표피적이고 낭만적인 허상에 지나지 않았다. 사람이든 정당이든 나라든, 진짜 속내를 알기는 어렵다는 결론을 내릴 수밖에 없었다.

브렉시트에 관해 수많은 연구가 이루어졌다. 정치적, 경제적, 외교적, 역사적 측면에서 온갖 분석이 나왔다. 일리 있는 설명이 많았지만 사회학적으로 흡족한 연구를 접하지 못해 아쉬움이 남아 있었다. 그러다 '노스탤지어의 정치'라는 연구 주제를 접했다. 신선하고 뉘앙스 있는 분석이었다. 노스탤지어는 브렉시트뿐 아니라 오늘날 전 세계의 여러 현상을 설명해줄 수 있는 키워드라 할 만하다.

노스탤지어는 호머의 『오디세이』에서 귀향을 뜻하는 '노스토스'와, 병을 의미하는 '알고스'를 합친 말이다. 고향을 그리는 병, 즉 향수병이다. 1688년 스위스의 의학자 요하네스 호퍼가 처음 사용한 용어라 한다. 프랑스와 이탈리아의 저지대에 와 있던 스위스 용병 중에 시름시름 앓는 병사들이 나왔다. 기절, 고열, 소화불량, 위경련, 심지어 사망자까지 발생했다. 스위스의 알프스를 그리워하다 걸린 병이라고 추측하게 되었다. 그래서 '스위스병'이라는 별명도 생겼다. 치료법은? 병사들에게 고향 스위스의 노래를 부르지 못하게 했다!

나중에 독일 낭만주의에서는 고향을 그리워하는 향수병을 '하임베(Heimweh)', 오히려 객지로 돌아다니고 싶어 하는 역마살을 '페른베(Fernweh)'로 나누었다. 내 주변에도 두 가지를 함께 앓는 '향수-역마 복합증후군' 환자가 적지 않은 것 같다.

브렉시트 논쟁 와중에 사회학자들은 탈퇴파들이 '뭔가를 잃은 듯한 심리적 상태'에 사로잡혀 있다는 사실을 발견했다. 탈퇴파들이 원통하게 생각하는 몇 가지 공통점이 있었다. 좋았던 시절이 다 끝났다, 전통적 미풍양속이 사라졌다, 사회적 관계가 뒤죽박죽이 되었다, 사람들 사이에 진정성이 없어졌다……
요컨대 이들은 자신의 존재를 이어주던 동아줄이 끊긴 것 같은
상실감에 빠져 있었다. 심리학에서는 사람의 '자기 지속성'이
단절될 때 생기는 마음의 병이 곧 노스탤지어라고 풀이한다.

노스탤지어의 정치적 측면은 브렉시트 논쟁 이전부터 연구
대상이었다. 특히 소련 붕괴 후 러시아 국민 중에 '포스트-소
련 노스탤지어'에 빠진 사람이 많았다. 하루아침에 자기 나라
가 허공에 사라져버린, 따라서 자기부정을 할 수밖에 없게 된
이들의 심정을 상상해보라. 요즘의 러시아 상황을 생각해보면
소비에트 노스탤지어가 이해되는 측면이 있다.

유고슬라비아는 독특한 경우다. 티토가 이끌었던 구 유고연
방은 비동맹운동의 대표주자에 속했다. 동서 진영 사이에서 비
교적 균형 잡힌 외교를 했기 때문에 유고 여권을 들고 미국이
든 소련이든 대다수 나라들을 마음대로 다닐 수 있었다. 동구
권 다른 나라 사람들에게는 상상하기 어려운 특권이었다. 세르
비아, 크로아티아, 보스니아-헤르체고비나, 슬로베니아, 몬테
네그로, 북마케도니아, 이렇게 여섯 개 공화국으로 이루어졌던
유고슬라비아는 더 이상 존재하지 않지만 통합되어 있던 시절
을 그리워하는 '유고 노스탤지어'가 요즘 다시 나타나고 있다.
비엔나에 사는 구 유고 출신 이주자들은 유고연방이 창설된 날
짜를 딴 '11 · 29 합창단'을 만들어 향수를 달래고 있다. 여섯

개 공화국 출신자들이 모두 포함돼 있다고 한다.

지나간 어떤 시기, 어떤 대상, 어떤 상태에 그리움을 느끼는 것은 대다수 사람에게 나타나는 현상이다. 하지만 노스탤지어가 집단적으로 터져 나오면 문제가 될 수 있다. 집단적으로 상상하는 과거를 그리워하지 않는 사람, 집단적 노스탤지어를 공유하지 않는 사람은 배제되기 쉽기 때문이다.

영국에서는 19세기 말부터 20세기 초 사이에 정치적 노스탤지어가 처음으로 등장했다고 한다. '좋았던' 빅토리아 시대가 끝나고 쇠락의 시대가 도래했다는 서글픔에서였다. 노스탤지어는 사회 변화가 극심할 때 고개를 드러낸다.

브렉시트 논쟁도 마찬가지다. 불평등, 불안정, 유럽에서 '떼거리로 밀려드는' 이주자들, 익숙하던 사회환경의 변화, 지구화와 인터넷 때문에 시간과 공간의 질서가 불규칙하게 풀려져 부유하는 상태…… 이런 것들이 영국인으로 하여금 덜 어지럽고 덜 불안한 어떤 정신적 닻을 갈구하게 한 것 같다.

노스탤지어의 사회학에서는 '성찰적 향수병'과 '복고적 향수병'을 구분한다. 성찰적 향수병은 과거를 그리워하지만 옛날에도 나쁜 점이 있었고, 오늘날에도 좋은 점이 있다는 식으로 생각한다. 일종의 균형 잡힌 노스탤지어다. 그러나 복고적 향수병은 과거를 이상화하고, 아름다웠던 과거를 복원하고 싶어 한다. "다문화도 없고 지구화도 없고 남녀가 유별하던, 참 좋았던 시절이 있었지." 그런데 세상이 개판이 되었다. 누구 책임인가, 이주자, 난민, 좌파들 때문이란다.

미국의 트럼프는 복고적 노스탤지어에 편승하여 대통령이 되었다. "미국을 다시 위대하게 만들자!" 영국의 브렉시트 탈퇴파들은 윌리엄 블레이크의 시 「예루살렘」에 나오는 "푸르고 향그러운 땅"을 독립운동 구호처럼 써먹었다.

코로나로 경제가 엄청난 타격을 받던 와중에 영국발 뉴스 하나가 눈에 들어왔다. "위대한 해양 무역 국가로서의 위상을 만방에 떨치기 위해서" 왕실 의전용 요트를 새로 마련하겠다는 거다. 무려 삼천억 원이 넘는 공적 자금을 순전히 노스탤지어 부활 프로젝트에 쓰겠다니, 아직도 정신을 못 차렸다. 브렉시트로 물가가 너무 올라 국민들은 식품비와 난방비 사이에서 선택을 해야 하는 상황이었는데. 브렉시트 투표가 끝나자마자 그리니치구의 결과를 확인해봤다. 탈퇴 44, 잔류 56, 전국의 잔류 평균 48퍼센트보다 훨씬 높았다. 노스탤지어를 제일 많이 느낄 법한 옛 제국의 심장부에서 퇴행적 노스탤지어를 거부한 것이다. 과거에 집착하는 정념이 미래로 나아가는 길의 걸림돌이 되어선 안 된다고 판단한 것이라고 해석한다. 해군사관학교 자리에는 현재 그리니치 대학과 트리니티 음악학교가 들어섰다. 캠퍼스를 누구에게나 개방하고, 주민과 관광객을 위해 공개 연주회를 일 년 내내 열고 있다.

21세기 초만 해도 사회학자들은 노스탤지어 운운하던 시대는 끝났다고 가정했다. 하지만 복고적인 노스탤지어가 '화려하게' 귀환하여 엄청난 영향을 끼치고 있다. 노스탤지어의 복수가 시작된 것 같다. 더구나 기후변화와 팬데믹을 겪는 시대다. 좋았던 과거만이 아니라 평범한 일상의 회복, 규칙적인 절기와 날씨까지도 노스탤지어의 대상이 될 정도가 되었다. 정치, 사회뿐만 아니라 앞으로 문화, 예술, 창작에서도 노스탤지어의 문제를 어떻게 볼 것인가 하는 점이 중요한 주제로 부각될 것이다. 21세기형 노스탤지어 문학 장르가 크게 유행할 가능성이 있다.

갑자기 유람선 네 척이 찬란한 조명을 밝히며 철교 쪽으로 내려간다. 처음 보는 장관이다. 불빛이 수면 위로 화려하게 번진다. 셔터를 눌렀지만 손이 떨려서인지 흐릿한 섬광에 둘러싸인 검은 배의 이미지만 나온다. 확실히 잡히지 않고 초점이 분산되긴 하지만 분명히 존재한다는 점에서 노스탤지어와 많이 닮았다.

시간은 강물처럼

마지막 도강이다, 벌써 열번째라니! 한강대교가 이제 동네 길처럼 익숙하다. 두 다리가 무겁다. 난간에 붙어 있는 인용문을 모두 읽었다고 생각했는데 아직도 새로운 글이 눈에 띈다. 오바마의 연설에서 따온 문장. "주먹을 쥐면 힘이! 손을 펴면 사랑이!" 이어령의 어록도 있다. "세상은 내 손안에 있다." 치기 어린 응원도 보인다. "해피엔딩으로 끝나기를/힘내세요./삼겹살에 소주 한잔/어때?/다 괜찮아요./밥 먹었어?" 하상욱 시인은 연애편지를 쓴 것 같다. "난 특별해/딱 너만큼/넌 소중해/딱 나만큼."

자전거를 탄 여학생 둘이 나란히 앞으로 달려간다. 갑자기 자전거를 타고 싶어진다. 자전거와 적잖은 인연이 있다. 아주 어릴 때였다. 아버지가 나를 자전거에 태워 드라이브를 나가려던 참이었다. 아기 좌석에 나를 먼저 올려놓았는데 내가 몸을 흔들었는지 눈 깜짝할 사이에 자전거가 넘어졌다. 어머니의 증언에 따르면 얼굴 한복판이 갈라져 피가 철철 흘렸다고 한다. 아버지가 수건으로 상처를 누르고 병원으로 안고 달려가 열몇 바늘을 꿰맸다. 지금도 콧등과 왼쪽 눈 위로 흉터가 남아 있다. 이십대 초에 휘어진 코뼈를 바로잡는 수술을 받았다.

중학교 다닐 때엔 매일 자전거를 타고 한 시간 가까이 통학했다. 겨울에도 그렇게 다니다 귀와 발가락에 동상이 걸렸다. 부실한 운동화 탓이었을 수도 있다. 하도 긁어서 진물이 났다. 귓불의 문제는 동상 연고를 발라 해결했지만 발에는 효과가 없었다. 어머니가 어디서 용하다는 처방을 받아 왔다. 무생채와 해삼 조각을 버무려 발에 골고루 바르고 비닐봉지를 감싼 후 그 위에 큰 버선을 신고 자야 했다. 그 징글징글하고 끔찍한 느낌, 안 해본 사람은 절대 모른다. 짜증을 내는 아들에게 어머니는 분명 효험이 있을 터인데 왜 그리 믿음이 부족하냐고 꾸중을 내렸다. 이틀 밤을 그렇게 보냈는데 가려움이 씻은 듯이 사라졌다. 평생 어머니와의 긴장 관계 중에서 보기 드문 해피엔딩이었다.

옥스퍼드에서 무슨 급한 일로 뛰어가다 발을 삔 적이 있었다. 알고 지내던 유학생이 한국에 다니러 간다길래 우리 집에 어떤 메시지를 전해달라고 부탁을 했다. 그 학생이 돌아오면서 어머니가 보낸 보따리를 가져다 주었다. 치자열매 가루를 반죽한 덩어리, 그리고 발목 접질린 데에 치자떡이 최고이니 꼭 붙여보라는 당부가 적힌 쪽지가 들어 있었다. 그 학생이 전화를 하면서 지나가는 말로 내 발 이야기를 꺼냈는데 우리 어머니가 하늘이 무너지는 것처럼 걱정을 했던 모양이다. 세상에 절대 해서는 안 되는 일이, 남의 발 문제를 본인 동의 없이 그 모친에게 제보하는 행위다. 정말 내키지 않았지만 그렇다고 버릴 수도 없어서 한동안 노란 색깔의 치자 반죽을 발바닥에 붙이고 그 위에 양말을 신고 그 위에 신발을 신고 오랑우탄처럼 엉거주춤하게 걸어 다녀야 했다.

아버지도 열몇 살 때 매일 자전거로 강을 건너 학교에 다녔다고 한다. 압록강 철교에 사람과 자전거가 다니는 갓길 통로가 있었다. 중국 단둥에서 강 건너 조선의 신의주로 통학한 것이다. 신의주에 학교인지 교습소인지, 목선 제작 기술을 가르치는 곳이 있었던 모양이다. 아버지는 해방되고 남한으로 내려와서 그때 배운 목공 기술로 가구점을 잠시 운영했다. 그 동네에 가면 지금도 아버지가 만든 가구가 남아 있을 거라고 들었다. 집에서 쓰는 간단한 가구를 직접 만들기도 했다. 아버지가 손수 짜 맞춘 네 칸짜리 책꽂이가 지금도 내 방에 있다.

한겨울에 삭풍을 맞으며 944미터의 압록강 다리를 달리면 어땠을까. 몸에 신문지를 걸치고 그 위에 옷을 껴입으면 찬바람이 덜 들어왔다고 한다. 아버지가 건넜던 다리가 1911년에 세워진 단선 철교인지, 1943년의 복선 철교인지 확실치 않다.

복선 철교의 상류로 올라가면 그 유명한 위화도가 나온다. 가보지 않았지만 눈 감고도 일대가 훤히 떠오른다.

단선 철교는 배들이 지나다니도록 중간의 교각을 직각으로 돌릴 수 있도록 한 최초의 가동교였다. 6·25 때 미군의 폭격으로 이제는 단둥 쪽 절반만 남아 있다. 끊긴 다리라고 해서 아예 이름을 압록강 단교(야뤼장 돤차오)라 부른다. 중간에 전망대가 설치되어 관광객들이 강 한복판까지 나가 신의주 쪽을 바라볼 수 있다.

아버지가 넘었던 다리는 아마 이 단교였을 것이다. 어쩐지 그런 느낌이 든다. 구글 지도와 사람들이 인터넷에 올려놓은 방문기를 찾아보면서 아버지가 남긴 이야기 조각들을 꿰어보는 일이 취미처럼 되었다.

왜 살아 계실 때 아버지 이야기를 자세히 들어놓지 않았는지 후회가 많다. 소설가 아모스 오즈는 나이가 들수록 부모와 조상의 이야기에 관심이 간다고 했다. 나도 마찬가지다. 더 자주 말을 걸었어야 했는데, 이것저것 더 물어봤어야 했는데. 아버지는 말년에 뇌경색으로 언어기능을 잃어 십 년도 넘게 의사소통이 거의 불가능했다. 내가 아버지의 삶에 관해 들었던 얘기는 어릴 적 약간의 귀동냥과 어머니로부터 나중에 조금 접했던 편린들뿐이다.

할아버지의 할아버지, 그러니까 고조할아버지의 벤처 투자

스토리가 집안에 전설처럼 떠돈다. 큰돈을 벌기로 작정하여 전 재산에 친척들 돈까지 탈탈 긁어모아 물류 쪽으로 베팅을 하셨 단다. 맛 좋기로 소문 난 시골의 콩을 싹쓸이하여 큰 뗏목에 바 리바리 싣고 강을 내려갔다. 도시에 내다 팔면 몇십 배 장사가 되니 단숨에 거부가 되는 확실한 사업이었다. 내가 지금까지 재 벌 5세 소리를 들으며 애스턴 마틴을 끌고 다녔을 수도 있었다.

하지만 안 풀리는 집안은 어떻게 해도 꼬이는 법이다. 멀쩡 한 마른하늘에서 폭우가 며칠을 쏟아부어 뗏목이 산산조각이 나고 콩가마가 다 떠내려갔다. "콩이 불어 가마니 터지는 소리 가 천둥소리 같았다더라." 여기까지가 우리 가문의 정전으로 내려오는 표준적 서사다. 떠내려간 콩들이 광활한 하구 평야 주변에서 싹을 틔워 그 일대 사람들이 한철 내내 공짜 콩나물 을 먹었다는 소문은 외전에 속한다.

아버지가 단둥에 가서 살게 된 사연이 짠하다. 아버지 일곱 살 때 어머니가 돌아가셨다. 아버지에게는 여동생이 둘 있었 다. 큰 여동생이 엄마를 모셔놓은 병풍 근처를 기어 다니던 모 습이 선하다고 했다. 돌아가신 어머니 얼굴이 생각나지 않는다 고 한탄하던 아버지 표정이 떠오른다. 남아 있는 사진 한 장 없 다고 늘 안타까워했다. 일찍 돌아가신 할머니의 여동생분을 어 릴 때 뵌 적이 있다. 언니가 그렇게 예쁠 수 없었다고 몇 번이 나 자랑을 하는 것이었다.

등기소의 말단 서기로 일했던 할아버지는 상처한 후 딸들을 고향 집으로 보내고 아들만 데리고 살았다. 할아버지가 사표를 내고 개인사업을 하려고 전국을 다녔기 때문에 아버지는 혼자 빈집을 지키며 지낸 날이 많았다. 해가 진 후 깜깜했던 한옥의 집구석이 너무 무섭고 싫었다고 한다. 중일전쟁이 난 후 할아버지가 중국 단둥에 사는 먼 친척의 주선으로 생활 기반을 그쪽으로 옮기면서 아버지도 따라가 살게 되었다. 처음에는 친척 집의 방 하나를 빌려 살았는데 저녁 식사 때가 되면 그렇게 눈치가 보일 수 없어 우물에서 냉수만 마시고 잠자리에 들곤 했다는 얘기도 들었다.

겨울이면 압록강에 트럭이 다닐 수 있을 만큼 얼음이 두껍게 얼었다. 한겨울 밤에 횃불을 든 병사들이 직경 십 미터가 넘는 얼음 구멍을 파서 불빛을 보고 몰려든 물고기들을 삽으로 퍼 올려 관동군의 부식으로 썼다는 이야기도 들었다. 압록강 단교 입구에 지금도 일본군이 수비용으로 지은 망루가 남아 있다. 그곳에 오르면 겨울밤 횃불 고기잡이의 그 엄청난 장관을 상상할 수 있을 것 같다.

내가 지금 건너고 있는 한강대교와 저 건너편 한강철교가 한 쌍이라면, 압록강의 단교와 철교가 그와 비슷한 또 한 쌍이라고 여행기에 쓴 사람이 있었다. 아버지가 압록강 다리 위에서 겨울밤 어장의 장관을 목격한 후 거의 팔십 년 세월이 흐른 겨울밤에 아들이 한강을 건너고 있다.

6·25를 군에서 보낸 아버지는 제대 말년에 큰 병에 걸려 죽기 직전까지 갔다. 군 병원에서는 어차피 살리지 못할 것 같으니 귀한 마이신을 허비할 필요가 없다고 판단했다. 피골이 상접한 아버지가 죽음을 앞둔 마음의 준비를 하고 화단 모퉁이에서 소지품이랑 개인 서류를 모두 태우고 있었다. 우연히 그 광경을 보게 된 어떤 군의관인지 간호장교가 죽기 전에 식구들 얼굴이라도 보라고 집으로 연락을 해주어 할아버지가 아들 임종을 하려 달려왔다고 한다. 그런데도 아버지는 모질게 목숨을 부지했다. 제대 후 아버지는 한쪽 귀퉁이가 허물어진 심신을 부여잡고 평생을 살았다.

아버지는 한국말과 일본말을 자유롭게, 중국말을 조금 할 줄 알았다. 간혹 어머니와 아버지가 '아이들이 들어선 안 되는' 이야기를 일본말로 나누곤 했다. 지금은 다 잊었지만 아버지로부터 일본말을 열심히 배운 적도 있었다. 아버지는 실업학교 중퇴 정도의 학력이었지만 책을 무척 좋아했다. 퇴근 후 한잔하면서 독서를 하거나 전축으로 음악을 듣는 모습이 내가 아버지에 대해 주로 기억하는 인상이다. 아버지는 늘 약간 긴장한 듯한 인상을 지니고 있었다. 하지만 케텔비의 「페르시아의 시장에서」 같은 곡을 틀어놓고 『마루(丸)』라는 일본의 선박 잡지를 읽을 때만큼은 평온하고 행복한 안색이 돌았다.

아버지 책장에 꽂혀 있던 한글 책들이 눈에 선하다. 박종화의 『자고 가는 저 구름아』, 『월탄 삼국지』, 유주현의 『조선총독부』, 연두색으로 된 스무 권짜리 『이광수 전집』, 『셰익스피어 전집』, 동문선 '문예신서', 삼중당문고, 김사달의 『명사록』, 김찬삼의 『세계일주』, 양주동의 『문주반생기』, 김소운의 『수필집』, 리영희의 『인간만사 새옹지마』, 『카뮈 전집』, 『한국문학전집』, 『세계문학전집』, 『손문 자서전』, 『루스벨트 전기』, 『티토 회고록』, 『무솔리니의 최후』, 『세계의 몬도가네』, 『실록 태평양전쟁』, 이안 플레밍의 『제임스 본드』, 『케네디가의 저주』, 『나세르와 아랍혁명』, 『손자병법』, 『수맥탐사법 라디에스테지』, 『의학전서』, 『경향잡지』 등이 있었다.

남자아이들이 축구를 '차거나', 여자아이들이 "무찌르자 오랑캐—" 고무줄놀이를 할 때에도 나는 구석에 앉아 이런 책들을 읽었다. 아마 어릴 때부터 안경을 낀 것이 나를 운동에 소극적이게 만든 것 같다. 노먼 메일러의 『나자와 사자』는 아무리 뒤져도 동물이 안 나와 사기당한 기분이 들었다. 김찬삼 선생이 아프리카로 슈바이처 박사를 찾아갔는데 박사가 흑인들에게 큰소리를 치는 걸 보고 실망했다는 대목이 기억에 남는다. 특히 '가가린, 유리'로 시작해서 '히포크라테스'로 끝나는, 천 페이지가 넘는 한 권짜리 백과사전이 은근히 재미가 있어 시간만 나면 뒤져 봤다. 맨 앞에 나오는 가가린이 세상에서 제일 위대한 인물인 줄 알았다.

운동은 못했어도 껄렁거리는 동네 아이들과 굴다리 너머 기찻길엔 자주 나갔다. 모두가 선망하던 '오징어 엽전' 때문이었다. 철길에 동전을 올려놓으면 열차가 지나가면서 그걸 오징어처럼 납작하게 뭉개주었다. 늦은 오후, 기차가 오기 전에 철길 양쪽으로 동전을 한 개씩 올려놓았다. 동전을 한꺼번에 많이 올리면 열차가 뒤집어지고 그렇게 되면 죽도록 매를 맞을 거라고 했다(죽도록 매 맞기 전에 깔려 죽을 수도 있다는 생각은 아무도 하지 않았다). 동전이 없으면 쇠못을 올려 '오징어 다리'를 만들었다. 레일 밑에 바짝 엎드려 기차가 달려오는 천둥소리를 들으면 심장이 쿵쾅쿵쾅 뛰었다. 카리스마 넘치는 아이들은 엽전을 몇 개나 쨀랑거리며 으스댔지만 힘없는 아이들은 늘 차례가 밀렸다. 나는 어렵사리 오징어 한 잎을 뽑아 신줏단지처럼 모시고 다녔다.

자식들을 잘 대해주던 아버지였다. 학생들이 쓴 자기소개서를 보면 '엄격한 아버지와 자상한 어머니'라는 표현이 자주 등장한다. 우리 집안은 좀 달랐다. 그립이 센 어머니와 다정다감한 아버지의 조합이었다. 제대 후에도 늘 병치레가 잦았던 아버지를 생각하면, 박해받다 천신만고 끝에 목숨을 부지해 타향에 자리 잡고 외톨박이로 살아가는 사람의 이미지가 떠오른다. 키가 작고 안경을 끼고 말수가 적고 친구가 드물고 담배를 많이 피우면서 책을 가까이하는.

아버지는 배를 따뜻하게 감싸는 복대를 늘 차고 지냈다. 집에서는 그걸 일본식으로 하라마키라 불렀는데 어머니가 세탁해서 빨랫줄에 널어놓으면 내가 한 번 접고 두 번 접어 아버지에게 갖다 드렸다. 아버지는 하루 종일 서서 일해서인지 늘 다리에 통증을 느끼다 결국 하지정맥류 수술을 받았다. 푸르스름한 핏줄이 분단된 경의선처럼 드러나 보이는 종아리를 손으로 주물러드리면 그렇게 시원해하실 수가 없었다.

스무 살 되던 해에 어머니가 나를 앉혀놓고 신신당부를 했다. 네 아버지를 봐라, 술 담배로 얼마나 고생하시느냐, 그러니 너는 둘 중 하나만 하면 좋겠다. 양쪽의 장단점을 놓고 고심하다 결국 담배를 포기하기로 결심했다. 그 선택을 전해 들은 아버지가 나를 불러 앉혀놓고 신신당부를 했다. 나를 봐라, 이왕마시려면 독주를 마셔라, 탁주는 영 몸에 안 좋다. 화공약품 카바이드로 익힌 막걸리가 유해 식품이라고 큰 문제가 되었던 시절이다. 독주 예찬론, 그게 아버지가 생전에 내게 해준 유일한 인생 조언이었다.

아버지는 가는 붓으로 신문지에 한자 쓰는 연습을 자주 했다. 달필이었다. 그 영향을 받아서, 또는 약간의 허영심이 섞여, 나도 어릴 때부터 한자를 좋아했다. 방학 때 집 근처 향교에 나가 『논어』, 『맹자』를 읽었다. 공자님이 가늘게 썬 육회를 싫어하지 않으셨다고 한 구절이 유독 인상 깊다. 나도 가늘게 썬 생선회를 싫어하지 않는다. 훈장 선생님은 한자 중에서 뜻으로나 음으로나 제일 나쁜 글자가 '죽을 훙(甍)'이라고 가르쳐 주셨다. '훙'자를 연상해서 내가 만들어본 글자가 있다. '가슴 철렁할 쿵(∨)'이다.

도연명의 「귀거래사」 전체를 화장실 벽에 붙여놓고 외운 적도 있었다. '귀거래혜(돌아가리라!)'로 시작되는 첫 행의 어조사 '혜(兮)'가 너무 멋있게 들려서 아무 데서나 써먹었다. "딱지치기 한 게임 혜!" 물론 알아듣는 친구는 없었다. '책부노이류게' 하며, '시교수이하관' 할 제(지팡이에 늙은 몸 기대어 걷다가 쉬면서, 때때로 고개 들어 먼 하늘을 바라본다), 이 대목에서 괜히 눈물이 핑 돌았다. 이러니 어릴 때부터 애늙은이 같다는 소리를 들을 수밖에.

아버지가 정치 이야기를 한 적은 거의 없다. 평생 제일 놀랐던 일이 김구 선생의 암살이었다고 한다. 아들에게 정치자금을 후원한 적은 있었다. 국민학교 6학년 때 전교 어린이회장 선거에 나가게 되었다. 권력에 뜻이 없었지만 우리 반에서 반장이 출마해야 한다는 담임선생님의 채근 때문에 하는 수 없이 출사표를 던졌다. 세 아이가 입후보했다.

아버지는 아들의 선거운동을 위해 거금 삼백 원을 쾌척했다. 대책회의를 하러 운동원들과 분식점에 갔는데 우동과 찐빵을 먹는 데만 정신이 팔려 정작 선거 얘기는 한마디도 못했다. 드디어 운명의 날, 내가 몰래 나를 찍었는데도 큰 표차로 3등이 나왔다. 망신살이 뻗쳤고 내 자존심은 불가역적으로 공중분해되었다. 그 소식을 듣고 아버지는 마냥 웃기만 했다. 그날의 충격적인 낙선 경험으로 나는 일찌감치 정계를 떠났다.

신문을 열심히 읽고 아이들에게 세상 돌아가는 이야기를 자주 들려주던 아버지 덕에 나는 일찍부터 뉴스 중독자가 되었다. 강릉에서 서울로 오던 대한항공기가 납북되었다는 소식을 듣고 깜짝 놀랐던 기억이 난다. 나중에 찾아보니 1969년에 일어난 사건이었다. 일본 적군파가 요도호를 납치하여 김포공항까지 왔다 북한으로 넘어간 사건도 아버지를 통해 들었다.

명동의 대연각호텔에 큰불이 나서 수많은 사람이 죽은 사건은 집에 있던 흑백텔레비전의 생방송으로 접했다. 매트리스를 안고 뛰어내리던 사람들의 아비규환이 지금도 고통스럽게 떠오른다. 「자바의 동쪽」이라는 영화에서 화산이 폭발하는 장면을 보고 무서워했던 직후여서 느낌이 더 생생했다.

어느 날 한밤중에 아버지가 아이들을 깨웠다. 빨리 일어나 중계방송을 보라는 거였다. 텔레비전에서 지직거리는 영상이 나오고 있었다. 하늘에서 두 개인지 세 개인지 커다란 낙하산이 펴지면서 거기 매달려 내려오던 까만 점이 순식간에 바다에 풍덩 떨어졌다. 아버지는 상기된 얼굴로 박수를 쳤고 나는 영문도 모른 채 눈을 비비며 함께 박수를 쳤다. 우리는 감동도 부자유친으로 하는 집안이었다. 남태평양 사모아 부근, 아폴로 13호의 생환 장면이었다. 그 후 이 사건을 다룬 기사, 책, 영화, 다큐를 많이 봤다. 그런 걸 볼 때마다 내가 사령선 오디세이호에 타고 있었더라면 어떻게 했을까 하는 상상을 하게 된다. 전력이 부족해 온도가 영하로 떨어진 선실에서 하루 물 반 잔과 도넛 하나로 버티던 사투의 현장이 기후 위기 시대의 현상황과 닮았다는 생각을 자주 한다. 나중에 찾아보니 한국 시간으로 1970년 4월 18일 토요일 새벽 3시 7분에 일어난 일이었다.

집에서 멀지 않은 네거리에서 하루 종일 연설을 하는 젊은이가 있었다. 호리호리하고 가무잡잡한 인상에 말쑥하게 차려입고 어성을 높이지 않으면서 말을 청산유수로 하는 청년이었다. 자기는 하루에 설탕물 몇 잔만 마시면 된다고 했다. 고시 공부를 너무 오래 해서 정신이 이상해졌다고 사람들이 수군거렸다. 근처를 지날 때마다 그의 달변을 듣곤 했다. 대부분 너무 어렵고 전문적인 내용이라 제대로 알아듣지는 못했다.

하지만 대연각 사건 직후 그가 한 스피치는 확실히 알아들었다. "참으로 안타까운 대참사였습니다. 투숙객들이 손바닥만 한 무전기를 1인 1기 휴대하여 소방대와 통화하면 사람들을 더 많이 구조할 수 있을 것입니다. 손바닥 무전기를 개발해야 합니다, 여러분!" 저녁상 자리에서 그 얘기를 열심히 전했더니 아버지가 혀를 찼다. "쯧쯧, 단단히…… 얘야, 잘 들어라, 손바닥만 한 무전기는 세상에 절대로 있을 수 없단다." 아버지는 휴대폰이 보급되기 전에 세상을 떠났다.

나이가 들면서 역사란 게 뭐 엄청나게 먼 과거지사가 아니라는 생각을 자주 한다. 과거와 현재가 돌고 도는 세상 이치로 은근슬쩍 이어지는 것 같다. 우리 집 문간방에 세 들어 살던 할머니가 있었다. 말수가 적었지만 간혹 한마디씩 툭툭 던지던 말씀이 명언이었다. "돈 벌 모퉁이가 죽을 모퉁이다." 생각할수록 맞는 말이다. 그때나 지금이나 우리 삶의 밑변에는 먹고사는 문제가 지하의 암반처럼 굳게 깔려 있지 않은가.

또 있다. "조선 망하게 하고 대국 망하게 한다." 이 말은 나중에야 뜻을 알아차렸다. 사대주의의 느낌이 들지만, 어쨌든 한국도 망하고 중국(세계)도 망하게 할 정도의 대형 사고를 치면 안 된다는 뜻이리라. 19세기에 태어난 그 할머니의 감성을 접했던 내가 21세기 학생들에게 글로벌 사회학을 가르치고 있다. 역사가 이런 식으로 재해석되고 전승되는가 싶다.

어느 영국 교수에게 들은 얘기다. 학생 때 대영도서관 열람실의 어떤 좌석을 차지하려고 아침부터 줄을 섰다고 한다. 친구들 사이에 열띤 쟁탈전이 벌어질 정도였단다. 칼 마르크스가 공부하던 자리가 있다는 소문 때문이었다. 어린 나이에 사환으로 출발해 평생 도서관에서 일했던 고령의 할아버지 직원이 수염 기른 마르크스 영감을 그 자리에서 봤었다고 증언했다나 어쨌다나. 학생들이 그 할아버지를 마르크스의 손자라도 되는 양 하늘같이 떠받들었을 것은 불문가지다.

내 눈앞의 강물은 양수리에서 흘러왔고, 그 양수리 물은 태백에서 내려왔고, 그 태백의 물은 돌고 돌아 어디선가에서 왔을 게 아닌가. 멀기도 하고 가깝기도 하고, 처음도 없고 끝도 없는, 그러나 여전히 계속 흐르는 게 강물이고 시간인 것 같다.

큰고모가 그 후 어떻게 됐는지 말했던가. 엄마 죽고 병풍 사이를 기어 다니던 고모는 일본에 징용 끌려간 나이 많은 남자에게 어린 나이에 시집을 갔다. 아버지가 첫째 동생에 대해 딱 한 번 입을 연 적이 있었다. "히로시마였으니 원자탄 때 죽었을 거다. 연락 한 번 없는 거 보면." 깜짝 놀라 어쩌다 그렇게 됐느냐고 여러 번 캐물었지만 아버지는 묵묵부답이었다. 그때는 아버지가 이야기를 안 해준다고 생각했다. 돌이켜보니 안 해준 게 아니라 할 말이 없었던 것 같다. 아버지에게는 삶이 고비마다 어설펐던 이유를 설명할 수 있는 언어가 없었다. 당신 엄마 얼굴조차 기억 못하는 그 설명 불가능한 간난, 큰동생은 전쟁으로 작은동생은 병으로 먼저 떠나보내야 했던 이해 불가능한 고통이 아버지를 평생 괴롭혔던 것이다.

아버지는 말년에 언어장애가 와서 오랫동안 고생을 했고 세상 떠날 때까지 대화가 불가능했다. 말을 못하는 답답한 심정을 손바닥으로 가슴을 치는 동작으로 표현하는 정도였다. 뇌경색 진단을 받기 직전 어느 날 아버지로부터 갑자기 전화가 왔다. 앞뒤 안 맞는 수수께끼 같은 말끝에 나온 당부, "앞으로 전화하지 마라." 그 한마디가 다였다. 그게 부자간에 언어로 나눈 마지막 대화였다. 그땐 어리둥절했는데 결국 그 말이 유언이 되었고, 내게도 이해 불가능한 마음의 짐이 생겼다.

건너편 철교에서 노란 KTX와 파란 전철이 교행한다. 히로시마와 서울과 단둥을 이으면 거의 일직선이 된다. 히로시마에서 시모노세키로, 부산으로, 서울로, 신의주로, 압록강 건너 단둥으로 달려가는 나를 상상한다. 내 작은 뿌리의 희미한 퍼즐을 맞춰볼 수 있다면 그 여정을 열 번이라도 밟고 싶다.

드디어 다리 북단에 도착했다. 출발점에 다시 섰다. 하룻밤에 한강을 열 번 건넜다. 바람이 가라앉았지만 코끝이 시리다. 별생각 없이 시작했던 일인데 생각지도 못했던 생각을 너무 많이 한 탓인지 머릿속에 블랙아웃이 온 듯하다. 오랫동안 진자운동을 한 시계추처럼 장딴지가 뻐근하다. 짙은 동경(銅鏡)처럼 반짝이는 수면을 뒤로하고 한강대교의 경계를 벗어난다. 내게 앞으로 남은 시간을 한강 이전과 이후, 이렇게 나눌 수 있을지도 모르겠다고 상상하면서.

2부

간이역의 천사들

1호선의 종결자

나는 자동차 없이 산다. 집에 아예 차가 없다. 하지만 운전면허증은 있다. 1980년대에 1종보통 면허를 한 번 만에 따서 그때부터 차를 몰았고, 외국 살 때에도 운전을 했다. 그러나 한국에 돌아온 후부터 자동차와 작별했다. 운전석 위치가 바뀌어 불편했고 서울에서 주차 문제로 신경 쓰는 게 너무 번다해서 그냥 백 퍼센트 대중교통만으로 살았다.

차가 없으니 불편한 점이 적지 않다. 충분히 짐작이 갈 것이다. 그러나 장점도 많다. 운전에 신경을 안 써도 되고 뭔가를 읽을 수도 있고 살짝 눈을 붙일 수도 있다. 무엇보다 세상 공부가 된다. 사회학자로서 현실에 대한 촉을 유지하는 데 도움이 된다. 버스 안에서 종이신문을 보는 사람이 없다는 사실 하나만으로도 정보 혁명의 흐름을 실감한다. 옆에 앉은 (한국인처럼 보이는) 사람이 러시아어로 채팅하는 것을 곁눈질하면서 다문화사회의 단면을 절감한다.

지하철에서 다양한 인간 군상이 보여주는 모습은 인생 백과사전이나 마찬가지다. 맨 끝 차량에서 어떤 젊은이가 주위를 살피고 심호흡을 한 후 바닥에 엎드려 다음 칸으로 기어가면서 동냥을 하는 것을 본 적이 있다(나중에 지인에게 그 얘길 했더니 "연극 연습한 건가"라고 했다). 손잡이에 매달려 기계체조 비슷한 운동을 하는 사람도 봤다(저렇게까지 몸을 가꿔야 하나). 건너편에 앉은 젊은 여성이 거울을 들고 양 눈썹을 미는 것도 목격했다(많이 놀랐다).

한번은 츄리닝 바지에 러닝을 걸친 추레한 중년 남성이 추레한 개 세 마리를 끌고 전동차에 올랐다. 청원경찰이 달려와 경고를 했다. 여기서 이러시면 안 됩니다, 개 데리고 내리세요. 추레남 왈, 보기 싫으면 개 데리고 가쇼. 전철에서 이러시면 안 됩니다, 하차하세요. 아니, 나한테 뭐라 하지 말고 개 데리고 가라니까! 그렇게 멘탈 강한 사람은 일찍이 본 적이 없다.

지하철 하면 1호선에서 겪었던 대사건을 이야기하지 않을 수 없다. 꽤 오래전 일이다. 늦가을 금요일 저녁, 퇴근을 하고 시내로 나가는 전철을 탔다. 서울 시청 근처에서 모임이 있었다. 차 안은 붐비는 편이었지만 용케 자리를 잡아 앉아 갈 수 있었다. 시청역까지 약 삼십 분, 잠깐 글 읽기에 적당한 시간이다. 전철이 한강을 건너 용산, 남영, 서울역을 지났다. 나는 읽던 책을 가방에 넣고 내릴 준비를 했다. 그런데 서울역을 출발한 지 일이십 초나 지났을까, 둔탁한 기계음이 '툭' 하더니 전동차가 별안간 멈춰 섰다. 바닥에 풀썩 주저앉듯 갑자기 열차가 얼어붙었고 차내에는 일순 침묵이 흘렀다.

열차가 정지한 것보다 더 심각한 일은 전기가 모두 나갔다는 사실이었다. 정말 칠흑 같은 어둠 속에 파묻혔다. 사람들이 많았지만 그 누구도, 아무것도 보이지 않았다. 안내방송도 나오지 않았다. 승객들이 하나둘씩 휴대폰을 꺼내 여기저기 전화를 하기 시작했다. 약속에 늦겠다, 터널 속에 갇혔는데 어쩌면 좋으냐, 텔레비전 틀어봐라, 혹시 임시뉴스 나오는지 등등.

그때 내 마음속이 성인군자처럼 평온했다면 진실과 거리가 멀다. 온갖 불안한 생각이 들었다. 대구 지하철 참사의 기억이 생생했을 때였다. 대체 무슨 일일까, 차라리 지금이라도 문을 열고 나가버릴까, 평소 전동차 문 여는 방법을 익혀놓을걸, 만일 화재가 났다면 이렇게 조용하진 않겠지, 여기서 변을 당한다면 이게 무슨 개죽음이냐, 나는 대기만성형인데, 어쩐지 오늘 약속이 처음부터 내키지 않더라니, 평소 만나던 곳에서 만났더라면 서울역에서 갈아탔을 텐데 하여간 총무란 작자가 문제다, 살아나가기만 한다면 좋은 선생, 좋은 가장, 좋은 인간, 좋은 아빠로 다시 태어나마, 설마 별일 없겠지……

설상가상으로 앞에 서 있던 아주머니가 119에 계속 전화를 해서 왜 구조해주지 않는가 하고 큰 소리—거의 울먹이는—로

문의를 하는 통에 사람들이 많이 심란했을 것이다. 삼십 분쯤 지나 마침내 첫 안내방송이 흘러나왔다. 전기 고장으로 정차해 있으니 승객 여러분은 '안전한' 실내에서 기다리라는 짤막한 메시지였다.

그 후 안내방송이 몇 번 더 나왔고 결국 우리가 탄 전동차가 움직일 수 없으므로 뒤에서 다른 열차가 우리를 밀고 시청역으로 갈 거라고 했다. 잠시 뒤 우리 칸 뒤쪽에서 꽝 소리와 함께 차량이 흔들리더니 전동차가 앞으로 나아가기 시작했다. 이제야 시련이 끝나는구나 싶었다.

그런데 얼마 못 가 열차가 급정거했다. 다급한 안내방송이 흘러나왔다. 문을 열고 철로로 내려간 승객이 있다는데 빨리 불러들이세요, 한 사람이라도 밖에 나가 있으면 열차가 갈 수 없습니다. 그 순간 정말 오랫동안 끈기 있게 참고 있던 승객들의 입에서 일제히 분통이 터져 나왔다. "아유, 어떤 XX야!"

우여곡절 끝에 시청역에 도착했다. 나오면서 보니 매표창구 앞에 인파가 몰려 있었다. 차비를 환불받으려는 것 같았다. 그런 시련을 겪고도 돈 돌려받을 생각을 하다니, 정신력이 존경스러웠다. 지하철 역무원들끼리 얘기하는 소리가 들렸다. "저걸 다 어떻게 믿어?"

바깥에 나가 심호흡을 하며 시계를 보니 무려 칠십오 분이나 터널 속에 갇혀 있었던 게 아닌가. 다음 날 조간에 사건 소식이 실렸다. 많은 승객들이 불편을 겪었다는, 단지 불편만(!) 겪었다는 한 줄짜리 단신이었다. 그 후 한겨울에 1호선 전철이 한강 다리 위에서 두 시간이나 멈춘 사건도 있었다. 암흑의 지하에서 가슴을 졸이는 것과 엄동의 철교 위에서 불안에 떠는 것, 어느 쪽이 더 큰 시련인지.

월요일에 출근해서 동료 선생들에게 사고 이야기를 했다. 실망스럽게도 대다수가 내 안위에 대해선 별 관심을 보이지 않았다. 다만, "거봐라, 휴대폰 없으면 어떻게 되는지…… 통화 기록이 있어야 가족이 보상받을 수 있다더라"고 하는 게 아닌가. 내가 평소 학내에서 어떤 평가를 받고 있는지 객관적으로 확실해진 순간이었다.

하지만 휴대폰에 대한 지적은 일리가 있어 보였다. 통화도 통화지만 휴대폰이 암흑 속에서 램프의 역할을 톡톡히 해낸다는 걸 생생하게 목격했기 때문이다. 그제야 지하철 행상들이 팔고 다니던 손전등 생각이 났다. 진작 구입하지 않았던 게 후회가 됐다. "갑자기 정전이 되어 쩔쩔맬 때 구세주만큼 반가운" 거라고 하던 제품 말이다. 며칠 뒤 전철에서 손전등 행상을 다시 만났을 때 나는 즉시 거금을 지불하고 하나를 구입했다. 고맙게도 수은전지까지 여분으로 끼워주었다. 그 손전등을 한참 동안 가방에 넣고 다녔다. 한 번도 사용할 기회는 없었지만.

그 사건 이후 나는 전철의 행상들—예언자적인—을 새로운 눈으로 바라보기 시작했다. 그러고 보니 그들과 인연이 깊었다. 누가 '오랜 세월 지하철 행상을 관찰해오신 달인'이라 불러줘도 틀린 말이 아니지 싶다. 관찰만 한 게 아니다. 물품을 구입한 적도 많았다. 사 모은 물건들을 학기 말에 학생들에게 상으로 나눠준 적도 있다. 크게 환영받는다는 느낌은 들지 않았지만.

지하철에서 마주치는 행상들은 대개 남자라고 보면 된다. 나이는 중년이 많다. 말씨로 미루어보건대 출신 지역에는 대중이 없다. 한국에 사는 외국인들의 인터넷 토론방에 들어가보면 서울의 지하철 행상들이 "이 분 동안 정중한 프레젠테이션"을 한 다음 물건을 판매한다는 설명이 나온다. 달인의 분석에 따르면 행상들의 프레젠테이션은 대략 일곱 단계의 대동소이한 형식으로 구성되어 있다. 대단히 논리적이어서 그 설득력의 수준이 장난 아니다.

① 우선 깍듯한 양해의 인사로 시작한다.("복잡한 차내에서 한 말씀 드리겠습니다.")

② 승객들에게 기쁜 소식이 도래했음을 선포한다.("오늘 좋은 물건 하나 가지고 나와봤습니다.")

③ 모든 사람이 일상적으로 경험하는 중요한 이슈를 구체적으로 의제화한다.("싱크대, 욕조, 배관, 변기 자주 막히시죠?")

④ 기존 해결 방식의 미흡함을 날카롭게 지적한다.("화공약품 많이 부어보셨죠? 안 뚫리죠?")

⑤ 대안적인 시도 역시 서민들 형편상 녹록지 않음을 상기시
킨다.("기술자 한번 부르면 무조건 만오천 원 줘야 하죠.")
⑥ 제안하는 상품의 효과와 특성을 강조한다.("이 특수 플라
스틱 꼬챙이로 쑤시면 시원하게 뚫리죠, 쓰신 후 걸어뒀
다 또 쓰시면 되죠.")
⑦ 마지막으로 제품의 품질에 비추어 가격이 불가사의하게
저렴하다는 사실로 전체 서술을 마무리한다.("단돈 이천
원, 기분 좋은 특별가에 모시겠습니다.")

독자들을 위해 다른 예문 하나를 제시하니 직접 분석해보시
기 바란다. 생략된 부분은 심층구조로 이해하시면 되겠다.

"여러분 안녕하세요! 오늘 아주 좋은 정보 한 가지 알려드리
고자 합니다. 손발이 찬 아가씨, 아주머니, 할머니 많으시죠.
한여름에도 양말 신어야 하는 분, 주위에서 자주 보시죠. 하지
만 일반 양말은 땀나고 일일이 세탁해야 하죠. 이 특수 커버를
신고 계시면 열이 나는데도 땀을 흡수해서 항상 발바닥이 보송
보송합니다. 물량이 한정된 관계로 몇 분께만, 정말 몇 분께만
세 켤레 단돈 오천 원에 모시겠습니다. 감사합니다. 사장님용
긴 목도 있습니다. 감사합니다."

이들이 다루는 물품의 종류는 극히 다종다양하다. 고전적인
제품에서부터 건강미용용품, 생활용품, 계절 상품, 아이디어

상품, 식품 등 헤아릴 수 없을 정도다. 몇 가지만 들어보자. 손전등, 면도날, 전기면도기, 배터리, 음악 CD, 반창고, 무릎 압박붕대(손목 밴드는 공짜로 끼워줌), 게르마늄 키토산 건강패드, 치약, 칫솔, 채칼, 접착제, 수첩, 4색 볼펜, 싱크대 구멍 뚫는 꼬챙이, 헝겊 걸레, 칼갈이, 선풍기 커버, 비옷, 부채, 털장갑, 털모자, 삶은 옥수수, 돋보기안경, 돋보기 카드, 우산, 손재봉기계, 양말, 성묘용 비닐 돗자리까지.

잘 고르면 요긴하게 쓸 수 있는 상품도 있다. 털장갑은 겨울의 베를린 혹한으로부터 내 손을 보호해주었고, 극세사 걸레는 우리 집안의 광을 내는 데 없어선 안 될 필수품이 되었다. 하지만 싼 게 비지떡인 경우도 많다. 면도날은 깎으라는 수염은 안 깎고 피부만 작살냈다. 배터리는 제로였으며, 추억의 7080 CD는 70년대 중반을 넘기고 찍찍거리더니 산울림의 「아니 벌써」부터는 먹통이 되었다. 하수도 막힌 걸 뚫는다는 꼬챙이는 꼬챙이 자체가 끼어버려 빼도 박도 못한 적이 있었다.

어떤 상품이 지하철 고객의 호응을 받을 수 있을까. 다년간의 관찰에 따르면 일단 가격이 싼 편이 절대적으로 유리하다. 그리고 아이디어가 특별히 참신하거나 절기에 맞거나 눈앞의 계기가 있어야 한다. 예컨대 엄청 더운 날 안면 피부에 붙일 오이 슬라이스를 만들어주는 채칼이 나오거나, 날씨가 갑자기 추워졌는데 단돈 천 원짜리 털장갑이 나오면 그 즉시 대박이 날

확률이 높다.

언제부터인지 설명서를 함께 주는 게 일종의 트렌드가 되었다. '신기한 칼갈이'라는 제품의 설명서를 살펴보자. "기막힌 칼갈이 꼭 한번 사용해보세요"라는 피켓을 든 젊은 여성의 사진이 있고, '사용설명'이라는 항목에선 손목에 너무 힘을 주지 말고 부드럽게 갈라고 하면서 5~10년에 걸쳐 오만 번 정도 사용이 가능하다고 설명한다. 이 말은 아무리 따져봐도 비현실적이다. 세상에 어떤 사람이 10년 동안 오만 번, 하루 열세 번씩 칼을 갈고 있을까. '주의사항' 부분에선 "설명서가 없는 것은 유사 제품이오니 주의하세요"라고 친절하게 안내하면서 연락처까지 병기해두었다.

원래 행상이나 가판 같은 일을 학문적으로는 '사회 주변성' 이론으로 설명한다. 국제노동기구(ILO)에서 채택한 입장이기도 하다. 요약하자면 불균형 산업화 과정에서 인구 변동이 일어나고 그것이 도시형 빈곤계층으로 이어진다는 말이다. 이농으로 삶의 뿌리가 뽑혔지만 도시의 근대적 노동 부문으로 흡수되지 못한 비도시 출신 계층이 비공식 지하경제 부문을 형성한다고 보는 입장이다.

일찍이 마르크스는 이런 현상을 '룸펜프롤레타리아' 개념으로 설명했다. 마르크스는 주변부 계급을 형성하는 이런 사람들을 "주거불명의 부랑자, 건달, 걸인, 행상, 좀도둑, 온갖 범죄

유형들"이라고 했고, 결코 계급의식을 가질 수 없는, 그러므로 혁명 투쟁에서 무용지물적 존재라고 부정적으로 보았다.

정작 당사자에게는 이런 설명이 상당히 억울할 것이다. 누가 쓴 글을 보니 행상들은 스스로를 '기아바이'라 부른다고 한다. 기아(飢餓)와 바이(Buy)를 합친 말이다. '기아선상'에 놓인 사람들이 지하철 승객들에게 물건을 사라고(Buy) 마케팅을 한다는 뜻이리라. 건강이 나쁘거나 전과 이력 때문에 구직이 힘든 사람들이 택하는 경우가 많으니 계급적으로 조직화되는 것조차 어려운 민초들이라 할 수 있다.

요즘엔 비공식 경제 부문을 설명하는 방식이 정교해졌다. 국가의 통제가 미치지 않는 분야이긴 하나 가난한 개도국의 전유물로만 보긴 어렵다는 설도 있다. 발전국가형 신흥공업국, 사회주의권 또는 서구 선진국에서도 등장하는 소상인 경제활동의 일환이라는 주장이다.

비공식 경제 부문에 아주 적극적으로 의미를 부여하는 사람도 있다. 어떤 전문가들은 비공식 부문이 근대 경제체제에서 부차적이고 비효율적이라서 결국 없어져야 할 것처럼 간주되지만, 탈근대 경제체제에선 경제성장과 유연성의 원천이 된다고 주장한다. 비공식 부문은 이제 전 세계적인 현상이 되었고 이 것을 '경제의 비공식화'라고 표현하는 게 정확하다는 주장이다.

이론이 어찌 됐건 나는 지하철 행상들도 나름대로 열심히 땀

흘려 일하는 생활 노동자라고 생각한다. 어떻게든 먹고살자고 하는 일이 아니겠는가. 공식 규제의 바깥에 존재하는 지하경제의 일부라는 둥, 세금도 안 내고 공공질서를 어지럽히는 얌체 상혼이라는 둥 비판도 많지만 그런 거야 내가 알 바 아니다.

그런데 요즘 들어 단속이 많이 심해진 것 같은 느낌을 받는다. "저급한 물건을 파는 사람들에게 현혹돼 불량 상품을 구입하지 마시라" 혹은 "열차 내에서 불법 판매하는 분은 빨리 하차하세요"라고 방송도 나온다. 자주 만나는 어떤 행상이 한쪽 손에 붕대를 감고 나온 걸 보니 혹시 단속 피하다가 다쳤나 하는 걱정까지 든다.

차량 안에 "고객 행복을 창조하는 도시교통 글로벌 리더 서울메트로" 명의의 광고 포스터가 등장한 적도 있다. 개성 상인을 연상시키는 갓을 쓴 전통 복장의 인물을 그려놓고 큰 글씨로 설명을 달아놓았다. "때와 장소를 가리지 않는 상행위는 상도의에 어긋나는 일이오!" 그 아래엔 작은 글씨의 추가 설명이 적혀 있다. "인정에 이끌려, 저렴한 가격에 혹 전동차 안에서 물건을 사신 적 있으신가요?" 그래, 산 적이 있다, 어쩔래. 그런 후 행상에 대해 직접적인 경고를 한다. "복잡한 전동차 안에서 다른 이에게 불편을 끼치며 물건을 팔고 계시나요?"

광고는 마지막으로 다음과 같은 호소로 끝을 맺는다. "그런 곳에서 함부로 물건을 사고파는 일은 지하철의 질서를 흩뜨리고 타인을 무시하는 행위입니다. 지하철 내 불법적인 상행위 근절로 더욱더 편안하고 쾌적한 지하철을 만들어갑시다." 상투 구와 진부한 도덕률로 범벅이 된 천편일률적이고 불유쾌한 '공익' 광고가 아닐 수 없다. 지하철 행상과 고객들을 질서나 흩뜨리고 타인을 무시하는 형편없는 사람들로 폄하하다니, 용서 못할 명예훼손이 아닐 수 없다. 내가 크게 흥분할 일은 아니지만 어쩌다 보니 지하철 행상에게 일종의 동지 의식을 느끼게 된 것 같다.

월리엄 브라이티 랜즈가 쓴 「행상의 포장마차」라는 시가 있다. 빅토리아 시대 '동요의 계관시인'으로 이름을 날리던 시인이었다. 서툰 번역이지만 소개해본다.

포장마차에서 살고 싶어라
저 행상처럼, 말이 끄는 포장마차에서!
행상은 안 가는 데가 없다네
어디서 오는지, 어디로 가는지 아무도 모르지만!
그 포장마차엔 창문이 나 있네, 둘이나 달려 있네
양철 굴뚝 하나, 연기가 모락모락
아내랑 가무잡잡한 아이랑
이 장터 저 장터 안 가는 데가 없다네!
"의자 고쳐요, 그릇 팔아요!"

종을 치듯 대야를 두드리네

가지런히 놓여 있는 찻잔 받침이랑 광주리랑

테두리에 알파벳이 적힌 쟁반이랑 정말 없는 게 없다네!

길은 황톳빛 바다는 초록빛

하지만 포장마차는 욕조랑 똑같아 보인다네

둥그런 세상 위를 떠다닐 수 있으니

한쪽으로 덜커덕 철썩!

나도 저 행상처럼 온 세상 돌아다닐 수 있다면

그러다 집으로 돌아오면 책을 써야지

사람들이 모두 그 책을 읽겠지

『쿡 선장의 여행기』 같은 책 말이야!

　시인은 포장마차 생활을 낭만적으로 그렸지만 세상에 쉬운 일이 어디 있겠는가. 아빠를 따라 마차에서 사느라 얼굴이 새까맣게 그은 아이, 덜커덕거리는 떠돌이 생활로 호구지책을 삼아야 하는 저 고달픈 여정, 사람들 사이에서 부대끼며 한 푼 두 푼 어렵사리 모아야 하는 그 신산한 나날들.

　여기까지 생각이 미치면 내 오랜 친구 같은 지하철 행상들이 단속에 걸리지 않고 오늘도 무사히 귀가하기를 바라는 마음만 남는다. 전동차 프레젠테이션에서 필살기를 발휘하여 모든 승객의 지갑을 열게 하라는 응원은 기본이다. 1호선의 종결자,

그들이 집으로 돌아갈 때쯤이면 나도 귀가하겠지. 그리고 혼자 구상해온 책을 밤새워 써야지. 그런데 내 책을 읽어줄 사람이 몇이나 될까.

그린랜드 명예영사 전말기

열차에서 플랫폼으로 내리는 순간 뭔가 잘못됐다는 느낌이 들었다. 역사가 생각보다 컸다. 시외버스와 마을버스로 로잔까지 와서 교외선으로 갈아탔는데 직전 역에서 내리지 않고 종착역까지 와버린 것이다. 반대편에서 다시 탈까 하다가 한 정거장 거리여서 그냥 걸어가기로 했다. 구름과 호수의 고즈넉한 분위기 속에서 산책하는 기분으로 걸었다. 얼마 안 가 조그만 브비퓌니역이 나온다. 거기서 북쪽으로 꺾어 언덕길을 따라 오르니 '코르소'라는 표지판이 보인다. 제대로 찾았다.

옛날 한옥에 살던 주부에게 살림살이가 얼마나 힘들었는지 요즘 사람들은 상상도 못할 것이다. 어머니의 잠든 모습이나 편히 쉬던 모습이 기억에 거의 없다. 음식 장만에 아이들 도시락 싸주기, 집안 청소와 화단 가꾸기, 손빨래, 다듬이질에 다림질, 매일 장보기, 이십사 시간 연탄 갈기, 한약 달이기…… 게다가 사랑채에 수동식 편물기를 들여놓고 삼 남매의 옷까지 직접 짜 입혔으니 사는 게 얼마나 고달팠을까 싶다.

그런 어머니에게 『주부생활』 읽기가 유일한 낙이었다. 그것도 바빠서 다 읽지 못하고 언젠가는 읽겠노라고 마루 한쪽 뒤주에 차곡차곡 쌓아두곤 했지만. 잡지에 간혹 부록이 따라왔다. 연초의 가계부는 기본이고, 세계명작 같은 단행본 책자가 부록으로 나올 때도 있었다. 그런 책들은 내 몫이 되었다.『테스』,『주홍글씨』,『올리버 트위스트』,『폭풍의 언덕』,『일곱 박공의 집』 같은 작품을『주부생활』 부록으로 읽었다.

한번은 세계 단편소설집이 부록으로 나왔다. 거기서 「파괴자들」이라는 작품을 만났다. 이차대전 때 독일의 공습으로 폐허가 된 런던의 한 동네에서 악동들이 몰려다니며 사고를 치는 이야기였다. 폭격으로 인근 지역이 죄다 쑥대밭이 됐지만 한 집이 유일하게 피해를 입지 않았다. 나이 든 집주인이 며칠간 집을 비운 사이 아이들이 작당하여 그 집을 허물기 시작한다. 다른 동네에서 온 중산층 출신의 트레버(T라고 불리는)라는 영악한 아이가 낸 아이디어다. 가옥의 내부를 다 뜯어내고 예상보다 일찍 귀가한 집주인을 실외 화장실에 가둬둔 채 집을 완전히 무너뜨려버린다. 상상을 초월하는 아이들의 집요한 공격성, 또래 아이들 사이에서 일어나는 미묘한 경쟁의식과 집단행동, 파괴가 곧 창조라는 모순된 메시지, 소름이 끼치면서도 눈을 뗄 수 없는 그 소설을 나는 단숨에 독파했다.

얼마 뒤 텔레비전의 주말 '명화극장'에서 「제3의 사나이」를 보았다. 흑백으로 그려진 전후 비엔나의 스산한 풍경, 긴장과 음모로 가득 찬 스토리라인, 애잔한 치터(Zither) 음률의 주제곡. 세상에 이런 영화가 또 있을까 싶었다. 그 작품이 이른바 전후 트뤼머(Trümmer) 필름(폐허 영화)의 원조라는 것은 나중에야 알았다. 또한 「파괴자들」 역시 전후 폐허 문학의 계보에 속한 소설임을, 그리고 「파괴자들」과 「제3의 사나이」를 쓴 작가가 동일 인물이라는 사실도 알게 되었다.

그때부터 나는 홀린 듯이 그레이엄 그린의 작품을 찾아 읽었다. 을유문화사의 세계문학전집에 실려 있던 『밀사』를 흥미진진하게 읽었다. 출판사는 잊었지만 『권능과 영광』도 감동이었다. 위스키 신부는 처형을 당하지만 그 뒤를 이어 젊은 신부가 또 마을에 몰래 들어오는 것으로 소설은 끝난다. 죽음 후에도 구원을 향한 노력이 이어진다는 메시지로 해석했다.

나영균 교수의 번역으로 분도출판사에서 나온 『브라이튼 록』도 열심히 읽었다. 이 작품은 두 번 영화로 만들어졌다. 내가 보기에 리처드 아텐버러가 핑키를 연기한 흑백 버전이 1930년대를 제대로 그린 것 같았다. 청소년이 읽기에 좀 과하다 싶은 『사랑의 종말』도 단숨에 뗐다. 『사건의 핵심』도 숨죽이며 읽었다. 뭐라고 딱 부러지게 말하기는 어렵지만 그레이엄 그린의 작품은 마지막 페이지를 덮고 나서부터 본격적으로 어떤 괴로운 이미지가 마음에 새겨지는 특징이 있다.

그린의 작품을 평할 때 '시디(seedy)'라는 형용사가 자주 등장한다. 음울하고 암담한 어떤 분위기, 인간의 복잡하고 모순적인 내면, 신앙과 욕정과 배신이 뫼비우스의 띠처럼 얽혀 출구가 없는 현실, 그러면서도 한 줄기 구원이—죽음도 구원이라면—역설적으로 암시되는 그런 상태를 가리킨다. 일찍이 소설가 아서 칼더-마셜은 이런 '시디'한 풍경으로 이루어진 그레이엄 그린의 영토를 '그린랜드(Greeneland)'라 불렀다.

신을 더 이상 사랑하지 않지만(사랑할 자격이 안 된다고 생각하지만), 그래도 실낱같은 믿음의 연을 놓지 않고(못하고) 고뇌하는 사람들이 모여 사는 나라가 그린랜드다. 흑과 백이 아니라 흑색과 회색의 점이지대로 이어지는 흐릿한 영토가 그린랜드다. 선인과 악인의 구분이 잘 안 되고, 특별하게 나쁜 인간과 평범하게 나쁜 인간이 쫓고 쫓기는 땅이다. 그럼에도 종국에는 어느 한쪽을 선택할 수밖에 없도록 강요받는 곳이 또한 그린랜드다. 『조용한 미국인』에서 트루엥 대위는 이렇게 말한다. "인간으로 남으려면 어느 한편을 들 수밖에 없다."

그린이 자기 작품을 진지한 소설(노블)과 오락물(엔터테인먼트)로 나눈 것은 잘 알려져 있다. 그러나 나는 그의 작품을 인간의 도덕성과 욕망이 부딪치는 '내면의 그린랜드'와, 정치적 메시지가 강조된 '권력의 그린랜드'로 나눌 수 있다고 생각한다. 물론 두 가지 범주가 겹쳐진 작품도 있다. 나는 권력의 그린랜드 쪽에 관심이 간다.

특히 국제정치에 대한 나의 시각은 그린랜드에서 많이 형성되었다. 『밀사』를 읽고 나서 80년대 초 『스페인 내전 연구』를 접했고 지금까지도 스페인 내전 관련 도서에 눈이 간다. 『권능과 영광』을 덮고 나서는 20세기 초 멕시코의 상황 그리고 혁명 세력의 가톨릭교회 탄압에 관한 글을 더 찾아 읽었다.

『아바나의 우리 요원』 덕분에 나는 강대국들의 정보수집 활동에 냉소적이 되었다. 예컨대 2003년 이라크를 침공하기 위해 미국과 영국이 내세운 소위 '증거'라는 것들이 얼마나 편의적이고 가소로운 '정보'였던가. 엉터리 정보를 수집하는 것 정도는 애교 수준이다. 고의적으로 가짜 정보를 만들어 뿌린 것을 어떻게 봐야 할까. 이런 짓을 하면서 이라크전쟁을 기어코 밀어붙여 수많은 민간인들을 죽음으로 몰아넣은 부시와 블레어를 전범으로 심판했어야 했다고 나는 지금도 믿고 있다.

아르헨티나에서 본격적으로 군부독재가 시작되기 전에 그런 상황을 미리 내다본 것처럼 쓴 『명예영사』는 또 어떤가. 특히 남미 각국이 콘도르 작전이라는 공조 체계를 통해 반체제 인사들을 탄압할 것을 예견했던 점은 정말 탁견이었다. 나는 칠레의 피노체트가 런던에서 체포되었을 때 그를 싣고 가던 호송 차량 행렬을 길가에서 직접 본 적도 있다. 피노체트를 적극 두

둔하던 대처를 생각하면 정치적 독재와 경제적 신자유주의 사이의 연결고리를 따져보지 않을 수 없다. 나는 피노체트나 대처와 같은 끔찍한 인간 유형을 생각만 해도 혈압이 오른다. 한국에 돌아와 제일 먼저 쓴 글이 피노체트의 체포와 보편적 관할권 문제를 다룬 논문이었다.

파파독 뒤발리에가 철권 통치를 하던 아이티를 배경으로 나온 『코메디언들』에서도 많이 배웠다. 아이티를 알면 알수록 서구의 위선과 지배욕의 역사적 뿌리에 전율을 느끼지 않기 어렵다. 프랑스혁명 후 유혈 투쟁을 거쳐 독립한 아이티를 프랑스는 결코 용서하지 않았다. 독립 후 이백 년이 지나서야 프랑스 대통령이 아이티를 최초로 공식 방문한 것을 보라. 그동안 아이티는 프랑스 그리고 미국에 의해 철저히 무시되었고 지금까지도 정정이 불안한 세계 최빈국으로 남아 있다. 냉전의 틈바구니에서 선의의 개인이 망명자로 전락하는 이야기를 다룬 『인간적 요인』 역시 그와 유사한 국내외의 여러 사례를 상기시키는 텍스트다.

그린랜드에서 가장 격렬한 논란이 벌어진 작품은 뭐니 뭐니 해도 『조용한 미국인』일 것이다. 미국의 베트남 참전, 그리고 그것의 궁극적인 실패를 내다본 『조용한 미국인』은 그린의 정치적 선견지명이 극적으로 드러난 소설이다. 1955년 말 하이네만 출판사에서 소설이 발간된 바로 그 시점에 미국이 베트남전을 개시했다. 일부러 날짜를 맞추려 해도 그렇게까지는 못했을 것이다. 그린이 베트남전을 예견한 게 아니라 세상이 그린을 모방했다는 말까지 나왔다.

화자인 토마스 파울러는 경험 많고 냉소적인 영국 기자다. 올든 파일은 세상을 이상주의적으로 보는 미국의 젊은 정보요원이다. 파일은 베트남의 공산주의와 프랑스의 식민 지배가 아닌 '제3의 세력'을 키워 베트남 문제를 해결하겠다는 포부를 품고 있다. 파울러가 보기에 파일은 "자기 딴에는 한없이 좋은 의도지만 한없이 나쁜 결과를 초래하곤 하는" 미국의 대외 정책을 상징하는 인물이다. 이런 사람의 문제는 자신이 뭘 잘못했는지 끝까지 알지 못한다는 점이다.

파울러는 독백한다. "순진무구한 인간은 비난할 수 없다. 그런 사람에게는 죄를 물을 수 없기 때문이다. 통제하거나 제거하는 수밖에 없다." 결국 파울러는 파일의 암살에 개입한다. 이런 소설을 냈으니 미국 쪽에서 가만있을 리 없었다. 엄청나게 인신공격을 퍼부었다. 그린은 미국 입국 비자를 거부당했던 마르케스, 다리오 포, 네루다, 푸엔테스와 같은 '반미 작가'의 대열에 들게 되었다.

그린은 베트남이 어떤 노선을 택하든 그들의 민족자결권을 존중해야 한다는 입장이었다. 그러나 책이 나온 시점에서 미국 사회를 압도하고 있던 것은 냉전 자유주의였다. 수단과 방법을 가리지 않고 공산 세력을 저지해야 미국과 세계의 자유가 유지될 수 있다고 보았다. 과테말라에서 민주적으로 집권한 야코보 아르벤츠 대통령이 각종 개혁 정책을 실시하자 CIA가 1954년 쿠데타를 사주해서 정권을 무너뜨린 게 좋은 예다. 토지개혁 같은 것은 공산당이나 하는 짓이라고 믿었던 거다.

그린은 한국전쟁이 일어난 직후 1951년부터 베트남을 네 차례 길게 방문한 후 『조용한 미국인』을 완성했다. 한국전쟁의 충격이 미국의 베트남 개입에 결정적인 계기가 될 것임을 내다봤기 때문이다. 실제로 한국전쟁이 끝나고 정확히 일 년 뒤 베트남은 북위 17도 선으로 분단되었다.

소설에 '코리아'가 세 번 나온다. 첫째, 파울러는 북쪽의 전투 현장 팟디엠을 취재하고 싶어 하지만 목숨 걸고 기사를 써도 본사에서 특종으로 다루지 않을 거라고 불평한다. 그 당시 세계 언론은 코리아 관련 뉴스에만 관심이 쏠려 있었기 때문이다. 둘째, 기자회견장에서 프랑스군 대령이 프랑스군의 전사자가 베트민에 비해 삼분의 일밖에 되지 않는다고 하자 '나'는 "코리아에서보다 더 많네요"라고 일부러 부정확하게 코멘트한다. 셋째, 파일이 자기가 존경하는 요크 하딩 교수가 전쟁 중 코리아에 다녀올 정도로 용기 있는 사람이라고 옹호하자 파울러는 다음과 같이 비꼰다. "전투병으로 다녀온 게 아니잖아. 왕복표를 끊었다는 건 용기가 아니라 단순한 지적 호기심에 불과한 거지.

마치 수도승이 스스로 채찍 수행을 하는 거라고나 할까."

나는 『조용한 미국인』을 통해 1950년부터 사반세기 동안 아시아에서 지속된 일련의 '냉전 속 열전들'의 연장선상에서 한국전쟁과 베트남전쟁을 보는 눈을 가지게 됐다. 말라야 사태, 대만 금문도 폭격, 인도네시아 대학살도 다 이때 일어난 사건들이다.

그린이 서구와 미국에 매우 비판적인 작가였다 해도 베트남 사람들이 느끼는 감정은 그리 간단치 않다. 한국을 방문한 베트남의 연구자, 공무원들을 며칠간 안내한 적이 있었다. 어느 날 일정을 마치고 쉬는 시간에 그레이엄 그린 이야기를 꺼냈더니 반응이 시큰둥했다. 뜻밖이었다. 생각해보니 베트남인들은 서구 작가가—아무리 서구에 비판적이라 해도—베트남을 배경으로 서구 인물이 주인공으로 등장하는 작품을 쓴 것, 그리고 독자들이 그런 작품을 통해 베트남을 이해하게 된 것을 못마땅하게 여기는 것 같았다. 가슴이 뜨끔했다.

『조용한 미국인』이 미국의 대외정책을 신랄하게 풍자했다면, 그보다 먼저 그린이 시나리오로 쓴 「제3의 사나이」는 미국식 경제 모델과 초국적기업의 세계 정복을 예언한 영화다. 나는 이 두 작품이 이차대전 이후 세계의 기본 구도를 그려놓은 『정감록』이라고 말하고 싶다. 국제정치학자도 경제학자도 아닌 소설가가 극도로 날카로운 촉을 발휘하여 세계의 군사-지정학적 현실과 신자유주의의 지배를 무서울 정도로 미리 해부해놓은 것이다.

해리 라임이 서부극 작가인 친구 홀리 마틴스를 비엔나로 부른 이유가 바로 자기 사업을 홍보하기 위해서였다. 이는 전후 미국 기업들이 '자유'라는 구호 아래 벌였던 마케팅 활동을 암시한다. 라임은 가짜 항생제를 팔아 아이들을 희생시킬 정도로 돈벌이에 혈안이 된 인물인데 그것도 모자라 옛 친구까지 그런 짓에 끌어들이려 한다.

비엔나의 프라터 공원 대관람차 꼭대기에서 라임이 마틴스에게 설파하는 일장 연설에는 자본가(훗날 신자유주의자)의 냉혹성, 자기 확신, 쿨해 보이는 냉소주의, 명민함, 개똥철학, 카리스마가 버무려져 있다. 나중에 이 장면을 다시 보니 21세기에 드론 폭격기로 인간 '점'들을 살상하는 현실이 연상되면서 새삼 소름이 끼쳤다. 책자로 출판된 대본과 영화 대사 간에 약간 차이가 있다. 영화 속 대사를 옮겨본다.

마틴스 네가 팔았던 약품의 피해자를 한 번이라도 만나본 적이 있냐?

라임 너도 알다시피 이런 게 신경 쓰이지 않는 사람이 어디 있겠어? 피해자? 제발 신파극 좀 그만해라.

마틴스 (아래쪽을 내려다보면서) 저기 왔다 갔다 하는 점들 중 하나가 사라진다 한들 네가 눈 하나 깜짝하겠어?

라임 야, 이 친구야. 점 하나가 꼬꾸라질 때마다 이만 파운드가 생긴다고 하면 안 받겠다 할 자신이 있어? 점 몇 개까지만 돈을 벌고 그만둘까, 그렇게 잔머리를 굴리지 않겠냐, 이 말이야. 소득세를 낼 필요도 없지. 이 친구야, 요즘 돈 좀 만지려면 이러는 수밖에 없다고.

마틴스 그렇게 해서 억만금을 벌어봐야 결국 감옥에 가게 될걸.

라임 그딴 감옥은 비엔나의 다른 점령 지역에나 있지. 이런 사실을 아는 사람은 너밖에 없어.

마틴스 그럼 나를 없앨 수도 있겠네?

라임 그거야 식은 죽 먹기지.

마틴스 과연 그럴까?

라임 내가 총을 갖고 있잖아. 여기서 총 맞은 놈이 저 밑으로 떨어지면 사람들이 굳이 총알 자국을 찾으려 하겠어?

마틴스 경찰이 너의 가짜 관을 벌써 파냈어.

라임 그래서 어쩌라구. 하빈의 시체를 찾아낸들 어쩔 거야, 답답한 친구야. 그건 그렇고, 도대체 우리가 지금 무슨 소릴 하고 있는 거야? 내가 네게, 네가 내게 무슨 짓이라도 할 것처럼. 우리가 언제부터 이런 사이였어? 넌 지금 많이 헷갈리는 것 같아. 요즘 누가 인간이 어쩌구 하는 식으로 생각하냐고. 정부가 그렇게 해? 우리가 그렇게 해? 인민이 어쩌구 무산계급이 어쩌구 하는 사람도 있겠지. 난 인간쓰레기들을 얘기하지. 다 그놈이 그놈이야. 경제개발 5개년 계획? 웃기고 자빠졌네, 나도 그딴 계획을 짤 수 있어.

마틴스 그래도 넌 예전에 신앙이 있었잖아?

라임 아이구 이 친구야, 난 지금도 하느님을 믿어. 신의 은총 등등, 다 믿고말고. 하지만 죽은 사람이 더 행복하지. 넌 아직도 신앙을 지키고 있냐? 안나를 구할 수 있으면 그 여자에게 좀 잘해줘라. 도와줄 만한 여자야…… 네가 내 편이 돼주면 얼마나 좋겠냐. 요즘 비엔나엔 믿을 놈이 하나도 없어. 우리가 예전에 얼마나 가까웠어? 마음 정하면 연락줘. 언제 어디서든 만날 수 있어. 이 친구야, 다음에 만날 땐 너를 만나고 싶지 경찰을 만나고 싶진 않아. 절대 잊지 마, 알겠지? 제발 너무 심각한 척하지 마라. 뭐 그렇게까지 상황이 나쁜 건 아냐. 이탈리아 친구들이 하는 소릴 들어봐. 보르자 가문 삼십 년 동안 전쟁, 테러, 학살이 얼마나 많이 일어났어? 하지만 그때 미켈란젤로, 다빈치, 르네상스가 다 나왔잖아! 그런데 스위스를 보라구. 박애 정신, 민주주의와 평화의 오백 년, 어쩌구 저쩌구. 그렇지만 스위스에서 뭐가 나왔어? 뻐꾸기시계밖에 더 나왔어? 잘 가게, 친구여.

뻐꾸기시계 부분은 라임을 연기한 오슨 웰스가 즉흥적으로

지어내 유명해진 대사다. 하지만 여기에 약간의 아이러니가 더해진다. 우선 뻐꾸기시계의 원조는 스위스가 아니라 독일이다. 그리고 스위스 시계 제작자들은 마르크스가 주도했던 국제노동자협회에 가장 열렬하게 참여한 그룹이었다. 라임의 스위스 경멸이 스위스 노동자들의 자본주의에 대한 반격으로 반전된 셈이다.

살아생전 그린은 세계 지도자들과 많이 만났다. 쿠바의 카스트로, 파나마의 토리호스, 칠레의 아옌데, 체코의 하벨 등 이른바 언더독에 속한 지도자들과 교분을 쌓았다. 반미, 반제 노선의 정치인들이 많아서 그린은 자주 비난을 받았다. 그린에게 급진적 성향이 있었던 것은 사실이다. 그러나 그것을 뉘앙스 있게 볼 필요가 있다. 1969년 그린은 함부르크대학이 제정한 셰익스피어상을 받는 자리에서 「변심의 미덕」이라는 연설을 했다. "작가는 언제나 즉각적으로 입장을 바꿀 수 있어야 한다. 작가는 당연히 피해자의 편에 선다. 그러나 피해자도 변할 때가 있다."

그린은 소련이나 중국을 객관적으로 평가하되 어디까지나 자신의 원칙에 따라 판단했다. 러시아혁명을 긍정적으로 봤지만 '프라하의 봄' 사태가 일어나자 오랫동안 소련에 발걸음을 끊었다. 정치적인 이유로 구속된 소련 작가들을 위해 자기 책의 러시아어 번역 판권 수입을 전액 기부하기도 했다. 고르바

초프가 등장하고 나서야 모스크바를 다시 찾았다.

중국과의 일화도 있다. 그린은 1957년 공식 초청을 받고 영국 방문단의 일원으로 베이징을 찾았다. 중국 정부가 '반미 소설'인 『조용한 미국인』으로부터 깊은 인상을 받았던 게 분명하다. 그린도 마오쩌둥의 혁명에 공감하는 편이었다. 마침 '백화제방 백가쟁명'이 터져 나오던 때이기도 했다. 그린은 출발 전 중국 전문가들로부터 상세한 브리핑을 받았다. 베이징, 시안, 충칭, 양쯔강, 한커우를 거쳐 다시 베이징으로 돌아오는 한 달간의 여정이었다.

충칭에서는 시당 위원장이 성대하게 환영 만찬을 열어주었다. 그 자리에서 그린은 위원장에게 분위기 깨는 이야기를 했다. 후펑(胡風)의 신상에 대해 걱정하는 말을 한 것이다. 후펑이 누군가. 일찍이 루신의 비서로 출발해 당대 최고의 문예 이론가로 꼽히던 거물이었다. 그는 '민족 형식'이라는 것이 일반적이든 민중적이든 유교의 지배윤리에서 비롯된 것이므로 혁명 시대의 새로운 시문학에는 어울리지 않는다고 보았다.

굉장히 위험한 입장이었다. 마오쩌둥이나 중국 좌익작가연맹의 저우양(周揚)과는 대척점에 놓인 생각이었기 때문이다. 결국 후펑은 1955년 초 '후펑반혁명집단'의 수괴이자 대만의 첩자로 몰려 재판도 없이 구금되었다. 후펑의 절친인 룰링(路翎)을 비롯해 무려 이백 명이 넘는 문인들이 잡혀간 '문인 간첩

단' 사건이 벌어졌다.

그린이 후평에 관해 따져 묻기 시작하자 시당 위원장은 후평이 충칭에 산 적이 있었다는 식으로 말을 얼버무렸다. 그냥 넘어갈 그린이 아니었다. 후평이 당신 친구 아니었나, 그가 정식 재판을 받지도 못하고 갇혀 있는 게 합당한 처사인가, 하고 재차 물었다. 불편한 대화가 계속되자 영국 방문단 중 노동당 극좌파에 속했던 로저 초올리가 한마디 거들었다. 대만의 첩자들로부터 위협받고 있는 중국 정부가 신경 쓸 일이 많지 않겠는가. 은근히 중국을 변호하고 나선 것이다. 이에 격분한 그린이, 아니 그게 말이 되는 소리냐, 그렇게 체포한 것이 잘한 짓이란 말인가, 당신하곤 앞으로 같이 못 다니겠다며 쏘아붙였다. 만찬 자리가 험악한 언쟁 자리로 변했다. 귀국한 후에도 두 사람은 신문 지상에서 설전을 이어갔다.

이 에피소드를 생각하면 니카라과가 떠오른다. 그린은 다니엘 오르테가와 그의 배우자 로사리오 무리요—"호리호리하고 학생 같아 보이던"—를 산디니스타 혁명 시절부터 알고 지냈다. 그린은 그들의 활동을 열렬히 지지했다. 그러나 그 후 어떻게 되었는가. 지금도 대통령과 영부인으로 있는 이 부부는 독재 권력으로 전락해 있다. 게다가 과거 혁명 세력 중에 오르테가 부부를 아직도 지지하는 이들이 있다고 한다. 그린이 살아 있었더라면 혀를 찼을 것이다.

그린이 평생 매달렸던 '배신'의 문제는 그의 권력에 대한 시각과 연동되어 있는 것 같다. 그린은 국가의 억압을 극단적으로 싫어했고 사람에 대한 신의를 무척 중시했다. 조국은 배신해도 사랑은 배신하면 안 된다고도 했다. 『아바나의 우리 요원』에 내가 특별히 좋아하는 구절이 나온다. "국가가 아니라 사랑에 충성했더라도 세상 꼴이 이렇게 되었겠는가?"

꼭 집어 당신의 정치적 입장이 무엇인가, 라는 기자의 질문에 그린은 "휴머니스트이자 사회주의자"라고 답한 적이 있다. 휴머니스트이면서 사회주의자, 게다가 사생활이 복잡했던 가톨릭 소설가…… 실로 난해한 고차방정식이 아닐 수 없다. 젊었을 때는 과격했다가 나이 들면서 누그러지거나 심지어 백팔십도 달라지는 사람들이 있다. 그린은 정반대였다. 인생 후반에 갈수록 더 급진적인 인물이 되었다. 탄압받는 이가 있다는 말을 들으면 자신의 세계적 영향력을 기꺼이 실어주었다. 『더 타임스』 독자 투고란에 실린 그린의 격문과 같은 탄원 편지들은 20세기 후반 세계 정치의 연표처럼 읽힌다.

옥스퍼드에서 공부할 때 어느 날 리틀모어에서 존 헨리 뉴먼 추기경의 기념행사가 열린다는 공고를 봤다. 뉴먼은 19세기 잉글랜드의 가톨릭 부흥운동을 이끌었고 2019년에 시성된 지식인 성직자다. 뉴먼의 인생에서 큰 의미가 있는 리틀모어는 옥스퍼드 시내에서 육 킬로 정도 떨어진 한적한 시골 마을이었다.

일요일 오후 늦게 열댓 명이 하이스트리트에 모여 도보로 출발했다. 목적지에 도착하기 직전 이플리라는 작은 동네의 어느 집 앞에 일행이 잠시 멈췄다. 초저녁 어둑어둑한 시간, 불이 밝혀진 이층 고택에서 할머니 한 분이 천천히 걸어 나와 정원 입구에서 우리를 맞아주었다. 미리 연락을 하고 들른 것 같았다.

"헬로, 비비엔, 그간 잘 계셨어요? 늦은 시간인데 만나주셔서 감사해요." 비비엔? 이분이 누구신가? 허리가 구부정하고 어깨에 숄을 걸친 비비엔 할머니가 안경 너머로 장난기 있는 눈을 반짝이며 조크를 던진다. "비비엔이 아니라 미세스 그레이엄 그린!" 한바탕 웃음을 터뜨린 우리는 한 사람씩 자기소개를 했다. 일일이 눈을 맞추며 인사를 받아주는 모습이 인상적이었다.

워낙 갑작스런 만남이어서 그 의미를 되새기는 데 시간이 필요했다. 리틀모어에서 기념행사가 진행되는 내내 마음속으로 '미세스 그레이엄 그린, 미세스 그레이엄 그린'을 되뇌었다. 내가 여기서 그린의 부인을 만나게 될 줄이야!

1920년대에 옥스퍼드대학 학생이던 그린은 블랙웰 출판사에서 일하던 비비엔 데이렐-브라우닝을 만나 정신없이 사랑에 빠졌다. 비비엔은 열세 살에 시집을 내고 신동 소리를 들었을 정도로 똑똑한 재원이었다. 그린은 비비엔과 결혼하기 위해 그녀의 종교인 가톨릭을 받아들였다. 그것도 아주 심각하게. 하지만 그린은 남매를 낳은 후 비비엔과 헤어졌다. 법적으로 이혼을 하진 않았지만 여러 여성들을 편력했고, 특히 말년에는 프랑스 여성 이본느 클레타와 삼십 년 가까이 살았다. 그린은 평생을 죄의식에 시달렸다. 나는 그린이 죽은 후 비비엔이 챙이 넓은 까만 모자를 쓰고 장례식에 참석한 사진을 보았다.

그린은 비비엔과 가족을 위해 이플리에 '그로브하우스'라고 이름 붙인 집을 사주었고, 어려움 없이 살도록 끝까지 신경을 썼다. 비비엔은 전 세계를 다니며 인형의 집을 수집하여 책도 내고, 본채에다 둥근 모양의 로툰다 건물을 증축해서 '인형의 집 박물관'을 차렸다. 내가 갔을 때엔 어두워서인지 박물관 건물은 보지 못했다. 한참 뒤 비비엔의 부고 기사를 접하고 이플리에서의 그 짧았던 만남을 다시 떠올렸다. 그러고도 또 세월이 흘러 그 지역신문에 난 기사를 인터넷에서 읽게 됐다. 비비엔이 세상을 뜬 후 그로브하우스를 인수한 주인이 박물관을 허물고 주차장을 짓겠다고 해서 동네 사람들이 반발한다는 소식이었다. 괜히 마음이 언짢았다.

한국의 어떤 영문학자와 얘기를 나누던 중 그레이엄 그린은 어떤가 하고 물어본 적이 있다. 소설 제목 한두 개를 기억하더니 뭐, 별로라고 대답하는 것이었다. 전문가 앞이라 더 이상 얘기를 하진 않았다. 하지만 그린은 영국인들이 특별히 사랑하는 작가다. 타계한 지 삼십 년이 넘었지만 그의 작품은 지금도 계속 증쇄가 나온다. 『가디언』지에서 20세기의 가장 중요한 영어 소설 100편을 선정한 적이 있었는데 그린의 작품이 세 편이나 포함되었다. 영국에서 가깝게 지냈던 젊은 친구들—그린의 손자뻘 되는—중에도 그에게 열광하는 이들이 적지 않았다.

런던에서 공부할 때 학교 건너편에 있는 킹스칼리지에 가끔 들르곤 했는데 어느 날 구내서점에서 레오폴드 두란이 쓴 『그레이엄 그린—친구이자 형제』라는 신간을 발견했다. 당장 구입해서 한달음에 읽었다. 스페인 출신인 저자는 킹스칼리지에서 그레이엄 그린 연구로 영문학 박사를 받은 성직자였다. 두란 신부는 칠십대에 접어든 그린과 친해져 매년 스페인 여러 곳으로 함께 여행을 다녔다. 그때의 경험을 바탕으로 그린은 『몬시뇰 키호테』를 쓰기도 했다. 그린의 마지막 순간에 종부성사를 주고 곁을 지킨 사람도 두란 신부였다.

두란의 책은 그린과의 교유, 여행, 각종 일화, 그린의 창작 습관 등을 다룬 회상기다. 그린은 어디에서든 오전에는 반드시 집필을 했다. 노트에다 만년필로 매일 오백 단어 분량의 글을 매주 칠 일씩 썼다(말년에는 하루 삼백 단어씩, 매주 오 일). 어떤 장면의 중간에서 펜을 내려놓을 때가 많았는데 그 이유를 묻자 그래야 다음날 원고를 이어쓰기가 편하다고 했단다.

그린이 제일 참지 못했던 부류는 독재자, 권위주의자, 위선자, 호들갑 떠는 사람, 격식과 의전을 따지는 사람, 약자를 괴롭히는 자, 지역 토호, 니스의 조폭(소송도 벌였다), 자기 작품을 스스로 해설하는 작가(이 때문에 결별한 소설가도 있었다), 그리고 말을 길게 하는 교수였다고 한다.

어쩌다 보니 어릴 때부터 지금까지 그레이엄 그린과의 인연이 계속된 것 같다. 신문에 오래 연재했던 칼럼의 명칭을 '지도 없는 여행'이라고 붙이기도 했었다. 그린이 1930년대에 쓴 아프리카 여행기의 제목을 본뜬 것이다.

한번은 인권 관련한 일로 제네바에 출장을 갔다가 중간에 일정이 비는 날이 생겼다. 혼자서 늦은 아침을 들고 호텔 로비의 진열대에 꽂혀 있는 안내 브로셔를 훑어보던 중이었다. '제네바에서 영원한 안식처를 찾은 유명인들'이라는 리플렛이 있길래 뽑아서 펼쳤는데 그린이 레만호수 근교에 묻혀 있다는 게 아닌가. 그린랜드에서 날아온 초대장을 받았다고나 할까. 가슴이 쿵쾅거렸다. 인연이 또 이렇게 이어지는구나 싶어 그 즉시 코르소로 떠났던 것이다.

드디어 목적지에 도착했다. 완만한 언덕 위에 있는 코르소는 새소리가 마을을 채우고 있는 조용하고 평화로운 동네였다. 주택가 어귀에 있는 '몽트 데 코르시에'라는 작은 묘원에 들어섰다. 앞쪽 열 528번 자리가 그린의 무덤이었다. 레만호수가 내려다보이고 저 멀리 알프스가 아련하게 구름 너머로 떠 있었다.

사각형의 평분에 평범한 묘비, 너무나 단출했다. 펭귄 출판사에서 그린의 책 표지를 꾸몄던 디자이너가 도안한 비석이 서 있었다. 십자가 표시 아래에 콘스탄티아 대문자 서체로 "그레이엄, 그린, 1904~1991", 이렇게 딱 세 줄이 적혀 있었다. 그 흔한 묘비명 한마디 없었다. 내가 갔을 때엔 무덤 위에 잔디만 눈에 띄었는데 나중에 인터넷에서 찾아보니 꽃이 피어 있었다.

1960년대에 그린은 세무회계 관련한 사기를 당해 수입보다 세금을 더 내야 하는 문제가 생겨 영국을 떠났다. 프랑스의 칸과 니스 사이에 있는 앙티브라는 작은 항구도시로 가서 그곳에서 계속 살다 죽기 한 해 전 스위스의 코르소로 거처를 옮겼다. 딸이 사는 동네와 가까웠고 백혈병 전문의가 있었기 때문이다.

그린은 평생을 돈 문제와 씨름하며 살았다. 그의 명성을 고려하면 좀 의아한 일이다. 초기작들은 독서계의 반응이 좋지 않았다. 어떻게 전업 작가로 살 것인지 고민이 깊었다. 신혼살림의 생활비와 아이 우윳값까지 걱정해야 할 지경이 되어 『더 타임스』에 취직해 편집기자로 생계를 꾸렸다. 편집부 근무는 오후에 출근해 밤늦게까지 일했으므로 오전에 소설을 쓸 수 있는 시간이 났다.

그러다 삼십대가 되자 새 책이 나올 때마다 수십만 부씩 팔리는 인기를 누리게 되었다. 영화화된 소설이 많았고, 「제3의 사나이」나 「추락한 영웅」처럼 처음부터 영화로 만든 작품도 있었다. 돈이 쏟아져 들어왔다. 사람들은 당연히 그가 돈방석에 앉은 줄 알았다. 그러나 실상은 달랐다. 수입보다 지출이 더 많았다. 어려운 사람을 못 본 체하지 못했기 때문이다.

가족이나 부모의 생계를 책임진 것은 물론이고, 친척, 친구, 문인들이 힘들다는 소식을 들으면 묻지도 않고 주머니를 털었다. 오랜 기간 정기적으로 도와준 경우도 여럿이었다. 일면식도 없는 소설 지망생에게 빚을 내서 후원한 적도 있었고, 출판사 사장에게 자신의 한 줄짜리 소설 구상을 담보로 걸면서 무명 작가의 책을 내도록 주선하기도 했다. 신예 시절 그린으로부터 도움을 받았던 뮤리엘 스파크의 회고에 따르면 그린은 매달 우편으로 수표를 보내면서 "차가운 자선의 느낌을 녹이려는 듯" 레드 와인을 함께 보내주었다고 한다.

정작 본인의 삶은 검박했던 모양이다. 젊은 시절 미국에 처음 가보고 그 사회의 '피상적 안락함'에 불편함을 느꼈다고 한다. 앙티브에서는 방 하나짜리 아파트에 기거하며 거의 매일 펠릭스라는 허름한 카페에서 아주 간단하게 점심을 들었다. 집에서 혼자 저녁을 먹는 날에는 정어리 통조림, 빵 한 쪽, 맥주한 잔이 전부였다. 친구였던 맬컴 머거리지는 그런 그린을 보고 "자취생처럼 살 수 있는 특출한 재능의 소유자"라는 말을 남기기도 했다.

그린은 늦게까지 현역으로 활동을 (해야) 했다. 소설은 말할 것도 없고 영화 대본, 연극 대본, 신문사 순회특파원 기사, 평론 등 닥치는 대로 원고를 썼다. 나중에 누가 세어보니 잡지에 발표한 서평이 오백 편, 영화평이 육백 편이 넘었다. 특이하게도 그린은 작품 활동과 풀타임 재택근무 에디터 생활을 병행했다. 나이 지긋해서까지 보들리헤드 출판사에서 편집 자문을 맡아 재능 있는 작가를 발굴하는 일을 도왔다. 인도의 R. K. 나라얀도 그렇게 해서 영미 문학계에 알려졌다.

편집자로서의 그린은 공포의 대상이자 괴짜였다. 오전에 자기 책 집필이 끝나면 오후에 출판사에서 보내준 원고를 읽는다. 며칠 뒤 필자에게 편지를 보낸다. "이걸 소설이라고 쓰다니 내 눈을 의심했다"로 시작해 무지막지한 혹평이 한 페이지를 가득 채운다. 그러고선 마지막 줄이 이렇게 끝난다. "한잔하면서 이야기 더 해보자." 이 말이 곧 긍정적 평가였다.

그린이 타계하기 이태 전 1989년, 아일랜드의 기네스피트 항공사에서 오만 파운드라는 파격적인 상금을 내걸고 아일랜드 작가들을 대상으로 문학상을 신설했다. 나중에 노벨문학상을 받은 셰이머스 히니 등 쟁쟁한 인물들이 심사위원으로 참여했다. 상의 권위를 높이기 위해 삼고초려해서 그린을 심사위원장으로 영입했다.

그런데 막상 심사를 시작하니 문제가 생겼다. 심사위원들은 예심에서 올라온 다섯 편 중 존 밴빌의 『증거의 서』가 제일 낫다고 의견을 모았다. 하지만 그린은 처음부터 빈센트 맥도넬의

『파기된 계명』을 밀었다. 첫 소설이었고 결선에 오르지도 않은 작품이었다. 심사위원회의 운영이 삐걱댈 수밖에 없었다. 위원장이 끝까지 고집을 부리자 그렇다면 상금을 올려 밴빌과 맥도널에게 각각 삼만 파운드씩 공동으로 상을 주자는 타협안이 나왔다. 이 소식을 전해 들은 밴빌이 "뭐 하자는 거냐, 주면 주고 말면 말지"라며 길길이 뛰었다. 결국 그린이 한발 물러나 본상은 밴빌에게 주고 맥도널에게는 따로 신진작가상을 만들어 이만 파운드를 수여하는 것으로 어렵사리 합의가 되었다. 시상식 날 사진을 보면 밴빌이 아직도 분이 덜 풀린 표정으로 혼자 딴 데를 바라보고 있다. 그런데 맥도널이 받은 상금이 그린의 개인 돈에서 나왔다는 사실이 그가 죽고 난 뒤에 밝혀졌다.

그린의 이러한 성향은 어쩌면 어릴 때 학교에서 왕따로 트라우마를 겪었고 평생 극심한 조울증과 약한 간질을 앓았던 개인 병력에서 비롯된 것이었는지도 모르겠다. 젊은 시절 여러 번 자살 기도를 했고 항우울제를 달고 살았다. 이런 배경에서 거의 편집적으로 타인의 고통에 연민을 느끼고 약자의 처지에 조건반사적인 반응을 보였던 게 아닌가 한다.

그린은 잠을 깊게 못 자는 체질이었다. 하룻밤에도 여러 번 잠을 깼다. 머리맡에 메모지를 두고 눈뜰 때마다 꿈을 기록했다. 그것을 소설이나 영화 대본으로 키운 적이 많았고, 나중에는 아예 메모를 묶어 책으로 내기도 했다. 나도 중간에 잠을 깰

때가 많아 꿈을 메모해보려 했지만 디테일이 잘 기억나지 않아 몇 번 시도하다 포기했다.

동네 주민이 근처 묘지에 물을 주러 왔다가 묻는다. 일본에서? 중국에서? 아니라고 하니 또 한마디 한다. 카메라 없이 찾아온 아시아 사람은 처음 보네요, 대부분은 여기에 오지 않고 찰리 채플린 묘지를 찾던데. 채플린 묘지가 근처에 있습니까? 조금 내려가면 묘원이 하나 더 있어요.

그린의 묘비를 만지면서 작별 인사를 하고 언덕을 내려갔다. 찰리 채플린과 부인 우나 채플린이 나란히 묻혀 있는 묘지를 금방 찾을 수 있었다. 그린과 채플린은 이 동네에서 자주 만나던 사이였다고 한다. 두 사람 모두 호수와 산이 탁 트이게 보이는 명당자리에 터를 잡은 것 같다. 바람이 살짝 일렁였다. 그제서야 그린랜드를 끝까지 주파했다는 후련함, 동그라미를 한 바퀴 다 그렸다는 마침표의 종결감이 레만호수 위에 떠올랐다.

여기까지가 나의 그린랜드 입국 자초지종이다. 마치기 전에 자랑을 하나 해야겠다. 내겐 '주한 그린랜드 명예영사'라는 비밀 직함이 있다. 알고 보면 누구나 쓸 수 있는 감투다. 그린을 읽고 그린랜드를 돌아다니다가 스스로 임명하면 되는 셀프 명예직이다. 무급이지만 주관적인 만족감이 작지 않고 정권이 바뀌어도 바람을 타지 않는 자리이니 누구라도 해보시기를 권한다.

그린이 타계한 후 런던의 웨스트민스터 대성당에서 추모식이 열렸다. 문학, 영화, 문화, 정치, 종교, 언론계 인사들이 천여 명이나 참석한 큰 자리가 됐다. 한창 행사가 진행되는 도중에 행색이 초라한 여성 노숙인이 가재도구가 가득 담긴 커다란 검정 비닐백을 양손에 들고 성당 한복판으로 조용히 걸어 들어왔다고 한다. 이 기사를 읽으며 나는 그린랜드의 명예영사들, 강호의 고수들이 도처에 깔려 있구나 하는 생각을 했다. 그린이 이 광경을 봤더라면 눈을 반짝이며 장난기 어린 표정으로 무척 반가워했을 것이다.

방언의 정치학 억양의 사회학

 "쪼어 사람덜 무어 극고사누?" 뒷자리의 아주머니가 바깥에서 시위하는 사람들을 보면서 신기한 듯 물었다. "집에 먹을 거이 마아는 모양이다." 옆에 앉은 아주머니의 대답이다. 정확히 적었는지 자신이 없지만 어쨌든 남한의 어떤 지방 사투리와도 다른 말씨다. 신념에 찬 사람들의 끼니를 걱정해주는 마음에서 인간미가 느껴진다. 버스에서 내리는 두 사람을 보니 외양에선 남쪽 사람들과 아무 차이가 없다. 잠시나마 그들의 삶을 엿본 듯해서 미안한 감마저 든다. 어릴 때 학교에 이북 출신의 나이 지긋한 선생님이 있었다. 학생들이 도시락을 남기면 선생님은 혀를 차면서 이렇게 말하곤 했다. "이 아까운 걸, 쯧쯧, 밥맛이 없으면 입맛으로 먹으라우." 아이들은 이 말투를 흉내 내며 낄낄거렸지만 아무도 밥맛과 입맛의 차이를 정확히 알진 못했다.

 표준어와 방언 또는 사투리의 차이가 무엇인가. 언어학에서 아주 중요한 연구 주제라 한다. 방언학이라는 분과학문도 있다고 들었다. 어디까지가 방언이고, 어디서부터 표준어가 되는 가. 그 경계선을 무슨 기준으로 가를 수 있으며, 그것을 누가 가를 수 있는가. 나는 오랫동안 이 문제가 궁금했다. 인권에서 언어 차별이 중요한 주제가 되면서 의문이 더 커졌다.

땅이 넓고 말이 다양한 나라에서 온 학자와 대화를 나누던 중 독립된 언어의 실체가 정확히 무엇인가 질문한 적이 있었 다. 그는 웃으면서 "자기 나라 군대가 있으면 독립 언어"라고 간단히 정리해주었다. 언어 현실주의라고나 할까. 나중에 알고 보니 막스 바인라이시라는 사회언어학자가 누군가한테서 들은 얘기라고 전한 말이었다. "육해군을 보유하면 방언도 독립어가 된다." 힘이 곧 표준이라는 거다.

언어의 지위가 결국 권력으로 정해진다는 주장은 예리한 분 석이긴 하지만 그건 어디까지나 언어의 외적 조건에 집중하는 방식이다. 언어학자들은 '상호 의사소통성'으로 그 차이를 따 진다고 한다. 서로 간에 알아들을 수 있으면 방언이고, 전혀 못 알아들으면 별개의 언어라는 것이다.

하지만 이런 구분에도 한계가 있다. 한쪽은 알아듣지만 다른 쪽에선 도통 짐작이 안 되는 비대칭적 관계도 있기 때문이다. 예를 들어, 스코틀랜드 영어와 로스앤젤레스 영어는 같은 영어 내의 하위 방언들이지만, 전자의 사용자는 후자를 완벽하게 이 해하는 반면, 후자의 사용자는 전자를 거의 알아듣지 못한다.

미디어와 영화 등 세계적 차원의 '언어적 위세'라는 측면에서 양자는 비교가 불가능하기 때문이다.

제주말과 서울말은 어떨까. 언어학자들은 제주말을 독자적인 하나의 언어로 분류하는 모양이다. 유네스코에 따르면 전 세계 언어 중 소멸 직전의 '위중한 상태'에 놓여 있는 언어가 약 십 퍼센트 정도 되는데 제주어도 거기에 포함된다고 한다.

생텍쥐페리의 『어린 왕자』를 『두린 왕자』로 옮긴 번역문이 제주 지방신문에 연재되기도 했다. "경허연 난 요섯 해 전이 사하라 소막이서 비헝기 사고가 날 때꺼정, 모심을 열엉 이야기를 고찌헐 상대도 어시 혼자 살아왔다. 비헝기 엔진의 어디산지 고장 난 사고였다. 경헌디 그 비헝기에는 정비사도 승객도 타지 안허여부난, 난 혼자 냥으로 어려운 수리를 헤사만 허였다." 흉내 내긴 어렵지만 의미의 숲을 어렴풋이 헤아릴 수는 있을 것 같다.

지역어의 고유함을 적극적으로 드러내야 사람들의 친근함이 늘어날 거라고 주장하는 전문가도 있다. 제주나 강릉에서는 지방말을 지키기 위해 아예 조례까지 만들었다. 시민단체도 생겼다. "제일강릉이 해목, 천렵, 등산 쉐가메 놀기 젤이라니!" 강릉말사투리보존회에서 내건 펼침막이다.

언어들의 관계를 따지는 '동일성 판별 자동화 프로그램(ASJP)'은 각 언어 또는 방언에 들어 있는 주요 단어들의 리스트를 데이터베이스에 넣어 컴퓨터 연산 방식으로 비교하는 작업을 한다. 원래는 언어당 백 개의 단어를 뽑아 비교했지만 지금은 마흔 가지로 줄인 리스트를 사용하기도 한다. 다음과 같은 항목이 들어 있다.

'신체'에 관한 리스트에는 눈, 귀, 코, 혀, 이빨, 손, 무릎, 피, 뼈, (여성의) 가슴, 간, 피부가 들어간다. '동식물' 리스트에는 이(기생충), 개, 물고기, 뿔, 나무, 잎사귀가 들어간다. '인간' 리스트에는 사람, 이름이 들어간다. '자연' 리스트에는 해, 별, 물, 불, 돌, 길, 산, 밤이 들어간다. '동사와 형용사' 리스트에는 마시다, 죽다, 보다, 듣다, 오다, 새롭다, 가득 차다가 들어간다. '숫자와 대명사' 리스트에는 하나, 둘, 나, 너, 우리가 들어간다. 이런 식으로 전 세계 각 언어에서 마흔 개 어휘를 가려내 서로 비교함으로써 언어들 사이의 친소 관계를 따져보는 것이다.

이것을 위해 '레벤슈타인 거리' 또는 '최소 편집 거리'라는 기법이 사용된다. 다른 언어에 속한 두 개의 동의어가 언어적으로 같아지려면 얼마나 많은 첨가, 삭제, 대체가 필요한지를 계산하여 둘 사이의 거리를 측정한다.

예를 들어, 한국어 '손'은 국제 음성표기 방식으로 [son]이며, 영어의 '핸드'는 [hEnd]라고 표시된다. '핸드'와 '손'은 언어적으로 얼마나 멀리 떨어져 있는가. hEnd를 son으로 바꾸려면 다음과 같은 과정을 거쳐야 한다. 첫째, h가 s로 '대체'되어 sEnd가 되어야 한다. 둘째, E가 o로 '대체'되어 sond가 되어야 한다. 셋째, d가 '삭제'되어 son이 되어야 한다. 즉, 〔핸드〕가 〔손〕이 되려면 대체 두 번, 삭제 한 번, 도합 세 단계가 필요하므로 두 단어 사이엔 3만큼의 거리가 있는 것이다.

이런 식으로 두 언어에 포함된 마흔 개 단어들 사이의 거리를 일일이 측정한 후 그것의 평균 점수를 0과 1 사이의 수치로 표현한 것이 레벤슈타인 거리다. 수치가 0쪽에 있을수록 두 언어는 가깝고, 1쪽으로 갈수록 두 언어는 멀다. 이런 방법으로 수많은 언어들의 친소 관계를 연구해보니 레벤슈타인 간격으로 0.48이 언어와 언어를 가르는 분기점이라는 결론이 나왔다. 0.48보다 작으면 한 언어 내의 방언이라 할 수 있고, 그보다 크면 다른 언어로 봐야 한다는 거다. 어떤 방언이 모어로부터 갈라져 나와 독자적인 언어가 되려면 평균 1,059년이 걸린다는 연구도 있다. 방언이 분가해서 독립어가 되는 데 천 년 이상 걸린다니, 더구나 그 세월을 정확히 계산했다니, 언어연대학이라는 학문의 심오한 능력에 경외심을 품지 않을 수 없다.

그래서인지 나는 언어학자들을 특별히 존경한다. 언어학을 전공한 사람을 몇 명 아는데 하나같이 겁나게 똑똑한 천재과에 속하면서도 인간적으로 단순 소박하다는 공통점이 있다. 언어학을 공부해서 그렇게 된 건지, 원래 그런 사람이 언어학을 하게 됐는지는 모르겠다. 굉장한 사상가가 되기도 한다. 그람시도 촘스키도 언어학자로 출발한 인물들이다.

옛 소련이 해체된 직후 국민학교 단짝이던 친구가 러시아어를 배우러 카자흐스탄으로 연수를 갔다. 냉습하고 변덕스런 날씨, 여름이 끝나면 오후 네시부터 이미 어둠이 깔리기 시작하는 영국에 살면서 사람이 몹시 그리웠던 나는 친구가 사는 고려인 민박집으로 국제전화를 걸곤 했다. 전화를 할 때마다 한바탕 난리를 쳐야 했다. 통화가 한 번 만에 이루어진 경우는 거의 없었다. 몇 번의 시도 끝에 겨우 연락이 되어도 주인아주머니의 말을 당최 알아들을 수가 없었다. 큰 소리로 친구 이름을 구호처럼 외치면 겨우 바꿔주는 정도였다. 친구가 집에 없을 때엔 문제가 더 커졌다. 그런데 아주머니의 말과 내 말이 외계어처럼 평행선을 달리는데도 '갸가 지금 없다'라는 '느낌'이 신통하게 전달되는 거였다. 고려말과 현대 한국말은 의사소통성의 지근거리 내에 있음이 분명하다.

국토가 크지 않은데 영국만큼 다양한 사투리가 있는 나라도 드물 것이다. 약간 저음의 표준어를 구사하던 대처 총리는 원래 링컨셔 사투리를 썼는데 정치적으로 대성하려면 발음을 고쳐야 한다는 충고에 따라 전문가에게 교정을 받았다. 정적들은 그걸 꼬투리 잡아 어디 출신인지도 분명치 않은 주제에, 라고 비꼬기도 했다. 흔히 스코틀랜드 억양이 알아듣기 어렵다고 하지만 잉글랜드에도 그에 못지않은 동네들이 있다. 뉴캐슬이 대표적이다. 그 지역 방언을 '죠오디'라 하는데 처음 듣는 사람은 충격에 빠지기 십상이다. 나의 자매(마이 시스터)를 '미 시스타'라고 하는 건 약과다. 안녕하세요(하우 아 유?)를 '하우즈 잇 간?'이라고 하는 데서 질리기 시작하고, 난 집에 갈래(아이 앰 고잉 홈)를 '암 가니 헴'이라고 하는 대목에 이르면 말문이 막힌다.

영국에서 정식으로 치는 '표준발음(RP)'은 지역에 기반한 '표준남부발음(SSB)'을 지칭할 때도 있고, 전국 어디든 교육받은 중산층이 쓰는 발음을 가리킬 때도 있다. 표준발음을 'BBC 발음'이라고도 한다. 그러나 표준발음보다 더 '고급진' 발음이 있다. 사립 기숙학교를 나오거나 상류층에 속한 사람들의 '포쉬 악센트'가 그것이다. 이런 발음은 전체 인구의 이 퍼센트도 안 된다. 기득권자들의 잘난 척하는 구닥다리 발음이라고 눈총받는 경우가 많다. 포쉬 악센트 중에서도 맨 꼭짓점은 '퀸즈 잉글리시', 즉 여왕이 썼던 발음이다. 헬로우를 '헬리오우', 하우스를 '헤으스', 파워풀을 '파아프르'이라고 한다.

엘리자베스 여왕은 칠십 년이나 재위하면서 매년 크리스마스 메시지를 방송으로 내보냈고, 공식 연설 등 수많은 녹음 자료를 남겼다. 이를 통해 언어학자들은 현대 영어 억양의 변천사를 연구할 수 있었다. 여왕이 타계한 후 흥미로운 보도가 나왔다. 초기에는 최상층의 이른바 '컷글래스(유리세공)'식 억양을 구사했지만, 1960~70년대를 거치면서 사회변화의 영향 때문인지 발음이 순화되었다가 놀랍게도 64세 지나서부터는 다시 젊었을 때로 돌아갔다고 한다. 찰스가 왕이 된 후 '킹스 잉글리시'의 분석이 늘었는데 그 역시 구식(≒구제 불능)의 지배층 억양을 사용한다.

런던말 중에서도 특히 동쪽의 코크니 또는 남쪽 억양은 아주 심한 사투리로 간주된다. 런던 남부 출신인 배우 마이클 케인은 할리우드에서 오래 활동했지만 여전히 독특한 억양을 갖고 있다. 언어사회학 연구에 따르면 코크니 억양을 쓰는 사람에 대해서 범죄를 연상하는 경우가 많다고 한다. 교육을 많이 받았더라도 지방색이 너무 심한 말투를 쓰면 편견의 대상이 되곤 한다. 내가 듣기엔 인간적이고 코믹한 것 같다.

억양에 따른 사회적 차별을 조사한 연구에 따르면 영국에서 지방 사투리를 쓰면 평균 연봉이 천만 원 정도 차이가 난다. 미디어 업계에서는 이천만 원 이상 차이가 난다. 이쯤 되면 언어에 의한 차별 사유로 인정되어야 마땅하다.

미국에서는 미시건, 오하이오, 위스컨신 등 미드웨스트에서 사용하는 발음을 표준으로 친다. 지방 사투리를 구분하기도 하고, 특히 남부 발음은 얼마간 편견의 대상이 되기도 하지만 영국만큼 심한 차별로 이어지는 것 같진 않다. 역대 대통령들의 발음을 두고 케네디는 딱딱한 보스턴 억양, 카터는 느긋한 남부 억양, 레이건은 사근사근한 캘리포니아 억양이라는 식으로 품평하는 이야기를 많이 들었다. 트럼프는 사고 수준이 높은 것 같진 않지만 방송을 오래 해서인지 발음 자체는 또박또박한 편이다.

뉴욕에 출장 간 길에 뉴욕 토박이에게 뉴요커 억양을 가르쳐 달라고 했다. 아래턱을 절굿공이 굴리듯 돌리면서 음절마다 강세를 '쎄에게' 넣으면 된단다. 예를 들어, TALK는 '토크'가 아니라 '토어크', OR는 '오어ㄹ'가 아니라 '오우워ㄹ'라는 식이다. 몇 번 따라 해봤는데 이러다 턱이 빠지겠다 싶어 포기했다.

간혹 EBS에서 수십 년 전의 흑백영화를 보면 배우들의 발음이 지금의 평양방송 아나운서와 비슷하다는 느낌을 받는다. 분단이 길어질수록 억양의 차이도 크게 벌어질 것인가. 아니면 직간접적인 교류를 통해 그런 경향을 줄일 수 있을 것인가. 이차대전 중 런던에 망명 왔다 전쟁 끝난 후 공산정권이 들어선 탓에 귀국하지 않았던 폴란드 과학자를 만난 적이 있다. 바웬사 민주 정부가 들어서고 반세기 만에 조국을 방문하고 제일 놀랐던 점이 언어라고 했다. "젊은이들에게서 점잖은 폴란드어가 완전히 사라졌더군요!"

중남미에서 열린 국제 학술대회에 참석한 적이 있다. 남미 여러 나라에서 온 사람들이 스페인어로 옆집 사람들처럼 소통하는데 상대방이 쓰는 억양으로 어느 나라 출신인지를 알아맞히는 것을 보니 신기했다. 이런 경우는 흥미 있는 차이를 확인

하는 것—문화적 특성의 인정과 같은—이라 할 수 있지만, 억양과 어투로 사람들을 가르고 박해한 사례도 많다.

출신을 확인하기 위해 테스트용으로 쓰는 어휘를 뜻하는 '쉬볼렛'에는 끔찍한 역사적 어원이 담겨 있다. 구약의 판관기에 보면 길악 사람들이 평소 악감정을 품고 있던 에프라임 사람들과 싸우는 이야기가 나온다. 에프라임으로 가는 요르단 건널목을 지키고 있던 길악 사람들은 도망 나온 에프라임 사람들이 강을 건너게 해달라고 사정하면 "너 에프라임 출신이지?"라고 추궁했다. "아니오"라고 하면 "그럼 '쉬볼렛'이라고 말해봐"라고 강요했다. 에프라임 사람들은 '쉬'〔ʃ〕라고 하기가 어려웠던 모양이다. '시볼렛'이라고 대답한 에프라임 사람들은 모두 죽임을 당했다. 그렇게 해서 살해된 이들이 무려 사만이천 명, '쉬' 발음 대학살 사건이었다.

20세기 들어서도 이런 일이 벌어졌다. 1937년, 도미니카의 독재자 라파엘 트루히요는 아이티계 이주 노동자들을 탄압했다. 이들을 가려내기 위해 채소 '파슬리'를 뜻하는 스페인말 '뻬레힐'을 발음하게 하여 아이티 출신 이만 명을 죽였다. 이것이 악명 높은 '파슬리 학살사건'이다. 2022년 도미니카 출신의 호세 마리아 카브랄이 감독한 영화 「뻬레힐」이 나왔다. 전작인 「영화 상영 기사」와는 톤이 달라도 많이 달랐다. 극사실적으로 묘사된 잔혹한 장면이 너무 많아 화면을 보기가 괴로웠다.

김진해 교수에 따르면 관동대지진 때 일본인들이 '15엔 50전'이라는 뜻의 '주고엔 고주센'을 말해보라 해서 제대로 발음을 못하면 조선인으로 몰아 살해했다고 한다. 억양이 인간의 삶과 죽음을 가르는 실존적 낙인이 되다니 이 얼마나 어처구니없는 잔혹함인가. 말투에 근거한 편견과 고정관념은 왜 이리도 끈질기게 우리 의식을 지배하는 것일까.

드물게는 발음 판별이 차별을 반대하기 위한 수단으로 쓰이기도 한다. 2017년 미국의 뉴올리언스 시의회는 남북전쟁 당시 남군의 영웅이었던 로버트 리 장군의 동상을 철거하기로 결정했다. 동상이 노예제도에 찬성했던 남부연합의 상징물이자 현대 미국 사회의 인종차별을 반영하는 조형물이라는 비판을 받아들인 것이다. 그러자 철거에 반대하는 극우파들이 전국에서 몰려 와 항의를 했다. 이들을 가려내기 위해 시민들이 아이디어를 냈다. 뉴올리언스에만 있는 독특한 도로명을 읽어보라고 한 것이다. '초피툴라스(Tchoupitoulas)'를 제대로 발음하지 못한 외지인들은 조용히 유턴해서 돌아가야만 했다.

북한 이탈 주민의 언어 적응을 위해 남한에서 실시하는 언어 교육을 다룬 논문을 읽은 적이 있다. 남한에 살면서 언어 때문에 차별을 당하는 경우가 그렇게 많다고 한다. 북한 출신자들이 겪는 언어 문제에는 어휘의 차이, 발음과 억양의 차이, 화행(話行)의 차이, 심리적 타자화 문제가 있다. 그런데 이들에게 주로 남한의 어휘를 가르쳐주는 것으로 언어 교육을 해왔다고 한다. 사실은 발음과 억양에서 큰 차별을 겪는데도 말이다.

북한에서 온 사람들은 말씨 때문에 엄청난 심리적 압박을 받는다. 전반적으로 억양이 두드러지기 때문에 "한마디만 해도 북한에서 온 것이 바로 표시가 난다"고 고백한다. 화를 내거나 소리를 친다는 오해를 받고, 자신이 조롱받는다는 느낌도 자주 받는다. 독일 통일 후에 동독 출신들이 서독에서 겪은 차별과 유사하다.

이북 출신 학생들을 인터뷰한 논문을 보니 억양 때문에 고생했다는 얘기가 많이 나온다. 탈북민 사투리라는 느낌이 전해지는 순간, "뭔가 조금 멀리하려고 하고, 약간 무시하는 느낌"을 받는다고 한다. "트라우마 중 하나가 그건데, 억양. 억양이 너무 티나가지고 그거를 감추려고 말을 진짜 안 하던 기억이, 초기 대학교 1, 2학년 때까지…… 그래서 발표할 때 진짜 땀 흘렸던 게, 내가 발음 실수할까 봐, 그래서 엄청 막 또박또박 천천히 얘기하고 그랬던 기억이 엄청……"

북한 이탈 주민들은 '어'를 발음할 때 입술을 둥글게 오므리는 원순성(圓脣性)을 강하게 하여 마치 '오'처럼 발음한다. '일번'이 마치 '일본'처럼, '오전'이 마치 '오존'처럼 들린다. '으'도 원순성을 강조하여 '우'로 발음하므로 '음악'이 '우막'이 되고, '어'를 '으'로 발음하여 '거기'가 '그기'처럼 들린다. 함북

육진 방언권에서 온 사람들은 'ㅈ, ㅊ, ㅉ'를 혀끝과 잇몸 사이의 치경음으로 발음한다. 내가 오랫동안 궁금했던바, 앞니 사이에서 공기가 새는 바람 소리 같은 발음이 바로 치경음이었던 것이다.

두음법칙이 다른 것은 잘 알려져 있다. 북한 사람들은 로동, 력사, 례절, 녀자, 넘녀라고 발음한다. 마지막 음절을 높은 음조로 표현하는 경향도 있다. 예를 들어, 메밀↑, 가락지↑, 개구리↑, 이런 식이다. 이렇게 출렁출렁하는 톤을 줄여 평평한 음조로 만드는 게 어렵다고 한다. 보이스 트레이닝으로 북한 출신자들의 억양을 고쳐주어 좋은 결과를 얻었다는 보고가 있었다. 교정 전과 교정 후의 발음을 비교해서 들어보고 싶다. 탈북자 삼만 명이 훨씬 넘는 시대가 됐으니 이런 프로그램이 여러 곳에서 상설화되면 좋겠다.

그런데 노파심이랄까, 사회학자의 본능이랄까, 결국 이런 방식이 북한 사람을 억지로 남한에 동화시키려는 노력이 아닐까 하는 의문이 들기도 한다. 진정으로 북한 이탈 주민을 평등하게 수용한다면 이들이 자기 말을 편하게 쓰면서도 차별받지 않는 사회를 만드는 것이 더 중요하지 않을까. 언어에 기반한 편견과 차별, 심리적 억압이 엄연히 존재하는데도 차별을 다룰 때 공식적으로 언어와 억양의 문제를 제기하는 경우는 거의 없다. 국가인권위원회법 2조에 '평등권 침해의 차별 행위'에 관해 스무 가지 정도의 사유가 나와 있지만 언어에 의한 차별은 규정되어 있지 않다. 최근에는 각국의 소수 원주민들이 자기 언어를 쓸 수 있으면 건강이 좋아진다는 연구도 나왔을 정도다. 그래서 생각해본 것이 사투리 차별 없는 사회, 억양 차별 없는 세상이다. 어떤 발음, 어떤 억양이든 선입견 없이 들어주는 사회 말이다.

다문화 사회가 있으면 다발음 사회도 있어야 한다. '모든 언어는 평등하다'가 현대 언어학의 기본 전제다. 방언도 예외가 아니다. 모든 언어 체계가 형식적 완결성의 측면에서 동일한 지평에 놓여 있다는 언어인류학적 통찰, 그것이 바로 언어 인권의 출발점이 되어야 한다. 에드워드 사피르라는 언어학자가 입바른 소릴 했다. "언어에 관한 한 플라톤이 마케도니아의 돼지치기와 함께 걷고, 공자가 아삼의 흉노들과 어깨를 나란히 한다."

갈매기가 채어 간 교수 자리

　이상한 소리에 잠이 깼다. 깼다기보다 선잠이 살짝 들다 말았다. 몸을 일으켜 머리맡의 손목시계를 보니 자정이 조금 넘었다. 한 시간 정도 잤는지 모르겠다. 그런데 이게 무슨 소리인가. '꽥꽥'보다는 덜하지만 '찍찍'보다는 센 소리, '꽥찍꽥찍 꽥찍꽥찍 꽥찍꽥찍'. 침대에서 내려오는데 스프링 소리가 유난히 거슬린다. 커튼을 젖히고 바깥을 내다본다. 길 건너 가로등 빛에 창유리의 빗물이 반짝인다.

　인적이 없고 소음을 낼 만한 것도 안 보이는데 소리가 멈추질 않는다. 그러고 보니 바깥이 아니라 위에서 내려오는 소리 같다. 이층집의 이층 방이니 천장 위에서 나는 소리다. 같은 소음이 한참 이어지다 조용해져 이제 끝났나 싶으면 또 계속된다. 자세히 들어보니 아, 새소리다. 그러고 보니 '찍끼룩짹 짹끼룩짹 짹끼룩짹'이라고 들린다.

　혼자서 내는 소리가 아니라 떼창이다. 그제야 감이 온다. 길거리에 널려 있던 갈매기, 그 녀석들이 분명하다. 그런데 얘들이 이 시간에 왜 이러고 있나. 추적추적 비 내리는 리버풀의 야심한 밤에 니네들이 왜 안 자고 난리를 피우냐. 잠 좀 자자, 제발. 다시 누워 잠을 청했지만 새들이 협조를 해주지 않는다.

객지에서 잠 못 이룬 적이 그 뒤 한 번 더 있었다. 한겨울에 강릉에 갔다가 생긴 일이다. 오후에 세미나를 하는데 하늘이 잔뜩 어두워지며 천둥소리가 나는가 싶더니 바깥 주차장 쪽에서 귀를 찢는 금속성 굉음과 함께 거대한 섬광이 번쩍거렸다. 벼락이 소나무를 타고 내려와 근처에 서 있던 자동차의 트렁크가 폭발했다고 한다. 그러고는 눈이 내리기 시작했다. 솜뭉치를 들이붓는 것 같았다. 행사를 서둘러 마치고 주최 측이 마련해준 차를 타고 시외버스 터미널로 나오는데 몇 미터 앞도 보이지 않았다. 운전을 해준 분이 나지막하게 한마디 한다, 버스가 다닐지 모르겠네요.

과연 버스가 끊겨 있었다. 창구 직원이 고개를 저으며 여관을 알아보라고 한다. 터미널 근처 모텔을 찾아 들어가니 벌써 사람들이 프런트 앞에 줄을 서고 있었다. 얼른 스님 뒤에 섰다가 수건과 칫솔을 받았다. 방을 잡고 컴컴한 바깥으로 다시 나갔다. 무릎까지 빠지는 눈길을 헤치고 편의점을 찾아 컵라면, 술, 오징어땅콩을 사 왔다. 혼자 복분자주 한 병을 다 비웠는데도 잠이 오지 않았다. 방이 너무 더운데다 사방이 너무 괴괴했다. 고등학교 때 양태사가 객지에서 지었다는 한시 「밤에 다듬이 소리를 듣다」를 외운 적이 있다. 다듬이 소리라도 들리면 좋으련만 너무 조용하니 갈수록 정신이 말똥말똥해진다. 결국 대설에 파묻힌 강릉의 겨울밤을 뜬눈으로 새웠다. 너무 시끄러워도, 너무 적막해도 불면이 사람을 괴롭힌다.

런던정경대학(LSE)에 있을 때 대학원 강사로 일하기 시작했다. 어떤 '유명' 교수가 개설한 대형 강의의 수강생들을 몇 개 반으로 나눠 교수가 본강에서 가르친 내용을 강사들이 반별로 소규모 지도를 해주는 형식이었다. 나 같은 강사 네댓 명이 그 과목에 속해 있었다.

내 반의 학생들은 인도, 파키스탄, 남아공, 나이지리아, 미국, 캐나다, 영국 등 전 세계에서 온 인재들이었다. 처음에는 교수의 강의를 복습 삼아 되풀이해주면 되려니, 가볍게 생각했는데 막상 시작해보니 얘기가 달랐다. 예를 들어 교수가 냉전 시대 제3세계 국가들이 취한 각기 다른 개발 전략을 지나가는 말로 슬쩍 언급하면, 나는 개도국들의 서로 달랐던 전략을 분석하고 그것이 냉전이 끝난 후 각국 발전에 어떻게 다른 영향을 미쳤는지를 자세히 설명해주어야 했다. 스타 교수와 초짜 강사의 차이는 한마디로 말해 '말 한마디와 말 백 마디'의 차이였다. 한 주 내내 강의 준비에 매달렸다.

PPT가 없던 시절이었다. A4 사이즈의 비닐 필름에 손으로 강의 내용을 써서 오버헤드 프로젝터로 비추면서 수업을 했다. 평생 처음 해보는 강의를, 그것도 외국어로 하려니 학생들 앞에 서면 울렁증이 들었다. 매주 수요일이 되면 대지진, 아니 하다못해 대정전이라도 나서 휴강이 되기를 얼마나 빌었는지 모른다. 한번은 개도국의 에이즈 치료제 공급 문제를 놓고 다국적 제약회사와 싸우는 활동가를 알게 되어 강의에 초대했다. 그 소식을 듣고 동료 강사들이 너무 좋은 주제이니 자기들도 합반하자고 했다. 학내에 포스터까지 붙였다. 백 명이 넘는 학생들이 강당에 모였다. 그런데 아무리 기다려도 강연자가 나타나지 않았다. 웅성거리던 학생들이 하나둘씩 자리를 떴다. 쥐구멍이라도 찾고 싶었다. 나중에 만나서 물어보니 그날 시간을 깜빡했다면서 그냥 '소리(sorry)'라고 한마디 한다. 아이고, 내 팔자야.

영국 대학의 교육 방식에 대해 선생의 입장에서 자세히 관찰할 수 있었다. 보통 기말고사에 4~5개 문제가 나오면 학생은 그것을 세 시간 동안 주관식 서술형으로 써야 한다. 그런데 기말고사에 낼 문제를 3배수로 그러니까 12~15개 문항을 학기 초에 학생들에게 미리 공지한다. 학생들이 예상 문제를 준비하는 게 곧 한 학기 공부인 셈이다. 시험장에서 예상 문제가 그대로 나오지는 않는다. 본질적으로 완전히 동일한 질문이지만 워딩은 사뭇 다르다. 그걸 잘 캐치하는 것도 실력이다. 도서관에 가면 과거의 기출 문제들이 보관되어 있었다. 1930년대에 인류학자 말리노프스키가 출제했던 문항들, 1950년대에 사회학자 T. H. 마샬이 냈던 문제들, 이런 식이다. 시험문제가 변해온 것을 보면 학문의 변천사를 알 수 있을 정도다.

그런데 학생들이 그 예상 문제에 대해 (자발적으로) 에세이를 써서 강사에게 내면 강사는 그것을 읽고 피드백을 해주게 되어 있다. 한 학기 내내 스무 명이 넘는 학생들 각자가 제출한 여러 편의 에세이를 일일이 읽고 평을 해준다고 생각해보라. 목숨을 부지하고 버틴 게 신기하다. 강사비가 꽤 두둑하다고 생각했는데 다 이유가 있었다.

점수를 매기는 방식도 색달랐다. 다른 대학의 외부 전문가가 채점을 하는 경우가 있었다. 이렇게 되면 본교의 강사는 (누가 될지 모르는) 채점자에게 문항별로 이러저러한 핵심 포인트가 포함되어야 한다는 채점 가이드라인을 제공해야 한다. 만일 학내에서 채점을 하게 되면 가르친 강사 당사자와 본강을 맡은 교수가 한 조가 되어 따로 채점을 한 다음 서로 점수를 비교한다. 교수와 전화로 한 학생씩 일일이 점수를 대조하고 왜 서로 차이가 나는지를 체크해서 최종 점수를 냈는데 그것 역시 살 떨리는 경험이었다. 주관식 문제의 평가 기준과 내용을 상대에게 일일이 설명하고 입증해야 한다는 건 일종의 고문과 같았다. 원로 교수가 자기가 왜 이런 점수를 주었는지 내게 열심히 설명하는 것도 신선한 충격이었다.

한참 뒤 서울에서 두툼한 국제우편을 받았다. 내가 누군지 기억하시느냐, 런던에서 선생님 수업을 들었던 미국 학생이다, 한국 대학에 계시다는 소문을 들었다, 미국에 돌아와 박사과정에 진학하려고 하는데 추천서를 써주실 수 있는지, 당근 써주실 거죠? 참고하시라고 그때 논평해주신 글의 사본을 동봉하오니…… 놀랍게도 내가 코멘트해줬던 에세이들을 복사해서 넣어놓았다. 내가 썼던 손글씨를 다시 읽으니 내가 정말 이런 평을 했었나, 낯설었다. 그곳 학생들은 교수한테 받은 메모 한 줄도 개인 포트폴리오에 평생 모아둔다고 한다.

학교에서 주말에 시간강사들을 모아 강의 워크숍을 열어주었다. 나이, 성별, 국적이 무척 다양했다. 커피, 쿠키, 샌드위치를 실컷 먹으면서 요긴한 정보를 많이 들었다. 학칙, 학사 규정, 강사의 권리와 의무, 커먼룸 사용법, 강의실 장비 예약, 프레젠테이션 방법, 학생들과 커뮤니케이션 하는 비결, 강의료 책정 방식 등등. 특히 교수법 관련해서 꿀팁을 들었다. 핵심 포인트를 열거할 때 첫째, 둘째, 셋째, 넷째까지만 하라. 열한번째…… 이렇게 끌면 학생들은 당장 졸기 시작한다. OHP 필름에 글씨를 너무 작게 쓰면 안 된다. 젠더와 인종 관련한 언행에 특별히 주의하라 등등.

워크숍 도중에 총장의 인사 시간이 있었다. 전투로 치면 여러분 같은 시간강사가 가장 큰일을 하는 보병들이다. 학생들은 여러분과 만나면서 제일 많이 배운다. 나중에 이 시절이 자주 생각날 것이다. 나도 강사를 하면서 학문의 꿈을 키웠다. 여러분의 고용주이니 필요하면 언제든 연락하라. 그러면서 비서 연락처까지 가르쳐줬다. 쉬는 시간에 다가가서 인사를 하니 웃으며 어깨를 툭 쳐주었다.

그 유명한 앤터니 기든스 교수였다. 한국에서는 대중적으로 『제3의 길』이라는 책으로 널리 알려져 있지만 원래 사회 이론의 최고봉에 속한 학자였다. 우리 때만 해도 유럽에서는 독일의 하버마스, 프랑스의 부르디외, 영국의 기든스를 삼각편대로 꼽곤 했다. 기든스 총장은 전체 학생들을 상대로 매주 특강을 했다. 아마 매년 그렇게 했던 것 같다. 지구화, 근대성, 재귀성에 관한 내용이 많았다. 강의 시작 전에 이미 강당이 가득 찼고, 바닥에 앉거나 바깥 복도에서 스피커로 강의를 듣는 학생도 있었다. 나도 열심히 참석했다. 중간중간에 위트와 유머를 섞어 진행하니 학생들이 더욱 열광했다. 우디 앨런이 했다는 말이 기억에 남는다. "이터니티(영원)는 정말로 길다, 특히 뒤로 갈수록." 특강을 녹음한 카세트테이프를 지금도 갖고 있다.

기든스 교수는 런던 북부의 에드몬튼에서 태어났다. 아버지는 지하철 차량 관리회사에서 일하는 직원이었다. 집안 전체에서 처음으로 대학에 진학했다고 한다. 지금도 노동계급의 억양이 남아 있고, 자기 동네 축구팀 토트넘 홋스퍼의 열렬한 지지자다. 본인 말로 공부에 "재능이 없었지만 죽을힘을 다해 팠다"고 한다. 팔전구기 끝에 정교수 승진에 성공했다는 에피소드도 있다. 토니 블레어의 노동당 정부로부터 작위를 받고 종신 상원의원에 임명되어 요즘은 '로드 기든스'라 불린다. 모 출판사에서 그의 최신작을 번역하고 싶으니 소개를 해달라고 해서 메일을 보낸 적이 있다. 바로 답장이 왔다. "하이, 효제, 잘 있지? 벌써 다른 출판사에서 계약을 한 것 같네, 미안해."

동료 강사들이 구내매점에서 재생지로 만든 오십 장짜리 누런 서류 봉투 묶음을 구입하는 것을 보았다. 우편물 부칠 데가 뭐 그리 많으냐 물으니 오히려 이상하다는 듯 되묻는다. 넌 안 부치냐? 알고 보니 일자리를 찾는 지원 서류용 봉투였다. 박사 끝날 때가 된 학생들은 다음 단계를 찾느라 난리였다. 그때 '산탄 사냥총 지원'이라는 말을 처음 들었다. 수많은 작은 탄알이 들어 있는 산탄을 넓게 쏴서 새를 잡듯 여기저기 지원서를 뿌린다는 뜻이다.

정신이 번쩍 들었다. 스스로의 무개념성, 무신경성, 무계획성에 충격을 받았다. 좋다, 나도 한다면 한다. 즉시 서류 봉투 백 장을 샀다. 그리고 월요일을 기다렸다. 『가디언』은 매주 월요일에 별지로 교육 특집호를 발행했다. 교육 관련 광고가 빼곡히 실렸다. 그중에서 대학교수 채용 정보를 이 잡듯 뒤졌다.

교수 임용에 관한 광고를 제대로 파악하려면 많이 접하고 많이 비교해보고 행간의 뜻을 잘 파악해야 한다. 예를 들어 프렌들리하고 작은 공동체 같은 학과라고 자랑한다면 일을 많이 시킬 가능성이 있다는 뜻이다.

처음부터 전임 자리에 뽑히는 것은 거의 불가능하니 자기 체급에 맞는 자리를 골라야 한다. 초임들은 기간이 명시된 계약직으로 출발하기 마련이다. 일 년 내지 삼 년짜리 자리가 많았다. 계약 연장이 가능한지, 전임 트랙으로 갈아탈 수 있는지를 확인해야 한다. 이 광고가 애당초 왜 나왔는지도 알아봐야 한다. 새로 생긴 자리인지 전임자가 출산휴가를 갔는지 등등. 연봉은 따질 필요가 없었다. 어차피 영국 대학들은 같은 급의 자리에는 전국적으로 봉급이 대동소이하다. 그런 점에선 상당히 투명한 편이다. 단, 런던에 있는 대학들은 물가를 감안해 일 년에 이천 파운드 정도를 생활비로 더 얹어줬다. 평등 고용 기회를 보장한다, 다양성을 중시한다, 라는 문구가 들어 있으면 나 같은 비백인에게 약간 유리하다고 할 수 있다.

지원서 양식이 따로 정해져 있지 않은 경우가 많았다. 지원 편지 겸 자기소개서, 이력서, 발표-출판한 연구실적 리스트, 그리고 추천서가 있어야 한다. 추천서가 정말 중요했다. 보통 세 장 또는 두 장이 필요한데, 처음부터 추천서를 동봉하라는 학교도 있고, 지원을 먼저 한 후 그쪽에서 필요하면 추천자에게 직접 연락하는 학교도 있었다. 현재 지도교수, 옥스퍼드 때 지도교수, 그리고 또 한 통은? 얼핏 총장 생각이 났다. 필요하면 연락하라 했으니, 에라, 밑져야 본전이다.

총장실에 찾아가 비서에게 사정을 설명했다. 며칠 뒤 우편함에 총장 명의의 추천서가 몇 통 들어와 있었다. 행운을 비마, 필요하면 또 얘기하라는 친절한 메모와 함께. 잠시 만났던 것뿐인데 고마웠다. 깊이 아는 사이가 아니어서 팩트만 들어 있는 짤막한 추천서였다. 그래도 그게 어딘가. 나는 졸업식장에서 기든스 총장에게 학위증을 받으며 찍은 사진과 그의 추천서를 지금도 가보처럼 간직하고 있다.

드디어 산탄총을 쏘기 시작했다. 약간만 관련이 있어도 무조건 지원을 했다. 우편 발송에 비례하여 정중한 낙방 통지서가 날아와 쌓였다. 여러 통을 보냈지만 한 번도 쇼트리스트에 오르지 못했다. 한번은 동료가 잘돼가냐고 묻길래 솔직히 사정을 말했다. 자소서를 보자고 해서 보여줬더니 피식 웃는다. 왜 이리 밋밋하고 임팩트가 없냐, 꼭 들어가야 할 어휘가 하나도 안 보인다. 적극적, 창의적, 타인의 니즈에 예민하게 반응, 미래지향적, 팀플레이, 남의 말 경청, 효율적인 커뮤니케이션, 향후 연구주제 다수, 학문 잠재력 풍부, 글로벌한 안목, 급변하는 고등교육 환경에 신속하게 대처하는 능력…… 이런 말들이 기본으로 들어가야 한단다(이런 표현은 주로 초보 지원자들이 애용하는 상투구임을 나중에야 알았다).

적극적이지도 창의적이지도 않은 내겐 하나도 해당이 안 되는 사항이었다. 설령 해당이 된다 하더라도 겸양지덕과 은인자중이 몸에 밴 동양의 선비로서 제 자랑을 한다는 게 너무 어색하고 낯간지러웠다. 하지만 어쩌랴, 일단 살고 봐야지. 눈 딱 감고 공중부양형 자소서를 좌악 다시 썼다. 그 자리에서 세계가 놀랄 만한 석학급 시간강사가 탄생했다. 그렇게 해서 지원을 하니 비로소 만나자는 편지가 오기 시작한다. 쇼트리스트에 뽑히면 목표에 상당히 가까이 간 것이다. 그때부터 면담 준비에 들어갔다. 자소서를 달달 외우고, 내가 가르칠 수 있는 과목의 개요를 자신 있게 프레젠테이션 해야 했다.

초대 편지는 어느 학교나 비슷했다. 모일 모시 모처로 와서 이야기를 해보자, 전날 묵을 것 같으면 어느 B&B에서 학과 명의로 숙박이 가능하다, 왕복 교통비 영수증을 나중에 보내주면 경비 처리를 해주겠다. 프레젠테이션과 인터뷰를 할 때도 있었고, 그냥 인터뷰만 하는 학교도 있었다. 몇 번을 다녀보니 나름 요령이 생기기 시작했다.

레스터대학에서 보자고 했을 때엔 상당히 흥분이 되었다. '문명화 과정' 이론을 내놓은 노르베르트 엘리아스가 있었던 곳, 기든스도 초기에 가르쳤던 곳이 아닌가. 복도에서 만난 다른 후보들이 나를 보더니 약간 놀라는 표정을 지었다. 이유는 지금도 모르겠다. 이번에도 보기 좋게 낙방.

그러던 중 리버풀대학에서 만나자는 연락이 온 것이다. 삼년 강의 전담, 전임 트랙으로 변경 혹은 계약 연장 가능, 평등 고용, 다양성 중시, 타도시 출신자에게 이사비 지원. 오 신이시여, 정녕 저를 위해 이런 자리를 마련해주셨나이까. 런던 유스턴역에서 기차로 두 시간 반을 달려 리버풀 라임스트리트역에 도착하니 컴컴한 늦은 오후, (당연히) 비가 내리고 있었다. 역 근처에서 요기를 한 후 펍에 한번 들러볼까 하다가 그냥 택시를 탔는데 알고 보니 아주 가까운 곳에 B&B가 있었다. 가정집처럼 생긴 낡은 이층 건물에 낡은 간판이 하도 작게 붙어 있어서 찾는 데 시간이 걸렸다. 할머니가 낡은 계단을 올라 낡은 방으로 안내했다. 낡은 벽지, 낡은 카페트, 낡은 침대, 낡은 스탠드, 낡은 텔레비전. 그런데 그 낡은 텔레비전이 하필 어제 고장 났으니 정 보고 싶으면 아래층에 내려와 덜 낡은 텔레비전으로 보라고 한다.

준비해 간 인터뷰 자료를 읽다 열한시쯤 누웠다. 침대가 삐걱거려 잠이 들락 말락 했는데 그러다 새소리 때문에 일어난 것이다. 아무리 용을 써도 더 이상 잠이 오지 않았다. 창밖이 조금씩 희뿌옇게 되는데 새소리가 더 심해진다. 결국 뜬눈으로 아침을 맞았다. 아래층에 내려가 식탁에 앉았지만 할머니가 차려 준 잉글리시 브렉퍼스트에 거의 손도 대지 못했다. 토스트

반쪽에 블랙커피만 연거푸 몇 잔을 들이켰다.

걸어서 학교까지 갔다. 복도에 아무도 없는 걸로 봐서 내가 첫번째인 것 같다. 인터뷰 룸에 들어서니 중년의 교수 두 사람이 앉아 있다. 여기까지 와줘서 고맙다, 숙소가 편하더냐, 잠은 잘 잤느냐. 솔직히 말할 수밖에. 거의 못 잤습니다. 왜? 갈매기 때문에요. '시걸'이라는 말을 꺼내자마자 두 사람이 배꼽을 잡고 뒤집어진다. 비틀즈 어쩌구 하면서 박장대소를 한다. 무슨 영문인지 몰라 멀뚱멀뚱 바라보고만 있었다.

인터뷰는 재난 현장의 생중계 방송 같았다. 질문을 잘 알아들을 수 없는데다 말이 제대로 나오지 않았다. 머릿속이 텅 빈 것 같았다. 뭐라고 묻는데 물끄러미 보고만 있었다. 답답했던지 같은 질문을 두 번씩 해주는데도 대답이 안 나왔다. 컨디션이 완전 바닥이었다. 멍하고 어질어질한데다, 커피를 너무 마셔 가슴이 뛰고, 화장실이 급하고, 먹은 게 없어 배 속에서 꼬르륵 소리가 났다. 정신 혼미, 심장부정맥, 이뇨항진, 위경련을 동시에 겪어본 사람이라면 이해가 될 것이다. 초현실적인 상황이 계속되자 교수들도 당황해하면서, 자 우리 어떻게 하면 좋을까, 라고 내게 되레 물었다. 인터뷰고 뭐고 빨리 자리를 뜨고 싶은 마음뿐이었다. 문을 닫고 나오는데 복도에 다음 후보가 우두커니 앉아 있었다.

부두 쪽으로 나가 허탈한 심정으로 바닷바람을 맞았다. 과거

북미 쪽으로 이민 나가는 사람들의 집결지로 영국의 리버풀, 프랑스의 르아브르, 독일의 함부르크가 유럽의 삼대 항구로 꼽혔는데 그중 리버풀의 규모가 압도적으로 컸다. 선박회사들이 유럽 각지의 가난한 이주자들을 모집하여 두당 3.5파운드씩 운임을 받고 미국이나 캐나다로 송출했다. 그 사람들도 바로 이 자리에서 배에 몸을 실었을 것이다.

근처 식당에서 3.5파운드를 주고 피시앤칩스를 샀다. 벤치에 앉아 조금 먹기 시작했는데 하늘에 떠 있던 새들이 근처에 사뿐하게 착륙하더니 슬금슬금 다가오기 시작한다. 또 갈매기들이다. 멀리서 보면 우아하기 짝이 없는데 가까이서 눈을 들여다보니 영락없이 「쥬라기 공원」에 나오는 공룡의 그것과 닮았다. 무표정, 무도덕, 무신경. 손으로 휘휘 쫓아도 눈 하나 깜짝하지 않는 저 뻔뻔함. 욕이 터져 나왔다. 저 새XX들! 내 앞날을 망쳐놓더니 이젠 밥도 못 먹게 하는구나. 정말 그때부터 내게 갈매기는 이 갈리는 원수가 되었다.

런던에 돌아와 맨 먼저 비틀즈를 찾아봤다. 갈매기와 비틀즈, 대체 무슨 상관? 상관이 있었다. 존 레넌이 작곡하여 1966년에 발표한 「내일은 절대 몰라(Tomorrow Never Knows)」에 갈매기 끼룩거리는 소리가 몇 번 나온다. 폴 매카트니가 키득키득 웃는 소리를 녹음하여 빠르게 돌려 갈매기 효과음을 만들었다고 한다. 이 노래는 '동방의 신비주의'를 환각 상태의 사이키델릭

사운드로 표현한 대표적인 곡이라는 평을 받는다. 레넌에게는 좀 미안하지만 신비는커녕 시끄럽기만 한 노래여서 내 귀에는 별로였다.

리버풀이 있는 지역 전체를 머시사이드라 하는데 갈매기 문제가 보통 심각한 게 아니었다. 다 아는 얘기지만 영국에서는 인간을 둘로 나누는 방법이 다양하다. 영불해협에 폭풍우가 치면 영국이 고립된다고 생각하는 사람과 대륙이 고립된다고 생각하는 사람. 차를 마실 때 밀크를 먼저 타느냐 나중에 타느냐. 얼굴이 갸름한 사람과 동그란 사람. 화요일을 튜즈데이라고 발음하는 사람과 츄즈데이라 하는 사람. 비 오는 겨울이 나쁘다는 사람과 비 오는 여름이 나쁘다는 사람. 그리고 갈매기를 아주 싫어하는 사람과 약간 싫어하는 사람.

갈매기를 증오하는 사람들이 훨씬 더 많아 보였다. 다양한 별명이 그 증거다. '사악한 새끼 공룡', '악마가 창조한 악당', '날개 달린 시궁쥐' 등등. 머시사이드의 갈매기는 악명이 자자해 지자체 업무 중 갈매기 민원 처리가 큰 몫을 차지한다. 지붕이나 굴뚝에 둥지를 틀고 시도 때도 없이 우짖는 통에 귀마개를 하고 잠자리에 드는 리버푸들리언(Liverpudlian)도 있다고 한다. 주택에 피해를 입혀 하는 수 없이 이사 가는 사람도 있다. 병아리나 고양이, 비둘기나 여우를 공격하는 일도 다반사다. 점심 샌드위치나 스낵을 채 가는 게 주민들의 가장 큰 불만이었다. 지방지 『리버풀 에코』에는 갈매기의 내습으로 상처를 입은 사람들의 사진이 종종 나온다. 사람, 창틀, 자동차에 똥을 싸고 병을 옮겨 해충 비슷한 취급을 받는다.

영국 사람들에게 갈매기가 얼마나 골칫거리인지, 실은 이 새가 외계인이 보낸 정찰 드론이라는 해석까지 등장했다. 농담이 아니다. 영국 국방부의 UFO 추적팀에서 근무했던 닉 포프라는 전문가가 내놓은 주장이다. 지구를 관찰하는 외계인 입장에서는 인간을 아주 가까이서 감시할 수 있는 방법이 필요한데 그런 조건에 딱 들어맞는 존재가 갈매기라는 것이다. 하늘에 떠 있거나 길거리를 배회하거나 지붕 위에 둥지를 튼 갈매기들이 사실은 '날아다니는 드론 CCTV'라는 주장이다. 내가 리버풀에 갔던 것도 외계인들이 이미 파악했을까. 확실치는 않지만 만일 그랬다면 그 정보는 아마도 맨 아래 '기타 지구 루저들' 폴더에 저장되어 있을 가능성이 크다.

지자체와 주민들은 필사적으로 갈매기의 공격으로부터 자구책을 강구하고 있었다. 번쩍이는 테이프를 창틀과 지붕에 붙여놓는다, 갈매기의 천적인 부엉이 인형을 세워둔다, 기계로 초음파를 발생시킨다, 갈매기가 자주 오는 곳에 거칠거칠한 철선을 얼기설기 감아둔다, 지붕 위를 뾰족한 철심으로 뒤덮거나 그물망으로 두른다…… 훈련시킨 매를 풀어보자는 아이디어도 나왔다. 심지어 갈매기를 쫓아주는 전문 회사까지 생겼다.

효과는? 백약이 무효라 한다.

그래도 갈매기를 잡으면 안 된다. 유럽연합 규정에 야생조류의 알과 둥지를 보호해야 한다고 되어 있기 때문이다. 갈매기는 세 살부터 일 년에 두 개씩 알을 낳는다. 특히 둥지를 틀고 새끼를 낳아 기르는 5월에서 7월 사이에는 갈매기에게 어떤 간섭도 해서는 안 된다. 지자체에서 이 규정을 어기려면 중앙 부서인 잉글랜드 자연보호청의 특별 승인을 받아야 한다. 브렉시트 후에는 어떻게 됐는지 모르겠다.

하지만 갈매기가 공적 1호가 된 근본 원인은 사람에게 있다. 인간이 바닷고기를 워낙 많이 잡으니 갈매기들의 먹잇감이 없어진데다 음식물 쓰레기를 함부로 버리니 갈매기들이 사람 사는 동네를 배회하게 된 것이다. 그렇게 보면 갈매기들은 사회 안전망에서 낙오한 불우 이웃이다. 머시사이드 지자체가 발표한 갈매기 '팔조법금'이 있었다. 거의 군사작전 수준이다.

① 바깥에서는 반드시 벽을 등지고 앉아라.

② 언제나 검은 우산을 휴대하라.

③ 먼 산 보고 있는 척해도 방심하면 안 된다. 곁눈질의 귀신들이다.

④ 갈매기들이 음식을 보지 못하도록 몸 가까이 바짝 붙여라.

⑤ 근처에 새가 어슬렁거리면 절대 취식을 시작하지 마라.

⑥ 도시락을 꺼내기 전 사주경계를 철저히 하라.

⑦ 새가 가까이 다가오면 온몸으로 음식을 덮어라.

⑧ 사람이 없을 때 노상 카페 테이블 위에 음식물을 올려놓지 마라.

안톤 체호프의 「갈매기」와 나의 못된 갈매기를 비교해본 적이 있다. 1막에서 아마추어 여배우 니나는 자기를 연모하는 작가 지망생 콘스탄틴에게 갈매기가 호수에 끌리듯 자기도 호수와 고향에 마음이 끌린다고 말한다. 2막에서 사냥총을 멘 콘스탄틴이 호수에서 잡은 하얀 갈매기를 들고 와서 니나의 발치에 놓는다. 그러곤 "나는 이 새처럼 죽을 거야"라고 선언한다. 죽은 갈매기를 본 콘스탄틴 모친의 남자 친구인 유명 작가 트리고린은 이 새처럼 남자에게 버림받고 비참해진 여자의 이야기를 다룬 소설을 구상한다.

끝내 콘스탄틴의 구애를 뿌리치고 트리고린을 따라 모스크바로 나갔던 니나는 그토록 바라던 유명 배우가 못 되고 이류 배우로 지방을 전전한다. 니나는 간혹 콘스탄틴에게 안부 편지를 보내곤 하는데 말미에 꼭 '갈매기'라고 서명한다. 4막에서 니나와 콘스탄틴은 재회한다. 니나는 "나는 갈매기야…… 아니야, 나는 갈매기가 아니야"를 여러 번 독백처럼 되뇐다. 그녀는 이번에도 콘스탄틴의 구애를 뿌리치고 다시 떠난다. 다른 방에 있던 사람들은 콘스탄틴의 방에서 나는 총소리에 소스

라치게 놀란다. 체호프의 갈매기는 갈망, 자유, 자기연민, 절망 속의 희망을 상징한다.

그렇다면 내가 만났던 리버풀 갈매기는 무엇을 상징하는가. 대학 선생 자리에 뽑히고 싶다는 소망? 사냥총으로 교수 자리를 노렸지만 그것을 가로막는 훼방꾼? 아니면 실력 부족을 불운의 탓으로 돌릴 때 맞춤한 핑곗거리? 갈매기 난동 사건 이후 진이 빠져 한동안 산탄을 쏘지 못했다. 얼마 뒤 몸과 마음을 추슬러 다시 지원을 시작했고, 마침내 노팅엄대학에서 연구교수 자리를 얻었다. 같이 일하면 좋겠다는 학과장의 편지를 읽는데 기쁘다기보다 더 이상 우표에 침을 바르지 않아도 되겠구나 하는 안도가 들었다. 학교도 좋고 대우도 좋은 조건이었다.

들뜬 마음으로 개강 준비를 시작했다. 그런데 갑자기 어머니한테서 연락이 왔다. 아버지 상태가 많이 안 좋다고 한다. 큰아들이 이제는 돌아와 옆에 있어주기를 바라는 간절함을 직접 표현하지 않은 것이 나를 더 괴롭게 했다. 며칠을 고민하다 귀국하기로 마음을 먹었다. 노팅엄에 무척 미안하다는 편지를 보냈다. 오래 묵은 살림을 정리해 배편으로 부치는 과정은 스트레스 그 자체였다. 아버지는 너무 오래 누워 있어서 등에 욕창이 생길 정도였는데 끝내 나를 알아보지 못한 채 반년 뒤 세상을 떴다. 오랫동안 병수발을 했던 어머니는 그래도 아버지 돌아가시기 전에 네가 옆에 와 있었으니 얼마나 다행이냐, 라고 오히려 나를 위로했다.

간혹 상상을 하곤 한다. 리버풀에서 새들이 협조해주었더라면, 노팅엄에서 가르쳤더라면 지금쯤 어디서 뭘 하고 있을까. 어찌 알랴, 사람 일을. 언젠가 강화도에 간 적이 있다. 갈매기들이 우리 일행이 탄 배를 따라오면서 사람들이 던져주는 새우깡을 공중에서 날렵하게 낚아채고 있었다. 오랜만에 갈매기들을 가까이서 보며 마음속으로 한마디 쏘아주었다. 녀석들아, 겉으로 멀쩡해 보여도 나는 절대 안 속는다, 그런데 제발 머시사이드 사촌들은 닮지 말거라.

사족. 리버풀대학 음대에서 2021년부터 '비틀즈─음악산업과 그 유산'이라는 석사과정을 개설했다고 한다. 비틀즈를 학문적으로 연구하고 싶으면 지원해보시라. 날개 달린 새끼 공룡들 조심하시고.

리몬에서 씁쓸하게 만난 제독

코스타리카대학에 초빙교수로 가게 되었다고 하니 주변에서 여러 반응이 나왔다.

"코스닥…… 어디요?"

"커피가 유명하다던데."

"아무튼 부럽소이다."

"월급은 준답디까?"

"축구가 유명하다지요?"

"경치가 진짜 좋다더군요."

"국민 행복도가 장난 아닌 나라, 맞지요?"

"혹시 유엔대학에 가시나요?"

"군대 없고 평화로운 나라라고 들었습니다만."

"「쥬라기 공원」촬영한 데 가시는군요. 공룡 만나거든……"

떠나기 몇 달 전부터 코스타리카에 가서 해야 할 일을 리스트로 만들어놨다. 그중 하나가 리몬을 방문하는 것이었다. 그런데 출발이 늦어졌다. 한국에서 마쳐야 할 일이 밀려 그곳 가을 학기가 시작되고 일주일 지나서야 비행기를 탔다. 지각한 처지라 미안한 마음에 도착 다음 날부터 바로 강의를 시작했다. 수업하면서 시차 적응하고, 졸면서 장보고, 잠 안 오는 밤에 다음 날 해야 할 일 챙기고, 해가 뜨면 다시 졸고, 이렇게 비몽사몽 며칠을 보냈다.

어느 정도 정착이 되니 리몬에 대한 생각이 슬슬 나기 시작한다. 시내 나가는 길에 시외버스 정류장을 찾아 교통편을 알아봤다. 정보랄 것도 없었다. "운 좋으면 대략 한 시간에 한 대. 급행 없음. 끝." 그게 다였다. 허망하지만 나름 고급 정보다.

수업이 없는 날을 골라, 그리고 기상예보를 참고하여, 물과 지도와 도시락과 카메라를 챙겨 새벽 동트기 전에 집을 나서 터미널로 갔다. 리몬이라고 써 붙인 차가 들어오자마자 바로 올라탔는데 그전에 정류장이 있었는지 이미 많은 사람이 버스를 가득 채우고 잠들어 있었다. 비어 있는 기사 뒷자리에 가서 앉았다.

리몬까지는 수도 산호세에서 동쪽으로 백육십 킬로, 정글 한복판을 가로지르는 세 시간이 넘는 거리다. 내륙 한복판의 고지대에서 바다 쪽으로 내려가는 험준한 산길이다. 바깥 풍경을 하나도 놓치고 싶지 않았지만 눈이 계속 감긴다. 반쯤 자다 깨다를 되풀이하며 깊디깊은 열대우림 속을 덜컹거리며 달렸다. 중간에 거대한 폭포를 봤던 것 같은데 실제였는지 꿈이었는지 확실치 않다.

왜 하필 리몬인가. 리몬, 정확히 말해 '푸에르토 리몬'은 카리브해에 있는 작은 항구도시다. 스페인말로 레몬이라는 뜻. 어릴 적 계몽사에서 나온 소년소녀 세계위인전집에서 크리스토퍼 콜럼버스의 전기를 읽고 깊은 감동을 받았던 나는 나중에 그가 세계적 위인은커녕 아메리카에서 발생한 잔혹한 역사의 원조임을 알게 된 후 충격에 빠졌다.

어떻게 동일한 사람이 세계사적 영웅에서 희대의 트러블메이커로 전락할 수 있단 말인가. 콜럼버스의 아메리카 도착 오백 주년을 맞아 비판적 역사관이 최고조에 달렸을 무렵부터 나는 시간 날 때마다 그에 관한 기사나 책을 찾아 읽었다. 특히 J. M. 코언이 편역한 『콜럼버스의 네 차례 항해기』는 해석이 아닌 일차 사료여서 생각해볼 점이 많았다. 코스타리카행이 결정되고부터 현지에서 '크리스토발 콜론' 제독이라 부르는 이 문제적 인물의 발자취를 내 눈으로 직접 살펴보리라고 마음을 먹었다.

콜럼버스의 항해는 네 번 모두 우여곡절이 많았지만 마지막이 특히 심했다. 그전 방문에서는 주로 카리브해의 크고 작은 섬들을 훑었는데 이번에는 대륙 본토의 해안선을 탐사했다. 그러다 난파를 당해 근 일 년 동안 하염없이 구조선을 기다리는 곤경에 빠지기도 했다. 온두라스에서 파나마까지 해안선을 따라 내려오던 중 콜럼버스는 리몬 해변에 와서 정박하여 휴식을 취하기로 했다. 그것이 오늘날 코스타리카의 기원을 연 역사적 방문이 되었다. 국기의 문장에 콜럼버스의 범선을 닮은 배가 그려져 있을 정도다.

리몬에 간다고 하자 대학의 동료들이 관심을 보이며 여러 조언을 해주었다. 리몬은 전형적인 적도 날씨라 많이 무더울 거라고 했다. 산호세 수도권에는 백인계가 절대적으로 많지만 리몬에는 주로 아프리카계 흑인 주민들이 산다고 했다. 스페인 정복자들이 코코아 농사를 지으려고 서아프리카의 감비아, 기니, 가나, 베냉 같은 데서 흑인 노예들을 끌고 왔기 때문이다.

리몬에 가면 특히 크리올 말을 들을 수 있을 거라는 얘기가 솔깃했다. 이 나라는 스페인말이 공용어지만 리몬에선 아직도 크리올 영어 방언이 널리 쓰인다는 것이었다. 어쩌다 그곳에 영어가 뿌리를 내리게 되었는가.

영국은 17세기에 스페인으로부터 자메이카 등 카리브 지역을 빼앗아 지배하기 시작했다. 이때부터 스코틀랜드, 아일랜드, 잉글랜드 사람들이 카리브에 와서 땅을 사서 농장을 운영했다. 당연히 노예들을 동원해 일을 시켰다. 지금도 안티구아, 바하마, 바르바도스, 도미니카, 트리니다드 토바고 등은 영연

방에 속한 나라들이다.

그런데 아프리카에서 온 노예들은 서로 출신 지역이 달라 자기들끼리도 말이 통하지 않았다. 그래서 주인이 쓰는 말, 즉 상층 언어에서 어휘를 빌리고, 자기들 기층언어의 문법과 구문을 섞어 의사소통 도구를 만들었다. 크리올 영어라는, 권력과 계급 격차가 반영된 독특한 언어 체계가 탄생한 것이다.

그 후 18세기 말 북미의 영국 식민지가 독립을 했다. 그러나 식민지 주민들 모두가 독립을 원한 건 아니었다. 독립에 반대한 친영파 복고주의자들은 미국을 떠나 카리브로 이주해 와서 새로운 터전을 꾸렸다. 그런데 이들이 쓰던 말은 이미 영국 본토와는 약간 다르게 진화한 아메리카식 영어였다. 거기에 더해 영국 지배를 받던 인도 사람들까지 카리브로 이주해 오면서 인도식 영어까지 합쳐졌다.

이렇게 삼중 사중의 역사가 쌓이고 섞인 혼합 언어로서 크리올 영어가 탄생했다. 게다가 코스타리카 백인 정부는 1948년까지 리몬의 흑인 주민들에게 금족령을 내려 타 지역으로의 이동을 막았기 때문에 오래전 언어 형태가 비교적 잘 보존되어왔다.

코스타리카 주류 사회는 지금도 리몬 지역의 크리올 말을 '파투아', 즉 촌사람 사투리라고 낮춰 부른다. 그런 차별에 맞서 리몬 사람들은 문화적, 언어적 정체성을 끈질기게 지켜왔고 그런 역사를 자랑스럽게 여긴다. 리몬 시의 표어가 '파즈 이 트라바호', 즉 '평화와 노동'이다. 묵묵히 줏대 있게 살아가겠다는 태도가 엿보인다.

이런 지식을 전수해준 카리브해 역사학 교수는 간단한 크리올 영어도 가르쳐주었다. 여자에게 아침 인사를 할 때엔 '마닝 갈'이라 하면 된다. 무슨 일이냐(홧츠 고잉 온)는 간단하게 '와 관'이다. 난 뜨거운 커피 한 잔을 원해(아이 원트 어 베리 핫 컵 오브 커피)는 '마 워너 아베리 하코포코~ㅍ'라 한다. 어릴 적에 한글 발음을 써놓고 팝송을 배웠을 때처럼 열심히 따라 적으며 연습을 했다.

고지대를 지나 저지대에 접어들자 바나나, 파인애플 농장들이 끝도 없이 눈에 들어온다. 중간중간 작은 개울이 흐르는 목가적인 풍경이다. 그런데 강에서 멱을 감으면 안 된다는 경고를 들었다. 왜? 농약 범벅이기 때문이다. 마트에서 파는 흠 없이 깔끔한 바나나를 기르려면 엄청나게 농약을 쳐야 한다. 만 명도 넘는 농장 노동자들이 농약으로 인해 암에 걸렸다고 집단 소송을 제기했는데 몇 년을 끌었던 재판 결과가 내가 그곳에 있을 때 나왔다. 노동자들의 승리였다.

드디어 목적지에 도착했다. 전형적인 시골 장터의 버스 정류장 같은 풍경이다. 차에서 내리니 산호세와 달라도 너무 다른 뜨거운 공기가 후끈 풍긴다. 후텁지근한 습도에 숨이 막힌다. 이미 아침 인사 하기에는 늦은 시간인데다 주변에 인사할 여성도 없고, 너무 더워 뜨거운 커피가 아닌 냉커피를 시키는 바람에 성실하게 준비해 간 핵심 크리올 영어 문장들이 도착 즉시 무용지물이 되었다.

땡볕 속을 걸어 코레오스라 불리는 중앙우체국을 먼저 찾았다. 시내 한복판의 우체국 건물 이층에 있는 리몬 민속박물관을 먼저 둘러볼 요량이었다. 그러나 올라가는 계단 입구가 막혀 있다. 전체 건물을 한 바퀴 다 돌았지만 입구가 하나밖에 없다. 전날 문의 전화를 몇 번 했지만 아무도 안 받아서 약간 의아하긴 했었다. 휴일도 아닌데 웬일인가.

혹시나 해서 우체국 쪽으로 난 입구로 들어가 창구에 갔다. 흑인 아주머니 직원에게 손짓 발짓을 섞어 그동안 갈고닦은 크리올 악센트로, 그것도 한껏 목청을 높여 물었다. 박물관에 왜 못 올라가는가, 무슨 문제가 있는가, 혹시 시간이 안 맞는 것인가, 점심 먹고 다시 올까요, 직원이 결근했는가, 어디 아픈가, 근데 입장료는 얼마예요? 아무 말 없이 대체 이 인간이 여기서 뭘 하고 있나, 하는 표정으로 나를 물끄러미 바라보던 직원이 천천히 입을 열었다. "신사 양반, 박물관은 내년까지 휴관입니다. 내부 수리와 전시 자료 보완 중입니다. 공사가 끝나면 공식 사이트에 공지할 예정이니 개관 후 다시 방문해주세요." 흠잡을 데 없는 고급 영어다. 크리올 말도 약에 쓰려면 없다더니 이게 무슨 개망신인가.

허탈한 심정으로 우체국에서 나와 해변 쪽으로 나 있는 큰길을 따라 걸었다. 포구 쪽이 아닌 타운 자체는 이쪽에서 저쪽 끝까지 도보로 한 시간이 안 걸릴 정도로 단출했다. 우리나라의 면소재지와 흡사하다. 주변에 눈에 띄는 사람들은 약간씩 정도의 차이만 있을 뿐 거의 모두 검은 피부색이다. 갓난아이를 옆구리에 두른 젊은 엄마가 길가에서 갈아주는 즉석 레몬주스를 한 잔 샀다. 우리 돈으로 이백오십 원 정도.

바닷가에 도착하기 직전 바르가스라는 공원이 나왔다. 가마득하게 높은 야자수들 사이로 널찍한 산책로가 나 있는 아름다운 녹지 공간이다. 시원한 레몬주스를 마시며 서늘한 나무 그늘 아래를 걸으니 정말 살 것 같다. 파라다이스 같은 풍경이라고 감탄하며 걸음을 옮기는데 어디선가, 누군가의 시선이 강하게 느껴진다. 주위를 둘러봐도 아무도 없다. 혹시나 싶어 고개를 들어보니 나무 위에 뭔가가 있다. 푸른빛이 감도는 진갈색 모피에 판다곰 비슷하게 생긴, 그러나 분명히 판다는 아닌, 둥그런 어떤 '존재'가 나를 뚫어지게 응시하고 있는 게 아닌가.

나무늘보였다. 이곳에서 페레조소라 부르는 그 유명한 영물, 얘기는 많이 들었지만 한 번도 직접 보진 못했던 나무늘보를 여기서 만나게 되다니. 게다가 내게 그렇게까지 강렬한 관심을 기울여주다니, 놀랍고 고마웠다. 나도 가끔은 주목받는 생이고 싶었지만 단 한 번도 이루지 못한 꿈이었는데 여기서 이 녀석

덕분에 소원을 풀게 될 줄이야.

페레조소는 대단히 인상적인 라이프스타일의 소유자라 한다. 종일 나뭇잎과 가지를 천천히 뜯어 먹고 하루에 '무려' 오 미터를 이동하고 매일 평균 스무 시간을 자고 일주일에 한 번 땅으로 내려와 큰 용무를 보고 다시 유유자적하게 올라간단다. 사진을 찍기 시작하자 옆 가지로 스르르 옮겨가는 포즈까지 취해주었다. 고개가 아픈 것도 잊고 행복감에 젖어 한참 동안 이 친구의 일거수일투족을 감상했다. 대낮이어서 공원에 사람은 없었지만 어슬렁거리며 땅 위를 걸어 다니는 크고 작은 새들이 많이 보였다. 걸음걸이와 자세가 영락없이 한가한 산책객들이다.

울창한 나무의 행렬이 끝나는 공원의 경계에 이르자 해변 방향으로 자갈과 모랫길이 바로 이어진다. 푸른 하늘, 맑은 날씨, 귀가 먹먹할 정도의 바람과 파도 소리, 그리고 정면으로 보이는 작은 섬 하나. 바로 이곳이다. 저기 저 섬, 육지에서 정확히 885미터 거리에 있는 푸른 화분같이 숲이 빼곡한 저 작은 섬에 콜론 제독 일행이 1502년 9월 25일 일요일에 닻을 내렸다. 키리비리 또는 우비타라 불리는 그 섬을 바라보면서 오백몇십 년 전의 그날 아침을 떠올렸다. 옛날 운주사에 갔을 때 누워 있는 석불을 보고 느꼈던, 누적된 시간의 형상성이 전해주던 안타까움 같은 감정이 떠올랐다.

중남미 해안을 따라 남쪽으로 내려오면서 해안 주변의 지세를 탐색하던 콜론 제독은 물이 새고 삐걱대는 배를 수리하고 내륙을 둘러볼 겸 해서 이 섬에 정박했다. 약 보름 정도 머물렀다고 한다. 당시엔 선박용 목재를 처리하는 기술이 발달하지 않아 항해가 길어지면 배에 나무벌레 구멍이 숭숭 뚫렸다. 자전거 타이어가 펑크 나면 수리를 하고 다시 타고 가듯이, 배를 땜질해가며 바다를 떠다녔던 것이다. 제독과 동행했던 열세 살 난 아들 페르디난도는 이런 회고를 남겼다.

"남쪽으로 하행하다 카리아리 지역 근처 해변 가까이에 있는 키리비리라는 섬에 닻을 내렸다. 전체 여정을 통틀어 최고의 땅, 최고의 사람들과 조우했다. 맞은편 육지는 높은 언덕에 강줄기도 여럿이고 수림이 울창했다. 섬 자체도 온갖 종류의 진귀한 수목과 화초가 아름다움을 한껏 뽐내고 있었다. 제독께서는 섬을 라후에르타(정원)라는 애칭으로 부르셨다. 아주 가까운 육지에서 까만 칠에 물고기 뼈를 매단 창과 화살을 든 원주민들이 수없이 몰려나와 우리 배를 신기한 듯 구경하였다. 처음에는 두려워하는 것 같았지만 금세 경계심을 풀고 헤엄을 쳐 뱃전까지 와서 물물교환을 하자고 조르기 시작했다. 이들은 구아닌(구리합금)으로 만든 목걸이를 치렁치렁 걸치고 있었다……"

원정대는 섬에 머무는 동안 내륙을 탐사하고 주민들의 마을을 방문하였다. 콜럼버스가 카리브해 섬 주민이 아닌 중남미 본토 사람들을 본격적으로 만난 건 이때가 처음이었다. 콜럼버스가 스스로 육지에 올랐는지 부하들만 내보냈는지는 확실치 않다. 아무튼 근처에서 금을 상당량 발견하여 그가 매우 기뻐했다고 기록에 남아 있다.

지금은 우비타(포도라는 뜻)라 불리는 이 섬에서 콜럼버스가 "이 해안은(코스타) 풍요롭도다(리카)"라고 감탄한 바람에 코스타리카라는 지명이 탄생했다는, 그럴듯한 설명이 많이 돌아다닌다. 한마디로 가짜뉴스다. 제독은 그런 말을 한 적이 없고, 코스타리카 명칭은 한참 뒤에야 사용되기 시작했으니 말이다.

아무튼 이 일대는 예나 지금이나 풍광이 수려하고 물산이 풍부한 곳이다. 나중에 스페인 원정대의 기록에도 니카라과에서 코스타리카를 거쳐 파나마까지의 지역이 중남미 전체에서 제일 살기 좋은 곳이라는 설명이 나온다.

항구에서 오십 달러를 내면 보트로 섬에 가볼 수 있지만 하필 그날은 바람이 너무 세서 배를 탈 수 없었다. 그 대신 해변의 자갈밭, 제독 일행이 발을 디뎠을 바로 그 근처에 앉아 오랜 시간을 보냈다. 바다 가까운 해변에 아주 낮게 지어진 낡아빠진 계단식 원형 공연장의 자취가 남아 있다. 바닷가에서 우비타 섬을 바라보면서 공연을 즐길 수 있다면 일생일대의 호사가 될 것 같다.

섬에 도착한 제독 일행을 처음으로 맞았던 이곳 주민들은 어떤 마음이었을까. 호기심, 경외심, 압도되는 느낌에서 시작하여 점차 공포감, 증오심, 그리고 자포자기…… 시간이 지나면서 이런 순서로 바뀌었을 것이다.

제독의 첫 항해 때부터 카리브 원주민들은 백인 원정대를 크게 반겼다. 하늘에서 내려온 신이라고 우러러봤다. 놀라운 문명의 이기를 가져온 기적의 방문객으로 환대했다. 물이든 음식이든 면화 뭉치든 달라는 대로 갖다 바치고, 그 대신 유리 조각이나 1전짜리 동전을 받아 들고 뛸 듯이 기뻐했다.

콜럼버스가 지금의 바하마와 도미니카공화국에 처음 도착했을 때 토착민들과 어떤 '말'로 의사소통을 했을까. 놀라운 역사적 사실이 드러난다. 콜럼버스는 전속 통역사를 데리고 갔다. 스페인에 살면서 아랍말을 쓰던 루이스 데 토레스라는 유대인이었다. 즉, 콜럼버스 일행과 원주민들 사이에 최초로 오간 말은 이슬람의 언어였다. 물론 뜻이 통하지는 않았겠지만. 왜 이슬람 계통의 통역사를 데리고 갔을까. 인도로 가는 지름길을 찾다 보면 중동 지역 아랍인들을 만날 것이라 예상했기 때문이다.

통역사 외에도 콜럼버스의 부하 중에는 아랍말을 쓰는 무슬림이나 유대인이 꽤 있었다. 이들은 아랍 문화와 이슬람식 세계관을 확고하게 지닌 터여서 신대륙을 이해하는 관점 자체가 이슬람적이었다고 한다. 우리는 흔히 미국이 와스프(백인, 앵글로색슨, 프로테스탄트)의 나라라고 생각하지만, 그건 뉴잉글랜드에 정착한 영국계 청교도들이 하버드와 예일을 중심으로 와스프의 취향에 맞게 정사(正史)를 굳힌 다음의 얘기다.

오히려 아메리카를 '개척'하던 초기, 기독교가 완전히 뿌리를 내리기 전에는 이슬람 문화가 먼저, 상당할 정도로 전파되었다고 한다. 프로테스탄트 전통의 이식은 더더욱 늦었다. 콜럼버스의 일차 항해가 있고 사반세기가 지나서야 루터가 비텐베르크 성당 문에 종교개혁 격문을 붙였으니 말이다. 심지어 콜럼버스 스스로가 당시 지중해 연안에 널리 퍼져 있던 이슬람 문화에 가까웠던 인물이라는 설도 있다. 이 글을 쓰고 있던 중 베를린에서 국제학술대회가 열린다는 이메일이 날아왔다. 대회의 제목을 보라. "콜럼버스는 무슬림이었던가!"

어쨌든 원주민들은 지금 눈으로 보면 이해가 안 될 정도로 유순하고 평화로웠다. 이런 에피소드가 있다. 첫 항해 때 제독은 현지 주민들을 유럽에 '견본'으로 데려가기 위해 배에 태웠다. 그중에는 여자와 아이들도 있었다. 그런데 어떤 남자가 필사적으로 통나무배를 타고 쫓아와 그 여자와 아이들이 같은 식구이니 자기도 함께 데려가달라고 통사정을 했다는 거다.

우리 가족을 왜 함부로 끌고 가느냐고 항의하기는커녕 자기도 함께 데려가달라고 했다니 그 순진함에 말문이 막힌다. 주민들이 스스로를 '타이노(평화로운 사람)'라고 불렀다니 왜 그랬는지 이해가 간다. 지금도 중남미 시골의 인디오들은 천성이 순박하다. 내가 직접 여러 번 느꼈던 점이다.

콜럼버스 일행을 환대하던 그렇게 어질고 순둥이 같던 사람들이 시간이 지나면서 나중에는 악에 받쳐 선원들을 공격하는 모습으로 그려진다. 대체 어떤 짓을 당했기에 그렇게까지 변했을까.

콜럼버스는 원주민한테 절대 민폐를 끼치지 말고, 특히 여자와 재산을 건드리지 말라고 부하들에게 엄명을 내렸다고 항해일지에 여러 번 자랑하듯 늘어놓았다. 과연 그대로 지켜졌을까. 그런 명령을 반복적으로 내릴 필요가 있을 만큼 규율이 엉망이었다는 말이 아닐까.

콜럼버스 일행은 파나마 인근에서 몇 달을 머물면서 원주민들에게 매일 끼니를 갖다 바치라는 횡포를 부렸다. 이곳 토박이들은 원래 소식하는 사람들이었다. 반나체로 자연 속에 살던 사람들의 체형은 하나같이 균형 잡히고 날씬했다. 하지만 갑자기 나타난 외부인들의 식사량은 상상을 초월할 정도였다. 약간의 과장이 있겠지만 주민 열 식구의 양식을 선원 한 사람이 거덜 냈다는 기록도 있다. 이들을 뒤치다꺼리하느라 넌더리가 난 주민들이 반발을 하자 월식을 '예언'하여 적중시켜 겁에 질리게 한 후 그 약발로 다시 갑질을 계속했다고 한다.

이들이 저지른 가학적 폭력은 많이 알려져 있다. 눅눅한 날씨 탓에 쇠가 쉽게 녹슬자 칼날이 잘 드는지 시험하기 위해 멀쩡한 사람의 목을 베기도 했다. 앵무새와 소년들의 이야기를 들어보았는가. 두 원주민 아이들이 신기하게 생긴 앵무새를 안고 즐겁게 재잘거리며 숲속을 걷고 있었다. 앵무새가 아이들 말을 흉내 내고 아이들은 깔깔대며 새를 쓰다듬는, 상상만 해도 동화 같은 풍경. 그러나 그 광경을 본 스페인 선원들이 아이들을 찔러 죽이고 앵무새를 빼앗았다. 새를 그냥 달라고 하지 왜 굳이 애들을 죽였느냐고 묻자 그러면 재미가 없지 않느냐고 반문했다고 한다.

훗날 페루에서 선교를 하던 마르코스 데 니자라는 프란치스코회 수도사는 다음과 같은 목격담을 남겼다. 스페인 약탈자들이 심심풀이로 동네 남녀노소의 손, 귀, 코를 자르는가 하면, 갓난아이를 엄마 품에서 떼어내 누가 멀리 던져 죽이나 시합을 벌이기도 했다는 것이다.

실제로 이런 대화가 오가기도 했다. "기독교를 믿으면 죽어서 천당 갈 수 있으니 개종해라." "그러면 여기 오신 당신들도 죽으면 천당 가나요?" "당연하지, 우린 기독교인이니까." "아이구, 그럼 나는 차라리 지옥 갈래요!"

그런데 나는 이들의 행동을 개개인의 병리적 일탈로 치부하는 것에 좀 석연치 않은 느낌을 가졌었는데 최근 파비안 샤이들러의 책을 읽고서야 의문이 풀렸다. 좀 더 근본적인 문제가 있었던 것이다. 우선 채무 관계에서 비롯된 압박이 있었다. 스페인 왕실은 제노아나 베니스의 갑부들에게서 돈을 빌려 그 돈을 콜럼버스에게 대여하면서 금을 발견하라고 했고, 콜럼버스는 다시 선주와 선원들에게 장비와 갑옷과 무기 대금을 빌려주면서 현지에서 금을 찾아주면 탕감해주겠다고 약속했다. 삼중사중으로 얽힌 빚 사슬로 인해 모두가 금을 찾기 위해 눈이 시뻘게져 있었던 것이다.

그뿐만 아니다. 15세기 말 스페인 사회에 널리 퍼져 있던 군사 문화, 폭력 문화의 영향으로 원정대원들에게 폭력은 일상적인, 정상적인 삶의 양식과 같았다. 콜럼버스가 항해에 나서기 불과 십여 년 전 스페인에서 그 악명 높은 종교재판이 시작되었다. 종교적 열광, 중세적 미혹, 잔혹한 처벌의 풍조가 만연해 있었다. 원정대는 현지 주민들이 자식들에게 체벌을 하지 않고 응석을 받아주는 다정한 모습에서 충격과 증오(!)를 느꼈다고 한다. 또한 자기들이 신의 명령을 수행하고 있다는 종교적 확신에 사로잡혀 폭력 행위를 쉽게 정당화했다.

어쨌든 이런 일들은 원주민과 이방인 사이의 대면 관계에서 일어난 잔혹사였지만 이건 전체 그림의 일부에 불과하다. 흔히 유럽에서 전래된 병 때문에 면역이 없던 아메리카 원주민들이 대규모로 희생되었다고 알고 있지만 실은 돌림병이 번지기 전부터 사달이 났다.

식량 수탈에 따른 영양실조로, 플랜테이션과 광산의 강제 노동으로, 또 인간 이하의 착취로 인해 비명횡사한 사람이 많았고, 살아 있다 해도 쇠약할 대로 쇠약해진 상태에서 병에 걸리자마자 곧바로 쓰러진 것이다. 요즘 표현으로 기저질환이 일반화되어 있었다는 말이다. 최초의 식민지였던 히스파니올라 섬에서는 역병이 돌기 전에 이미 인구의 대다수가 절멸된 상태였다.

전염병으로 죽은 수많은 인디오 중에는 백인을 한 번도 만나보지 못했던 사람이 더 많았다. 저 멀리 바닷가에 큰 배를 탄 이상한 사람들이 도착했다더라 하는 소문이 내륙 마을에 퍼질 무렵엔 이미 인플루엔자가 도착해 사람들의 육신을 좀먹고 있었던 것이다.

나는 산호세의 국립박물관에서 이런 설명을 듣고 21세기에 미국이 중동에서 벌이고 있는 드론 전쟁을 떠올렸다. 드론 공격으로 인한 사망자는 거의 대부분 미군을 한 번도 대면한 적이 없고 단지 풍문으로만 전해 들었던 사람이다. 폭격 직전까지 그 어떤 낌새도 눈치채지 못한 채 보통처럼 일상을 지내다 영문도 모르고 눈 깜짝할 새 급사를 당한 것이다. 둘 사이에 묵시록적인 유비가 느껴지지 않는가.

코로나 사태가 터진 후 검역과 격리의 역사를 다룬 글을 읽다가 콜럼버스 이후 유럽인들이 아메리카 대륙에 전염병을 옮기게 된 과정에 대해 새로운 사실을 알게 됐다. 콜럼버스는 삼십육 일 동안 항해한 후 육지에 내릴 수 있었다. 그 기간은 천연두 같은 병에 일종의 자가격리 기간이 되었다. 따라서 초기에 아메리카에 도착했던 항해자들이 현지인들에게 직접 병을 옮긴 사례는 적었다고 한다. 그러나 점점 항해 기술이 발전하면서 유럽에서 아메리카로 가는 항해 시간이 대폭 줄어들었다. 그 결과, 자가격리 기간이 충분치 않은 상태에서 유럽인들이 현지에 도착하게 되어 전염병이 확 퍼지게 되었다는 것이다.

초기 침략자들이 스페인 출신만은 아니었다. 신천지 발견 소식을 듣고 엘도라도의 일확천금을 꿈꾸던 건달, 백수, 한량, 투기꾼, 낭인, 모험가들이 유럽 전역에서 몰려들었다. 악명 높은 피사로의 오른팔이었던 데칸디아는 그리스 출신이었고, 고문과 약탈로 둘째가라면 서러워할 에힝거는 독일에서 건너온 무뢰한이었다.

과학혁명과 계몽주의를 지나온 오늘의 눈으로는 콜럼버스 일행의 정신세계를 이해하기 어렵다. 콜럼버스는 서인도가 에덴동산임을 문자 그대로 확신했다. 오레야나는 자기 눈앞에 펼쳐진 거대한 강에서 아마존 여전사들이 헤엄치는 걸 분명히 봤다고 철석같이 믿으면서 강 이름도 그렇게 지었다. 괴수와 악마를 '목격'했다는 증언이 셀 수 없이 많다. 공상과 현실이 뒤섞인 초현실적 현실을 살았던 셈이다.

『에스플란디안의 모험』이라는 책에 나오는 땅을 드디어 발견했다고 진심으로 믿고 명명한 지명이 오늘날의 '캘리포니아'라는 사실만 봐도 그러하다. 스페인의 세비야에서 출판되었던

이 서푼짜리 통속소설에는 아마존의 흑인 여전사들, 그리고 여왕 칼라피아가 다스리는 칼리포르니아라는 섬이 등장한다. 이슬람의 주권자인 '칼리프'에서 '칼라피아'가 나오고, 다시 '칼리포르니아'가 됐다가 오늘날 '캘리포니아'로 낙착된 것이다.

정작 콜럼버스 자신은 어떤 인물이었던가. 그는 당시 유럽 사람들의 인종주의와 일상적인 폭력 문화로부터 한 발짝도 벗어나지 못한 사람이었다. 원주민들의 순박한 심성을 입이 마르게 칭찬하다가도 그들을 노예로 부려 금광을 개발하면 좋겠다고 제안할 정도로 앞뒤가 맞지 않는 사고의 소유자였다.

제독이 개인적으로 직접 악행을 저질렀다는 기록은 없다. 하지만 그는 광산의 원주민 노예들이 할당량을 채우지 못할 경우 손목을 자르던 관행을 그대로 허용했다. 원주민들을 강제로 스페인으로 보내 왕실로부터 경탄을 얻어내고 자신의 입지를 굳히려 했다. 황금을 찾고 무역로를 개척하겠다는 외골수의 집착 외에는 그 어떤 원칙도 일관성도 결여된, 인도적 고려에 대한 시각 자체가 없었던—부도덕하다기보다 무도덕했던—꽉 막힌 벽창호였다고 보면 정확할 것이다.

구대륙에서 온 사람들의 눈에 비친 신대륙의 자연환경은 지상낙원 그 자체였다. 카리브해의 크고 작은 섬을 방문할 때마다 아름다움에 대한 찬사가 쏟아진다. 이런 황홀경을 목격한 후 콜럼버스는 "앞서 방문한 섬들에서 적절한 감탄사를 모두

소진해버려 더 이상 동원할 수 있는 어휘가 없음을 용서해주시기 바란다"고 일지에 쓰기도 한다.

그런데 이런 표현조차 여러 번 사용한 다음에는 "이런 풍경을 적절히 형언하지 못하는 내 혀가 원망스러울 뿐"이라고 한탄한다. 그런가 하면 "안달루시아의 사월과 같은 난만한 대기, 안달루시아의 오월과 같은 청명한 성야(星夜)……" 운운하는, 어울리지도 않는 시적 표현이 등장하기도 한다. 이런 글을 읽고 환상을 품은 채 여름휴가 때 안달루시아로 달려갔다 쪄 죽을 뻔한 여행객이 많다고 들었다.

아메리카 정복은 원주민뿐만 아니라 유럽인에게도 천지개벽 같은 변화를 가져왔다. 그전까지는 전통적 권위가 절대적으로 통하던 유럽이었다. 성경, 플라톤, 아리스토텔레스, 플리니우스의 가르침이 만사의 척도였다. 그러나 이런 고전에서 전혀 언급되지 않은 '새로운' 대륙이 존재한다는 사실만으로도 전통의 권위가 힘을 잃기 시작했다.

'발견'이라는 말을 예로 들어보자. 콜럼버스 전까지만 해도 유럽의 주요 언어들에 무에서 유를 찾아낸다는 뜻의 어휘는 없었다. 영어의 '디스커버'도 처음에는 커버(덮개)를 벗긴다(디스)는 뜻으로 쓰였다. 음모를 폭로하고 역모를 색출하다, 그러므로 '배신의 발각'이라는 느낌이 강한 말이었는데, 콜럼버스 이후에 새로운 것을 발견한다는 의미가 추가되었다. 이런 식으로 사람들의 인식 체계가 바뀌니 전통의 권위를 두려워하지 않는 어떤 풍조가 생긴 것이다. 콜럼버스의 항해가 근대를 열어 젖힌 하나의 요인이 된 게 분명하다.

콜럼버스 이래 라틴아메리카는 한편으론 무구함이, 다른 한편으론 추악함이 서로 맞서는 상징적 초점, 일률적 보편 문명의 역사와 개별적 생명 문화의 서사가 격렬하게 충돌하는 전장이 되었다. 테렌스 말릭 감독의 「신세계」가 좋은 예다. 인간의 원초적 무염성과 문명의 필연적 오염성을 극적으로 대비시키면서 관객의 죄책감을 자극한다.

나는 말릭의 세계관에 깊이 공감하지만 인간사의 변화로 인해 초래되는 역설도 함께 기억하고 싶다. 오늘날 리몬에는 콜론 제독의 배로 헤엄쳐 갔던 원주민 조상들의 직계 후손은 거의 없다 해도 과언이 아니다. 우체국에서 근무하든, 거리에서 레몬주스를 팔든, 여행자에게 보트를 대여하든, 아프리카에서 건너온 흑인 노예들의 후손이 절대다수를 이룬다. 이들은 유럽에서 전파된 평등, 정의, 권리와 같은 사상을 통해 백인들 앞에서 인간으로서 자존을 지키려고 안간힘을 쓰고 있다. 아이러니가 아닐 수 없다. 세상은 돌고 돌면서 역사의 수레바퀴를 굴리는 것 같다.

이런 생각에 빠져 몇 시간을 바닷가에 앉아 있었더니 해풍을 너무 많이 쐤는지 손바닥과 얼굴이 끈적거린다. 갈매기들이 바람 부는 쪽을 향해 도열하듯 정지한 자세로 허공에 떠 있다. 더 늦기 전에 일어나야 할 것 같다. 사진을 몇 장 더 찍고 발길을 돌리려다 파도치는 물가로 다시 내려갔다. 물속에서 고르고 골라 밝은색의 넓적한 조약돌 하나를 건져 올려 손수건으로 닦아 배낭에 넣었다.

정류장으로 돌아와 황혼 녘에 산호세행 버스를 기다리는 사람들 뒤에 가서 줄을 섰다. 커피 한 잔을 사서 마시려는 참에 정류장 바닥에 누가 흘렸는지 흥건히 쏟아진 커피가 눈에 들어온다. 그날따라 유난히 원색적인 석양 탓에 액체가 검붉은 핏빛으로 비쳐 잠시 흠칫했다. 버스가 출발할 때 창문을 열고 바다 쪽과 커피 자국을 번갈아 보며 리몬과 작별 인사를 했다. 앞으로 오백 년 동안은 평화와 행복만 있기를.

피는 물보다 길다

인터넷에서 뉴스를 읽던 중 6·25 무공훈장을 찾아준다는 기사 제목을 얼핏 보았다. 그냥 스치고 지나갔는데 며칠이 지나도 계속 생각이 나서 다시 검색을 해 찾아냈다. 한국전쟁에서 무공을 세워 훈장을 받았지만 당시 상황 탓에 제대로 수령하지 못했던 사람들에게 훈장을 찾아준다는 내용이었다. 아버지는 오래전에 돌아가셨지만 살아생전 전쟁에 대해 워낙 자주 얘기를 했던 터였다. 오죽했으면 내 군번은 잊었어도 아버지 군번은 외우고 있을까. 아래위로 '대한 육군'이라고 찍히고 영문명까지 들어 있는 아버지의 인식표 목줄이 지금도 내 책장에 걸려 있다.

아버지에 대한 기억, 가족사의 공백을 메워야 한다는 장남으로서의 의무감, 그리고 약간의 호기심이 더해져 보훈처와 육군본부의 연락처를 알아냈다. 그러나 이유를 알 수 없는 망설임 때문에 전화를 못하고 거의 일주일을 미적댔다. 하루는 강의를 마치고 연구실에 돌아와 한숨 돌리고 있는데 책상 위의 전화기가 자꾸 나를 노려보는 것 같았다.

국민학교 들어가기 전이다. 어느 날 아버지가 삼 남매를 모아놓고 심각한 어투로 말했다. "아빠가 어디 좀 다녀올 텐데 그동안 엄마 잘 모시고 있거라. 오래 걸리지는 않을 거다." 그러곤 영문을 모르고 눈만 껌벅이는 내게 동생들을 잘 보살피라고 한 번 더 당부했다. 꾹 참았지만 괜히 눈물이 나올 것 같았다. 아버지가 떠나는 장면은 생각나지 않는다.

얼마 뒤 어머니가 우리를 깊은 산속 암자 같은 곳에 데리고 갔다. 물들인 군복 바지에 파이프를 든 아버지가 반갑게 손을 흔들었다. 미끈미끈한 이끼 틈에 앉아 계곡물에 발을 담그고 재미있게 놀다 어머니가 찬합에 싸 온 도시락과 사이다, 과일을 맛있게 먹었다. 불고기 반찬도 있었던 것 같다. 그곳에서 하룻밤을 잤는지는 분명치 않다. 해가 지고 계곡이 갑자기 컴컴해졌던 건 기억이 난다. 아버지가 왜 여기 와 있는지 묻는 아이들에게 어머니는 아버지가 '신경쇠약'이라 휴식이 필요하다고 했다. 그 말을 처음 들어본 순간이었다. 얼마 후 아버지는 집으로 돌아왔고, 우리는 다시 행복해졌고, 암자에 놀러 가자는 동생의 투정도 더 이상 나오지 않게 되었다.

아버지가 바깥에서 약주를 하고 귀가하거나 집에서 식사 때 반주를 하면 꺼내는 이야기가 정해져 있었다. 한국전쟁이 났을 때 개성 송악산 아래에 주둔하고 있었는데 일요일 새벽 북한군의 야포 소리를 듣고 잠에서 깼다는 것이다. 그날이 마침 아버지 외박 순서여서 전날 군복에 빳빳하게 풀을 먹여 다려 입고 나가려는 참에 내무반 친구가 애인을 만나러 서울에 가야 한다고 보채는 바람에 차례를 양보해주고 부대에 남게 됐다는 이야기를 수십 번도 더 들었다.

휴전협정 지나서까지 군 복무를 했던 아버지는 전투에서 신입 학도병들을 잃었던 일을 비통하게 회상하곤 했다. 포탄이 떨어지면 흩어져야 하는데 겁에 질린 어린 병사들이 한곳에 모여 끌어안고 있다가 한꺼번에 몰살당했다는 것이다. 그 얘기가 나왔다 하면 담배 한 갑과 술 한 병이 순식간에 사라졌다. 너무 자주 들어서 내가 직접 그 일을 겪은 듯하다.

한번은 낯선 중년 남자가 집에 찾아왔다. 아버지가 무척 반갑게 맞았다. 같이 따라온 여자분이 아버지에게 공손하게 절을 한다. 늦장가를 들었는데 자기는 자식 둘 생각이 없고 고아들을 돌보는 일을 하고 있다고 했다. 손님과 아버지는 대화를 나누다 서로 손을 잡고 눈물을 훔치기도 했다. 어린 눈에 보아도 무척 고생한 티가 나는 양반이었다. 알고 보니 6·25 때 아버지와 함께 복무했던 부하였다. 이 장면을 지켜봤던 나는 전장에서 사선을 함께 넘었던 사람들의 상봉이 전쟁 역사의 스토리텔링에서 빠질 수 없는 퍼즐 조각이라고 생각하게 되었다.

아버지는 깊고 커다란 서랍 두 개가 달려 있는 검은 나무장을 사용했다. 서랍엔 온갖 신기한 것들이 다 들어 있었다. 한쪽 서랍에는 제대 수첩, 계급장, 도민증, 보석 감정용 루페 돋보기, 색안경, 회중시계, 소니 트랜지스터 라디오, 전축 바늘, 지포 라이터, 야시카 카메라 먼지 닦는 융, 접는 면도칼, 면도날 세트, 거품 내는 솔, 녹색 액체의 스킨로션, 손전등, 반지 안쪽에 이름 새기는 각인기, 양담배, 상아 담뱃대, 연지탄 박스(집에 공기총이 있었다), 식량 증산 기념 배지, 합기도 정무관 견장(로고를 직접 디자인했다고 자랑스러워하던), 검도용 대나무봉 꼭지를 감싸는 가죽 골무, 매표 인주, 등산 칼, 개목걸이 군번줄, 커다란 배터리가 들어가는 기역자 군용 '후레쉬' 같은 것들이 가득 들어 있었다. 그것들을 꺼내 만지작거리는 순간이 너무 재미있었다.

화폐 개혁하기 전의 옛날 돈도 몇 장 들어 있었다. 독립문은 오십 환, 이승만은 백 환, 그래서 이승만이 독립문보다 두 배 더 중요하다고 생각했다. 우표도 여러 종류가 보였다. 그중에는 유네스코에서 나온 이집트의 누비아 유적 보호운동 기념우표 두 장짜리 시트도 있었다. 1960년대 초 이집트에서 아스완 하이댐을 짓게 되었는데 람세스 사원이 있는 누비아 유적이 물에 잠기게 되어 신전의 거대한 석조 기념물들을 다른 곳으로 옮기기 위해 전 세계적인 모금운동이 벌어졌다.

이 문제를 무척 심각하게 받아들였던 아버지는 행동에 나섰다. 기념우표를 많이 사서 주변에 돌렸던 것 같다. 집안 사정도 안 좋았던 시절에 그 먼 이집트까지 왜 그리 신경을 썼는지 이해가 안 된다. 쪼들리는 형편이라고 기부하지 말라는 법은 없지만 말이다. 아버지의 이런 성향을 물려받았는지 나도 약간 대책 없이 비현실적인 구석이 있음을 느낀다.

둘째 서랍은 무슨 미니 약방 같았다. 여기서도 나는 눈을 떼지 못했다. 핀셋과 족집게와 가위, 호박무늬의 안경테, 일반 붕대, 다리 정맥류 압박붕대를 고정시키는 금속 핀, 반창고, 코피 날 때 막던 솜, 은단, 구심, 청심환, 정로환, 원기소, 비타민정, 무좀 연고, 동상 연고, 됴고약, 안약, 아까징끼라 부르던 빨간약, 옥도정기, 바리움, 세레피아, 그리고 외국 명칭의 이상한 약들.

특히 세레피아는 광고에서 하도 많이 들어서인지 그 선전 문구가 지금까지 귓가를 맴돈다. "불면·불안·초조·긴장에 신경피로, 노이로제에 신경성 위장병에 마음이 괴롭고 아플 때 세레피아—" 우리 아버지가 뭐 그리 '마음이 괴롭고 아플 때'가 많았는지 그때만 해도 잘 몰랐고 관심도 없었다. 왜 세레피아 같은 약이 아버지 서랍에 항상 쟁여져 있었는지 궁금해진 건 나중에 철들고 나서다.

그 당시엔 불안 강박, 노이로제, 신경쇠약을 모르는 '비정상적인' 사람을 찾기 어려웠다. 국민병처럼 되어 있었다. 전쟁 끝나고 얼마 지나지 않았으니 그럴 만도 했다. 텔레비전에서 코미디언 이기동이 "불안 초조 긴장에는 맘푹놔제"라고 소리치면 비실비실하던 배삼룡이 갑자기 활기를 찾아 껑충껑충 뛰어다니곤 했다. 아버지는 서랍을 뒤지다 원하는 약을 찾지 못하면 신경이 날카로워지곤 했지만 그 정도는 노이로제 있는 사람들의 정상적 행동이라고 다들 이해했다.

얼마 전 정류장 앞에 서 있는데 정차한 버스 옆면의 광고가 눈에 들어왔다. "안정이 필요할 때 안정액"이라 하면서 한의학 비방으로 만든 약인데 취준생과 수험생을 떨지 않게 하는 명약이란다. 다음과 같은 증세에 특효가 있다고 한다. 동어반복적이지만 은근히 중독성이 있는 광고 카피가 귀에 쏙 들어와 얼른 메모를 해뒀다(나는 메모장을 늘 갖고 다닌다). "밤에 잠 못이룰 때 불면, 이유 없이 왠지 불안하고 조마조마할 때 불안, 초조, 가슴이 두근거릴 때 두근거림, 몸에 진이 빠진 듯이 기운이 없을 때 신경쇠약, 깜빡깜빡 잘 잊어버릴 때 건망, 가슴이 답답하고 열이 날 때 번열." 이중 한두 가지 증상도 없는 무쇠형 안정 인간이 있을까. 그 정도면 기계 아니면 인공지능 아니면 일론 머스크에 가깝다고 봐야 한다.

술과 담배에, 신경안정제를 밥처럼 달고 살던 아버지였지만 아내나 자식들에게 난폭한 언행을 하지는 않았다. 성질이 급해 간혹 짜증을 내거나 부부싸움 끝에 한참 입을 닫고 지낸 적은 있어도 당시 기준으론 정말 아무것도 아닌 수준이었다. 내가 나이 들면서는 당신의 심약한 모습이 훨씬 자주 눈에 들어왔다.

아버지가 세상 떠나고 근 이십 년이 지나 『인권의 지평』이라는 이론서를 쓰던 중이었다. 인권침해의 사회심리학적 측면을 다룬 챕터를 집필하기 위해 자료를 찾다가 '후성유전'이라는 생소한 개념을 접했다. 홀로코스트에서 살아남은 사람들이 경험하는 심신상의 특이점을 뭉뚱그려 '생존자 증후군'이라 한다. 이 방면의 연구는 이차대전 중 네덜란드에서 발생한 사건에서 비롯되었다. 1944년에서 1945년 사이, 나치군이 네덜란드의 북서부로 통하는 육로를 봉쇄한 탓에 그 지역에 살던 주민에게 식량 보급이 끊겼다. 하필 그해 겨울은 기록적인 한파가 몰아쳐 운하까지 완전히 얼어붙는 바람에 어떤 물자도 지역 내로 반입되지 못했다.

그 결과 민간인 수만 명이 아사하는 비참한 사태가 벌어졌다. 이 역사적 사건을 네덜란드 사람들은 '홍게르빈터(굶주림의 겨울)'라고 부른다. 당시 추위와 기아로 고생했던 사람 중 임산부도 수천 명이나 있었다. 이 아이들이 태어났을 때에는 사태가 호전되어 보통 아이들처럼 평범한 환경에서 자랄 수 있었다. 그런데 성인이 되었을 때 이들 집단은 유독 비만율이 높았다. 콜레스테롤 수치가 높고 노화도 빨리 왔으며 조현병 발생 비율도 다른 그룹보다 높았다. 유독 홍게르빈터 직후에 태어난 동년배 아이들에게만 차별점이 나타난 것이다. 이런 현상은 중국의 대약진운동 때 대기근이 발생했던 1958~1961년 사이에 태어난 아이들에게도 비슷하게 관찰되었다.

홀로코스트에서 살아남은 사람들을 조사한 연구에서도 비슷한 결과가 나왔다. 생존한 당사자는 물론이고, 그 자손들에게도—이 점이 중요하다—불안, 우울증, 외상후스트레스장애(PTSD)가 대조집단보다 훨씬 더 많이 발현되었다. 자식들뿐만 아니라 삼 세대, 사 세대까지 이런 증상이 나타나기도 했다.

1890년 미국 사우스다코타주의 운디드니에서 라코타족의 지도자 타탕카 이요타키(시팅 불)를 추종하던 인디언 수백 명이 미군에게 몰살당한 사건이 벌어졌다. 죽은 이들의 자녀들은 기숙학교나 거주 시설로 수용되어 뿔뿔이 흩어졌다. 이들 후손 중에서 사회복지 전문가가 된 마리아 옐로우 호스 브레이브하트가 2000년에 「라코타족의 역사적 트라우마」라는 논문을 발표했다.

그에 따르면 학살된 라코타족의 이 세대, 삼 세대 후손들이 오늘날까지 겪는 증상이 홀로코스트 생존자의 자손들이 경험하는 증상과 유사하다고 한다. 우울증, 자해 행동, 정신적 무력감, 정서적 교감 능력 부족, 분노, 그리고 자살률과 심혈관질환

비율이 아주 높았다. 이런 역사적 트라우마를 '세대간 PTSD'라고 한다.

그 후 아프리카 흑인 노예의 자손들을 다룬 조이 데그루이의 연구도 발표되었다. 이 집단의 직계 후손인 데그루이 박사는 미국의 노예제도가 339년간 지속되었는데 공식적으로 노예제가 사라진 후에도 그 후손들이 '외상후노예증후군(PTSS)'을 겪고 있다고 설명한다. PTSS를 앓는 흑인들은 자존감 결여, 절망감, 우울증, 자포자기, 자신과 타인에 대한 폭력 경향, 자신이 속한 집단의 구성원들과 그 신체적 특성 및 풍습에 대한 반감을 보인다. 왜 흑인 가정에서 자식들에게 교육을 잘 시키지 않는 경향이 있는지도 밝혀졌다.

노예제 시절에 아주 명민한 아이들은 부모로부터 강제로 분리되어 노예시장에서 비싸게 팔리곤 했다. 그 트라우마가 오늘까지 이어져 지금도 흑인 가정의 어머니들은 자식이 공부 잘하고 똑똑해지는 것에 본능적인 거부감을 갖는 경우가 많다고 한다. 이런 연구 결과는 흑인들이 게을러서 혹은 문화적 덫에 갇혀 학업 성취동기가 떨어진다고 하는 통념을 뒤집는다.

이런 연구들을 접하고 사회학자로서 고민에 빠졌다. 불행한 트라우마를 경험한 부모의 후손들이 그런 가정에서 자라면서 유무형의 부정적인 분위기를 내면화하거나, 경제적으로 곤란한 형편으로 인해 고통을 겪거나, 어떤 정신적·심리적 사회화의 영향을 받을 것이라고 충분히 예상할 수 있다. 그런데 이건 어디까지나 사회학적인 해석이다. 그런 것과는 별개로 조상의 트라우마가 '생물학적으로' 후손에게 유전된다? 상당히 파격적인 이론일 뿐만 아니라, 모욕적이고 운명론적인 주장으로 들릴 소지가 다분하다.

바로 이런 질문을 둘러싸고 후성유전학이 등장한 것이다. '후성유전학(epigenetics)'이라는 용어는 1953년 영국의 콘라드 워딩턴이라는 과학자가 만들었다. 그는 배아 단계의 초파리에 화학물질로 자극을 주는 실험을 했다. 그 후 태어난 초파리들의 날개 구조가 확연히 변해 있었다. 그런데 이 변화가 후세대에도 계속 전승되었다. 놀랍게도 워딩턴 실험실에서 시작된 초파리들을 지금도 관찰하고 있는데 수백 세대가 넘어도 그때의 변화 특징이 이어지고 있다고 한다.

후성유전학의 연구를 내 나름대로 이해하면 이렇다. 어떤 환경적 요인은 DNA의 기능을 제어하는 분자적 힘에 영향을 주어서 유전자의 '표현형'을 변화시킬 수 있고, 이렇게 바뀐 '표현형'의 특징이 후대에 계승될 수 있다는 것이다. 여기서 핵심은, 환경적 요인이 DNA의 염기서열 즉 유전자 자체를 바꾸지는 않지만, DNA가 작동되는 조건(분자적 힘)을 온-오프시켜서 표현형을 변하게 하고, 그 변화가 계속 유전될 수 있다는 점이다.

후성유전은 다윈의 진화론에 큰 도전을 가한다. 다윈의 진화론은 '우연히' 유전자에 어떤 돌연변이가 발생했을 때 그것이 환경에 잘 적응하면 그 유전자가 살아남고, 적응하지 못하는 유전자는 도태된다고 하는 자연선택 이론이다. 그런데 후성유전은 그와 반대로 환경적 영향으로 생물의 표현형이 달라지고 그것이 유전된다는 이론인 것이다.

후성유전은 라마르크의 이론과 직결된다. 높은 나뭇가지의 잎사귀를 따먹기 위해 목을 길게 내민 동물이 기린으로 진화했다는 식으로, 생물이 환경에 반응하여 진화한다는 게 라마르크의 주장이다. 라마르크는 생물학(la biologie)이라는 용어를 만들 정도로 저명한 학자였지만 그의 학설은 학계에서 우스개 같은 취급을 받아왔다. 그랬던 그가 오늘날 새로운 후성유전 학설로 재발견되고 있다니 세상은 정말 돌고 돌면서 진화하는 모양이다. 요즘 후성유전학자들은 다윈의 자연선택과 라마르크의 후성적 계승이 둘 다 작용하면서 유전이 이루어진다고 본다. 그것을 '통합 진화론'이라고 부르는 학자도 있다.

잘 알지도 못하는 생물학 이론을 길게 언급한 이유는 그것이 내 개인적인 사정과 연관되기 때문이다. 어릴 때부터 나는 신경이 유달리 예민하다는 소리를 듣고 자랐다. 어머니가 동네 아주머니들과 그런 이야기를 할 때면 약간의 자랑 비슷한 뉘앙스까지 느껴졌다. 신경이 예민한 아이들이 똑똑하다는 속설이 있던 시절이었다. 앙드레 말로를 번역했던 김붕구 교수는 말로가 "신경줄이 굵었던 세대"의 이야기를 다뤘다고 했지만, 나는 그와 반대되는 인간형이 아닌가 싶다. 설명하기 어려운 불안이 늘 마음 한구석에 자리 잡고 있었다. 잠도 깊게 못 자는 편이다.

어릴 때 어머니 손을 잡고 교외에 있는 단골 한의원의 문지방이 닳도록 약을 지으러 다녔다. 박제된 천산갑이 긴 꼬리를 틀고 있는 유리장을 뒤로하고 분명 백 살이 넘어 보이는, 산신령급의 원장 할배가 내 손목의 맥을 짚었다. 하얀 눈썹의 원장님은 돋보기 너머로 나를 내려다보며 늘 똑같은 진단을 내렸다. "비(脾)가 허(虛)하도다." 이 여섯 글자를 아마 골백번도 더 들었을 거다. 그걸 진료지에 쓰면서 "반 재만 써보자" 하신다. 원장님이 처방전을 보내기도 전에 약제실의 여직원이 하얀 종이에 한약 열 첩을 다 싸놓고 기다렸다.

집에는 늘 약탕관에서 보글보글 한약 달이는 냄새가 감돌았다. 아버지는 아버지대로, 아들은 아들대로 한약을 달고 살았다. 약을 짜내고 남은 찌꺼기는 말려서 시골 친척집으로 보내서 소여물에 섞어 줬다고 한다. 그 집 황소가 보약 덕분에 사방 백 리에서 제일 살이 올랐다고 소문이 자자했다. 나는 한약을 그렇게 많이 먹었는데도 아직도 비가 허한 걸 보면 백약이 무효였는지, 아니면 그나마 그렇게 정성을 기울였으니 이 정도에 그친 건지는 잘 모르겠다.

생존자 증후군이니 후성유전학이니 하는 연구를 알고 난 후부터 혹시 나의 성격적 특징이 아버지의 인생 경험과 연관된 게 아닌가 하는 상상을 하기 시작했다. 나는 어릴 때부터 아버지를 빼다 박았다는 말을 수없이 들으며 컸다. '인감도장'이라는 별명까지 얻었다. 나이 들수록 흑백사진 속 아버지의 모습에서 나를 발견하곤 한다. 한번은 어머니 방의 문을 열었더니 깜짝 놀라면서 "아이구 애야, 아버지가 살아오신 줄 알았다!" 하면서 우시는 게 아닌가. 외형으로도 이럴진대 마음까지 유전이 된다면 인간은 그저 유전의 가지로 연결되어 있는 하나의 잎사귀에 불과하다는 말인가.

집단 차원으로 넓혀서 생각하면 더 심각한 함의를 읽을 수 있다. 전쟁을 겪었던 한국인들의 트라우마가 오늘날까지 이어지고 있다면 그것이 국민들의 안보관이나 가치관에 얼마나 큰 영향을 줄 것인가. 또는 민간인 학살과 같은 대규모 트라우마 사건의 생존자와 가족, 그 후손들이 겪는 후성적 트라우마의 문제를 어떻게 해야 할까. 이렇게 보면 업보니 연기(緣起)니 하는 것이 일리가 있다. 후성유전학은 그런 것을 과학적으로 설명하는 방법일 수도 있겠다. 새삼 역사란 게 두렵다. 우리가 누군가에게 나쁜 짓을 하면 당대에 끝나는 게 아니라 대대손손 피해를 물려주게 된다. 이런 점을 알리는 것도 역사교육의 중요한 일부가 되어야 할 것이다. 역사교육이 곧 미래교육인 셈이다.

전화기를 한참 응시하다 용기를 내서 육군본부의 번호를 돌렸다. 몇 번 전화음이 울린 후 "지금은 통화량이 많으니 대기해달라"는 안내 메시지가 나올 줄 알았다. 또는 공무원 특유의 빠르고 사무적인 어투로 자기 이름을 재빨리 밝히지만 잘 알아들을 수 없는—그렇다고 다시 물을 수도 없는—그런 응답이 나올 걸로 기대했다. 아니었다. 신호가 간 지 두 번 만에 바로 누가 받았다. 편의점 알바생 느낌이 드는 젊은 목소리가 그냥 '여보세요'라고 한다. 군기가 빠진 정도가 아니라 아예 군기와 관련이 없는 목소리다. 이틀 전에 배치된 공익요원인지도 모르겠다.

용건을 말하고 아버지 이름을 불러주자 군번을 아느냐고 묻는다. 일곱 자리 숫자를 불러주니 잠시 기다리라 하고선 한참 동안 말이 없다. 컴퓨터 자판을 두드리는 소리만 들린다. 그 짧은 시간에 또 불안해지기 시작한다. 나를 괴롭혔던 그 초조감이 다시 고개를 든다. 왜 빨리 대답을 해주지 않는 건가.

"어…… 없네요." 젊은이가 말했다. "없다니요, 기록이 없다는 말씀인가요?" "그런 분이 안 뜨네요." "그럼 어떻게 알아보면 될까요?" "전산 시스템에 번호가 안 나옵니다." 더 이상 얘기해봐야 소용없었다. 전화를 끊고 나니 허탈감이 밀려든다. 훈장 미수령자가 수천 명이라던데 아버지가 거기에 못 들어갔다니, 죽을 고비를 여러 번 넘겼다고 했는데 대상자가 아니라니 어찌 된 영문인가. 그런데 다시 생각해보니 그딴 상징물 하나가 아버지를 기억하는 데 뭐 그리 중요한가 싶었다. 그렇게 마음을 정리하니 그 후에 추가 공고가 여러 번 났지만 더 이상 관심이 가지 않았다.

한 가지 확인한 건 있다. 피는 물보다 길고, 물보다 오래가는 것 같다. 그게 인간의 한계인지도 모른다. 하지만 이런 점을 극복하고 순화하려는 집단적 노력이 근대 이후 사회와 정치의 목표였던 점도 부정할 수 없다. 설령 어떤 트라우마가 발생하더라도 그것을 보듬는 제도와 정책을 취하면—요즘 표현으로 사회적 돌봄을 제공하면—상당히 완화될 수 있다고 봐야 한다. 피는 물보다 길지만, 피는 물로 씻길 수도 있는 것이니.

이름이 전조인가

아버지가 사업에 실패하고 건강이 나빠진 후 우리 식구들이 버스 종점에서 한참 걸어 들어가는 휑뎅그렁한 변두리에 나가 산 시절이 있었다. 널찍한 밭이 딸린 널찍한 집—겨울에는 시베리아 같았던—에서 몇 년을 살았다. 아버지는 다 계획이 있었다. 앞으로 백세 인생 시대가 올 터인데 그때가 되면 사회 전체적으로 건강에 관심이 높아질 것이다. 그러면 성인병 예방을 위해 투자를 아끼지 않을 것이고, 은행잎에서 추출한 무슨 무슨 성분으로 만든 혈액순환제를 전 국민이 하루 한 알씩 챙겨 먹는 날이 반드시 오게 돼 있다, 은행잎에 비하면 비타민 따위는 애들 장난이다…… 이런 스타트업 구상이 아버지의 머릿속을 강렬하게 지배했다. 중고서점에서 구한 일본 원예잡지 기사로부터 감전되듯 영감을 얻은 아버지는 밭에다 은행나무 묘목을 심기 시작했다.

묘목 단계를 지나 흉고(胸高) 지름이 몇 센티가 되면 한 주

(株)당 얼마를 받을 수 있고, 그걸 다 곱하면…… 하는 아버지의 강의를 자주 들었다. 어른 가슴 높이의 지름에 따라 나무의 성장도를 따진다는 건데 내가 보기에 은행은 정말 무지하게 안 자라는 나무였다. 매일 아침 들여다봐도 1도 자란 것 같지 않았다. 하지만 예상 수익의 절반만 들어와도 갑부가 될 수 있다는 계산 하나로 온 집안이 참고 또 참으며 지냈다. 아버지와 어머니 사이에는 분업 체계가 자리 잡고 있었다. 아버지가 주로 정신적인 측면에서 가내 임업을 지도했다면 실제로 나무를 키운 건 어머니였다. 아버지도 어쩌다 일을 하긴 했지만 이론가로서 시범을 보이는 듯한 인상에 가까웠다. 고랑을 파고 물을 주고 가지를 치는 일은 거의 다 어머니 몫이었다. 그러면서 밥 짓고 살림 살고 닭과 토끼까지 키웠다. 방학이 되어 집에 갈 때마다 어머니에게 제발 일 좀 덜 하시라고 말리곤 했다. 그럴 때마다 "이게 다 내 소관인데……"라는 대답이 돌아왔다. 말년에 파킨슨병으로 거동이 어려워져서도 집안일을 하고 싶어 했던 어머니는 나중에 거의 반쯤 누운 상태에서도 뜨개질을 손에서 놓지 않았다.

묘목의 흉고 지름이 제법 통통해져 더 넓은 땅이 필요해졌다. 수소문해서 깊은 시골의 야산을 헐값에 임대하여 나무를 옮겨 심었다. 큰 트럭이 와서 그 많던 나무를 모두 뽑아 실어 갔다. 88올림픽을 연다는 뉴스가 나오면서 가로수용으로 은행

나무가 많이 쓰일 거라는 소문이 퍼지자 아버지의 기분이 무척 좋아졌고 집안에는 오랜만에 희망적인 분위기가 감돌았다. 아버지 어머니가 산에 가서 천막을 치고 며칠씩 일하고 올 때도 있었다. 그런데 어느 날 급한 연락이 왔다. 아버지의 안색이 백지장처럼 내려앉았다. 동네 사람들이 노루를 잡으러 산에 올라갔다 불을 내서 은행 숲이 홀랑 다 타버렸다는 소식이었다. 그 일을 생각하면 지금도 억장이 무너진다. 아버지의 인생에서 마지막 치명타, 내리막길의 경사가 더 가팔라진 사건이었다. 삶의 의욕이 완전히 꺾인 아버지를 그래도 끝까지 부축했던 건 어머니였다.

어머니는 전쟁이 끝난 후 심신이 핍진해 있던 아버지와 여덟 살 나이 차이를 무릅쓰고 결혼했다. 신랑이 나이가 많다고 집안에서 반대가 심했다고 한다. 어머니는 평생 아버지에게 절대적인 헌신으로 일관했다. 젊었을 때 수녀원에 들어가려 했을 정도로 독실한 천주교 신자였던 어머니는 성소의 꿈을 이루진 못했지만 당신의 모든 성의를 남편과 자식들에게 바쳤다. 만일 어머니가 수도복을 걸친 삶을 살았더라면 어떻게 됐을까. 나는 세상에 태어나지 않았겠지만 어머니에겐 기도하고 봉사하는 생활이 훨씬 더 충족되고 보람 있었을 것이다. 하지만 어머니에게 그런 가상적 질문 같은 건 의미가 없었다. 경제적으로 어려워도, 십 년도 넘게 병석에 있던 아버지의 돌봄이 아무리 힘들어도, 그런 것은 당신이 삶에서 당연히 감당해야 할 의무로 받아들였다. 힘들다는 표시는 절대로 하지 않았다. 아마 우리 어머니만이 그랬던 건 아닐 거다. 식민지, 전쟁, 보릿고개로 고생이 몸에 배었던 세대가 지녔던 특유의 묵묵함이라고나 할까 꿋꿋함이라고나 할까, 어려움을 말로 표현하는 것 자체를 사치로 여기는 견인주의적 태도가 당시 사람들에겐 있었다. 딱 한 번 어머니의 하소연을 들은 적이 있다. 노안이 와서 바느질하기가 어렵다고, "먼 데도 안 보이고 가까운 데도 안 보이니……"라면서 탄식을 하는 거였다.

어릴 적에 집 안을 통틀어 어머니가 제일 아끼고 제일 자주 사용한 물건이 재봉틀이었다. 당시로선 큰 재산이었던 싱거 미싱을 두르륵 돌리면 아버지 셔츠, 아이들 잠옷, 베갯잇, 보자기, 앞치마, 버선, 실내화 주머니가 뚝딱 만들어져 나왔다. 동네 사람들 옷도 지어주었다. 어느 여름밤, 어머니의 비명 소리에 놀라 일어나 보니 마루에 있던 재봉틀이 감쪽같이 뜯겨 사라지고 나무 받침대만 흉물스럽게 남아 있었다. 도둑이 들었다 하면 미싱이나 자전거를 훔쳐 가던 때였다. 몇 해 전 외투를 고치러 강동구의 유명하다는 수선집을 찾았는데 한쪽에 옛 재봉틀을 전시해놓은 공간이 있었다. 미싱을 잃고 눈물을 훔치던 어머니의 환영이 얼핏 스쳐 지나갔다.

외할아버지는 시골에서 닥나무로 한지 만드는 일을 했다고 들었다. 중일전쟁이 나고 소학교에 입학한 어머니는 교과서를 모두 외워 칭찬을 받을 정도로 똑똑한 학생이었다. 한번은 일본인 교장이 아이들을 운동장에 모아놓고 무엇을 나눠주었다. 일본군이 말라야(지금의 말레이시아)를 점령한 기념으로 전국의 학생들에게 말라야산 고무로 만든 작은 공을 돌렸다는 것이다. 생전 처음 고무공으로 놀이를 하니 그렇게 신기할 수가 없었다는 이야기를 몇 번이나 들었다.

형편이 어려워 소학교를 못 마친 것이 한이 됐던 어머니는 자식 삼 남매 교육에 거의 필사적이었다. 당신 방식으로 필사적이었다. 특히 아이들의 개근이 중요했다. 아픈 아이를 들쳐업고 학교에 달려갈 정도였다. 삼 남매 전원이 도합 십팔 년 국민학교 개근을 한 것이 어머니의 가장 큰 자부심이었다. 수업 참관일에 학부모(주로 어머니)들이 1학년 2반 아이들을 빙 둘러싸고 지켜보는 와중에 담임선생님이 물었다. 여러분 중에 노래할 줄 아는 어린이가 있나요? 기다렸다는 듯이 조효제 어린이가 손을 번쩍 들고 앞으로 달려나가 "황금을 보기를 돌같이 하라/이르신 어버이 뜻을 받들어—"라는 최영 장군의 노래를 불렀다. 그 순간이 어머니에게는 자부심의 두번째 원천이 되었다. 유치원을 다니지 않았는데 도대체 그 노래를 어디서 배웠던가. 어머니가 가르쳐줬을 가능성이 크다. 그런 배짱이 도대체 어디서 생겼던가. 아마 어머니가 보고 있어서 용기를 냈을 가능성이 크다. 아무튼 그날 이후 나는 황금과는 인연이 없는 팔자가 되었다.

어느 날 어머니가 깨알 같은 글씨가 적힌 작은 종이 한 장을 내밀었다. 이걸 다 외우면 초콜릿을 사주겠다고 했다. 국민교육헌장이 나오고 얼마 뒤의 일이다. 전국에서 헌장을 외우고, 낭독하고, 필사하고, 웅변장에서 목청을 높이던 시절이었다. 초콜릿에 꽂힌 나는 반나절 만에 헌장을 다 외우고 약속대로 초콜릿을 받아먹었다. 어릴 때부터 어머니 말이라면 무조건 순종하고 따르는 것이 내겐 가장 중요하고 최우선적인 과업이었다. 나중에 박정희식 개발독재를 비판하게 된 내가 그때만 해도 국민교육헌장을 줄줄 외우고 다녔던 것이다.

매사에 철두철미, 하나부터 열까지 전심전력, 어머니의 이런 모습을 뒤집어 보면 그만큼 극성이었다는 말도 된다. 자식들, 특히 내게 조금이라도 문제가 생기면 하늘이 무너질 것처럼 걱정을 했다. 자꾸 눈을 찌푸리는 아들을 보고 아버지가 나를 안과에 데리고 가서 시력검사를 받게 했는데 심한 근시 판정이 났다. 그날로 안경을 맞췄다. 안경 낀 아이가 희귀했던 시절에 국민학교 2학년 전체에서 내가 최초로 '안경잡이'가 된 것이다. 처음 안경을 끼고 어질어질한 발걸음으로 집에 들어서는 내 모습을 보고 어머니는 많이 울었다.

이 문제를 반드시 해결하고야 말겠다고 결심한 어머니가 수

소문해서 근시를 낮게 해준다는 무슨 치료사를 찾아냈다. 매일 방과하는 길에 '光明' 시력교정원에 들러 진료인지 훈련인지를 받았다. 육 개월짜리 등록을 하면 엄청나게 할인을 해준다고 해서, 할인해도 엄청나게 큰돈을 내고 반년 치 회원이 되었다. 색색으로 된 여러 겹의 태극무늬가 빙빙 도는 원판을 뚫어지게 노려보면서 회전 방향으로 안구를 함께 돌렸다. 한번은 시계 방향, 그다음은 반대 방향, 다시 시계 방향, 또다시…… 그리고 눈을 감고 암흑 속에서 양방향으로 안구를 회전하는 운동을 했다. 마지막으로 치료사가 눈 가장자리를 손으로 주물러주면 그것으로 세션이 끝났다. 어머니가 옆에 있던 첫날에는 원장님이 정성스레 마사지를 해주었고 그 뒤로는 죄다 보조원이 건성으로 주무르는 흉내만 냈다. 안경을 쓰지 말라고도 했다. 반년을 꼬박 다녔지만 시력이 좋아지는 것 같지 않았고, 칠판의 선생님 글씨는 여전히 보이지 않았다. 하도 안구를 많이 돌려서 평상시에도 자꾸 눈알을 굴리는 습관이 들어 학교생활과 사회생활에 약간 문제가 생겼다. 결국 아까운 돈과 시간만 날리고—솔직히 시간은 아깝지 않았다—다시 안경잡이로 복귀했는데 어머니의 실망이 이만저만 큰 게 아니었다.

어머니는 늘 "농부는 농사를, 학생은 공부를"이라고 강조하곤 했다. 학교에 다녀와 가방을 던져놓고 친구들과 어울려 나가려 하면 불호령이 떨어졌다, 숙제부터 하고 놀아야지. 숙제가 끝나면 또 다음 과제가 기다리고 있었다. 어릴 때부터 꽉 짜인 틀 안에서 자유가 희박한 리듬으로 길들여진 것이다. 경건하고 금욕적이고 희생하는 삶을 이상형으로 삼았던 어머니로부터 나는 수많은 감화와 커다란 억압을 동시에 받았다. 집 안에서 화투 같은 건 단 한 번도 본 적이 없었고, 바둑판도 나중에 남동생이 커서 자기 방에 들여놓은 게 처음이었다. 차라리 농부가 되면 좋겠다고 생각한 적도 있었다. 나는 스스로 행복하지 않다고 느끼면서도 쉬지 않고 일만 하는 것을 당연하게 생각하는 인간형이 되어버렸다. 지금도 나는 그날의 일을 당일에 마쳐야 한다는 강박에 사로잡혀 산다. 새벽 한시, 두시까지 이메일을 쓰고 있는 자신을 보면 기가 막힌다.

아이들이 부모 간섭을 싫어하는 건 동서고금의 진리다. 그런데 나는 그런 경향이 유독 심하다는 것을 뒤늦게 깨달았다. 어릴 때엔 어머니의 간섭이 성가시긴 해도 결국 나 잘되라고 그러는 거라고만 생각했고, 어머니의 기대에 미치지 못하는 나의 부족만 탓하곤 했다. 그러나 처음으로 집을 떠나 혼자 살게 되었을 때 나는 집이 그립지 않았고 외려 깊은 해방감을 느꼈다. 돌이켜 보면 어머니와의 관계에서 철저히 이중적인 그림자에 짓눌려 있었던 것 같다. 어머니의 무한한 헌신성을 우러러보는 자신과, 어머니로부터 탈출하고 싶어 하는 자신 사이에서 오랫동안 방황했다. 성격은 말할 것도 없고 대인관계나 진로 선택에서도 어머니의 의향이 절대적으로 작용했다. 어머니 얼굴을 떠올리기만 해도 긴장이 되었고 전화를 받지 않은 적도 많았다. 여동생이 말년의 어머니를 모셨는데 지하철 5호선 끄트머리까지 가서 뵐 때마다 날로 쪼그라드는 어머니 모습을 마주하면서 죄책감의 심연에 빠지곤 했다.

코로나가 시작되고 나서는 그나마 자주 가 뵙지도 못했다. 통화를 해도 어머니는 어눌한 말투로 알아듣기 힘든 옛날이야기를 두서없이 꺼냈다. 어머니의 요령부득한 독백과 내 복잡한 심정이 평행선을 달렸다. 어느 날 어머니의 기력이 갑자기 떨어졌다는 전갈이 왔다. 결국 코로나 양성 판정을 받고 코로나 전용 병원에 입원했다가 다시 요양병원으로 옮겨야 했다. 미리 예약을 하고 찾아가면 그때마다 코로나 검사를 하고 위생방호복을 덮어쓰고 집중치료실에서 어머니를 잠깐 볼 수 있을 뿐이었다. 대화는 고사하고 나의 방문을 아는지조차 가늠할 수 없는 상태였다. 병원에 갈 때마다 조마조마했다. 초겨울의 토요일 오후에 면회를 갔는데 어머니는 의식이 없이 가쁜 호흡만 몰아쉬고 있었다. 거친 숨소리에 너무 걱정이 되어 다리가 후들거렸다. 뭘 어떻게 해야 할지 머릿속이 텅 빈 것 같았다. 나도 모르게 어머니 귓가에 대고 "어머니, 큰아들 왔어요. 들리세요? 엄마 사랑해요"라고 속삭였다. 환갑이 지나서까지 마음속에서만 맴돌았던, 단 한 번도 해보지 못했던 말을 처음으로 입밖에 꺼냈다. 어머니의 앙상하고 따뜻한 손이 비닐장갑 낀 내 손을 꼭 잡는 걸 느꼈다. 다음 날 저녁, 병원에서 연락이 왔다. 택시를 타고 달려가 한 시간 전에 돌아가신 어머니의 손을 다시 잡았다. 앙상하지만 여전히 따뜻한 손이었다.

내 이름에 효도할 '효(孝)'가 들어가게 된 사연이 있다. 형이 있었는데 내가 태어나기 전에 백일해로 일찍 세상을 떴다. 끔찍했던 사라호 태풍 즈음의 일이다. 첫아이를 떠나보내고 가슴이 찢어졌던 어머니에게 둘째의 탄생이 어떤 의미였을지 굳이 설명할 필요가 없을 것이다. 이번에는 제발 일찍 죽지 말고 오래 살아서 부모에게 효도하라고 이름에 '효' 자를 넣었다고 한다. 그렇게 이름을 붙일 정도였으니 어머니가 나를 어떻게 길렀겠는가. 아들에 대한 노심초사가 어머니의 삶 자체였다.

"노미나 순트 오미나"라는 로마 격언이 있다. "이름이 전조다." 어떤 식으로 호명을 하면 현실이 그렇게 될 가능성이 높아진다. 엄청난 통찰이다. '네이밍의 마법'이라 해도 좋고, '자기 충족적 예언'이라 해도 좋겠다. 언어학에서는 어떤 명사나 형용사로 무엇을 묘사하는 순간, '유도성 잠재력'이 생긴다고 설명한다. 어떤 식으로 부르면 그 호칭에 강력한 흡인력이 형성된다는 뜻이리라. 호명이 현실을 규정한다. 내 이름에 '효' 자가 들어간 순간, 그렇게 살아야만 하는 운명이 된 것이다. 그런 부담이 나를 만들기도 하고 부수기도 했다.

동생들과 상의해 빈소를 차리지 않고 부고도 돌리지 않고 조용히 가족장으로 치렀다. 나중에 소식을 들은 친구들이 펄쩍 뛰었지만 그때는 어수선한 장례 절차보다 어머니에게 신경을 집중하고 싶었다. 벽제의 승화원에서 화장이 끝나기를 기다리고 있던 한 시간가량의 틈새가 참으로 고요하고 평화로웠다. 정말 오랜만에 형제들과 오순도순 어릴 적 이야기를 나눴다. 어머니는 한 줌 재가 되어 나무 상자에 담겨 나왔다. 파주의 아버지 묘소에 합장해드리기 위해 목함을 안고 장의차 앞자리에 탔다. 추운 날이었는데 가는 길 내내 뜨겁다 싶을 정도로 따뜻한 상자의 온기가 내 무릎을 감쌌다.

어머니는 장남인 내게 그렇게 기대가 컸지만 먼저 간 첫아들을 잊지 못했다. 아들 잃은 고통을 아들 잃은 성모 마리아의 심정에 투사하여 묵주기도에 그렇게 매달렸는지 모르겠다. 당신이 세상을 뜨면 큰아이 사진과 함께 묻어달라고 신신당부하길래 꼭 그렇게 해드리겠다고 약속했었다. 그런데 어머니가 세상 뜨고 급히 형의 사진을 찾았지만 어디에 뒀는지 찾을 수가 없었다. 한 달 뒤에야 사진이 나왔다. 겨울바람이 세차게 불던 사십구재 날, 묘소에 찾아가 형 사진을 태워 재를 봉분에 뿌렸다. 그 간단한 약속 하나 지켜드리지 못하다니, 가슴을 칠 노릇이었다. 적어도 내게는 이름이 전조가 되지 않았다.

사족. 몇 달 뒤 꿈속에서 어머니를 만났다. 고운 옷을 입은 어머니가 웃으면서 말했다. "피곤해서 좀 누워야겠다." 그다음부터는 더 이상 긴장하지 않고 평온하게 어머니를 회상한다. 집안에서 나이로 따지면 이제 내가 제일 높다. 나중에 수목장으로 묻히고 싶다, 이왕이면 은행나무 아래에.

반역은 번역 불가

늦은 밤, 잠옷 바람으로 책상 앞에 앉는다. 겨울에는 외투를 걸치고 양털 실내화를 꺼내 신는다. 어느 일본 학자가 '장소 안 도감(居場所感)'이라 부른, 편안함이 있는 나만의 공간이다. 왼쪽에는 원서를 한 페이지씩 확대 복사하여 올려놓은 독서대, 중간에는 노트북, 오른편에는 연갈색 음료가 가득 담긴 머그잔이 놓인다. 이건 보통 음료가 아니다. 시골 사는 친척이 보내준 매실액에다 삼십 도짜리 담금주를 섞어 만든 향토 칵테일이다. 컴퓨터를 켠다. 잔을 조금씩 홀짝이며 자판을 두드린다. 새벽 두시, 늦으면 세시까지 이어질 때도 있다. 오랫동안 거의 매일 이렇게 살았다. 번역 이야기다.

대학 교원들은 학내에서 크고 작은 보직을 맡는다. 신임 시절부터 어쩌다 야간대학원의 주임교수를 몇 년이나 하게 되었다. 낮에는 학부 강의, 저녁에는 대학원 강의와 행정을 하다 늦게 귀가했다. 몸이 피곤해도 정신적으로 약간 흥분상태가 남았는지 바로 잠이 오질 않았다. 그래서 궁여지책으로 낸 아이디어가 번역이었다. 그렇게 하다 보니 엄청난 분량이 쌓였다. 열 권이 넘게 두꺼운 책들이 나왔다.

그러다 보니 번역 많이 한다고 소문이 났다. 그것까지는 좋은데 공식적으로 나를 소개하면서 '무슨 무슨 책을 번역하신'이라는 말이 들렸다. 그때마다 '논문도 쓰고 저서도 많이 냈습니다'라고 속으로 투덜거렸다. 알다시피 학계에서 번역은 연구 업적으로 별로 쳐주지 않는다. 누군가는 이를 두고 '터무니없는 스노비즘'이라고 일갈하기도 했지만, 알아주지 않는 일을 계속하려면 일정한 수준의 둔감성 또는 공자님 수준의 초탈함이 있어야 한다. 둘 다 부귀영화와는 거리가 멀다.

어떤 책을 번역할 것인가. 사실 이게 어려운 문제다. 나는 이른바 고전에 속한 책을 번역한 적이 거의 없다. 솔직히 실력이 달려서다. 오래된 고전일수록 정확한 내용 파악이 어렵고 오늘날 독서 맥락을 감안해 옮기기가 쉽지 않다. 그 대신 시의성이 높고 현실 쟁점의 구도를 이론적으로 공정하게 짚어주면서도 비판성을 유지하는 동시대 책, 그러면서 교재로도 쓸 수 있는 도서를 선정 기준으로 삼았다.

반세계화 운동이 한창일 때『전지구적 변환』(창비, 2002)을 옮겼고, 진보-보수 논쟁이 심한 시절에는『진보와 보수의 12가지 이념』(후마니타스, 2010)을 번역했다. 민주주의에서 시민운동의 역할에 대해 관심이 높아지면서 『직접행동』(교양인, 2007)을, 과거사 청산에서 부인과 왜곡 문제가 터져 나왔을 때 『잔인한 국가 외면하는 대중』(창비, 2009)을 소개했다.

어떤 정치적 국면에서 전달하고 싶은 메시지를 염두에 뒀다고나 할까, 아무튼 그런 측면이 분명 있었다. 나 스스로 급진적 번역 문화의 세례를 받고 자란 세대에 속한다. 악명 높던 70년대, 80년대, 말로의 『희망』이나 프레이리의 『페다고지』 또는 파농의 『대지의 저주받은 이들』을 읽으면서 우리 현실에 비분강개하던 사람이 얼마나 많았던가.

답답한 상황에 처한 나라의 지식인들이 번역에 매달리는 경우가 종종 있다. 리투아니아 시인 토마스 벤클로바는 문필가로 공산 체제에서 살아가기가 얼마나 팍팍했는지를 고백한다. 발트 3국에 속한 리투아니아는 소련권 내에서 비교적 개방적이었지만 여전히 자유의 산소가 부족했던 모양이다.

소련 내 공화국들 중에서는 그루지아나 아르메니아가 양호한 편이었고, 우크라이나는 억압적이었다. 동유럽 국가들을 보면 폴란드는 그나마 형편이 나았지만 루마니아나 불가리아는 검열이 심했다. 심지어 러시아 내에서도 지역에 따라 차이가 났다. 레닌그라드는 분위기가 안 좋았던 반면 모스크바는 비교적 간섭이 적었다. 레닌그라드 시당에서 오 년 유형 판결을 받고 결국 나라를 떠나야 했던 시인 조지프 브로드스키는 모스크

바였다면 아마 문제가 안 되었을 거라고 한다.

지식인이 억압적인 시스템에 저항할 수 있는 유일한 방법은 절필하거나 잠수를 타는 것이었다. 체제에 반대하더라도 일반 노동자나 농민은 차라리 괜찮았다고 한다. 조용히 자기 일만 하면 '식탁 위의 빵, 부엌의 수돗물' 걱정은 안 해도 됐다. 하지만 지식인이나 문인으로 비참여를 선택하고 생계를 꾸리기란 여간 어렵지 않았다. 작가동맹에 가입하지 못하면 불이익이 한두 가지가 아니었다. 그래서 도서관의 사서 보조, 야간 경비, 기차 화부 같은 일을 하기도 했다. 그나마 번역은 자기 생각을 밝히지 않고 글을 다룰 수 있으므로 '찍힌' 작가가 조용히 선택할 만한 일이었다. 하지만 번역가로 활동해도 어떤 작품을 선정하느냐에 따라 작가동맹의 가입 여부가 결정되었다.

개인적으로 안나 아흐마토바, 보리스 파스테르나크 같은 문인과 친분이 있었던 벤클로바는 알음알음 인맥으로 보들레르, T. S. 엘리엇, W. H. 오든을 번역하며 입에 풀칠을 할 수 있었다. 스탕달이나 안데르센은 공식적으로 번역이 허용됐지만, 보르헤스나 키에르케고르는 터부시되었다고 한다.

나는 오랫동안 번역을 기능적인 행위로만 여겼다. 한 언어로 작성된 정보를 다른 언어로 '투명하게' 잘 전달하기만 하면 좋은 번역이라고 생각했다. 번역서를 많이 내면서 이런 생각이 굳어졌다. 번역이라는 말(translate)이 이쪽에서 저쪽으로 옮긴다는 뜻이니 고전적인 번역론을 표준으로 삼고 있었던 셈이다.

하지만 번역 관련한 이론을 조금 들여다보니 나의 번역관은 초짜 중의 초짜에 속한 수준이었다. 번역이라고 다 같은 번역이 아니다. 언어의 다차원성이라는 측면에서 번역의 난이도를 그려보면 이렇다. 한쪽에 1점짜리 '제품 사용설명서' 번역이 있다고 치자. 그 반대쪽에는 10점짜리 '문학작품' 번역이 있다. 그 사이에 다양한 언어적 차원의 텍스트 번역들이 존재한다. 내가 했던 사회과학서 번역은 7~8점 정도를 왔다 갔다 한 것 같다. 물론 사용설명서 번역도 무시하면 안 된다. 부업으로 비디오게임 설명서를 번역하는 희곡작가를 아는데 그게 유일한 생계 수단이라 했다.

번역할 때 제일 중요한 무기는 사전이다. 번역을 많이 하다 보니 어학사전, 사물사전, 전문용어사전, 백과사전 등 각종 사전을 갖추게 되었다. 한국에서 나온 사전 중에서 번역에 가장 참고가 될 만한 사전을 한 권만 추천한다면 장성언 교수의 『영어관용법 사전』을 들고 싶다. 1980년에 나왔는데—지금은 아마 절판됐을 거다—처음부터 끝까지 독서용으로 읽어도 좋을 만큼 독특하고 매력적인, 사전의 외양을 갖췄지만 고전이라 해도 무방한 책이다.

문제는 문학작품의 번역이다. 사회과학책 좀 번역해봤다고 문학 쪽도 번역하려고만 하면 못할 것도 없겠다고 생각한 적이 있었다. 원서와 역서를 대조하며 소설을 읽기도 했다. 제임스 조이스의 『더블린 사람들』과 『율리시스』, E. M. 포스터의 『인도로 가는 길』, 솔 벨로우의 『죽음보다 더한 실연』 등을 그렇게 읽었다.

그러나 알고 보니 시, 소설, 희곡 같은 작품 번역은 질적으로 전혀 다른 차원의 행위였다. 언어를 매개로 하는 예술 활동, 즉 문학은 번역이 도달할 수 있는 가장 높은 경지라 해도 과언이 아니다. 언어 예술 활동인 문학작품을 번역할 때 언어는 단순히 정보 전달의 수단이 아니라 내재적 가치를 지닌 목적 자체가 된다. 따라서 문학의 번역은 기능적 수행이 아니라 완전히 새로운 창작 활동으로 분류되어야 한다. 사회과학책 좀 번역해 봤다고 뛰어들 수 있는 영역이 전혀 아니었다. 그러니 요즘은 '번역'이 아니라 '번작(飜作, 트랜스-크리에이션)'이라는 장르로 대우해야 한다는 주장까지 나오는 형편이다.

어떤 언어와 문화를 깊게 이해하려면 외국어 구사만으로 해결할 수 없는 차원의 그 무엇이 있어야 한다. 좋은 예가 있다. 세상에서 영어와 가장 근접한 언어가 무엇일까. 네덜란드와 독일의 북쪽 해안 지방말인 '프리시언'이 언어학적으로 영어에 제일 가깝다. 그런데 그곳에 살았던 한 영어권 작가는 두 번 놀랐다고 한다. "한번은, 어쩌면 저렇게 영어를 자연스럽게 할 수 있나 싶어서. 또 한번은, 어쩌면 저렇게 영미 사회를 피상적으로밖에 알지 못하는가 싶어서." 가십거리와 저급한 대중문화의 조야함으로 가득 찬, 그러면서도 유창한 영어…… 귀를 막고 싶은 최악의 조합이 아닐 수 없다.

독일에서는 학생들에게 영어를 가르칠 때 영어 원어민을 고용하는 경우가 거의 없다. 영어를 잘하는 독일 교사가 가르친다. 자국 언어에 인식의 닻이 깊이 내려져 있는 상태에서 외국어를 배워야 잘 배울 수 있다는 이유에서다. 외국에서 보니 자녀들을 현지의 국제학교에 보내고 자부심을 느끼는 교민들이 간혹 있었다. "우리 아이는 집에선 한국어, 초등학교와 중학교에서 스페인어(또는 독일어), 국제학교에서 영어, 이렇게 3개 국어에 능통하다." 하지만 웬걸, 사정을 잘 아는 사람이 귀뜸을 해준다. 언어를 하나도 제대로 못하는 경우가 꽤 있단다. 바탕 언어가 부실하기 때문이다.

「번역을 반대함」이라는 글을 쓴 번역가가 있다. 브라질 작가 클라리스 리스펙토르를 영어권에 알리는 데 큰 역할을 한 벤자민 모저는 21세기의 영어권 문화가 비영어권의 문학작품을 소개하기에 적합하지 않은 풍토라고 신랄하게 꼬집는다. 아무리 수준 높은 문제작이라 해도 영어로 번역되면 현재 영어권에 퍼져있는 신자유주의적 물신성, 피상성, 일회성의 맥락에 그대로 흡수되어 문화적 장식물로 전락하기 쉽다는 말이다. 오늘날 영어는 세계화 덕분에 세계어로 등극하긴 했지만 언어의 품격이 떨어진 천박한 상업어로 전락했다는 진단이다.

자기 문화의 독특하고 깊이 있는 고유성이 없어진 상태에서 번역물이 마케팅 상품처럼 소비되어버리면 원작의 가치도 빛이 바래고, 수용하는 쪽의 문화 발전에도 도움이 안 된다. 아무리 좋은 씨라도 밭이 척박하면 열매의 풍미가 떨어지는 법이다. 모저는 번역을 하지 말자고 하는 게 아니다. 자국의 언어문화적 환경을 쇄신하는 일이 더 필요하고, 더 우선되어야 한다고 보는 것이다. 이런 측면에서 봤을 때 한국은 어떨까. 원작의 가치가 살아날 수 있는 풍토인가.

나라가 달라도 동일 언어로 소통이 되고, 그러면서도 각국의 문화적 컬러를 유지할 수 있는 언어권은 행복한 경우다. 코스타리카의 서점에서 보니 중남미 각국에서 출판된 책들이 '스페인 문학' 코너에 함께 전시되어 있었다. 아랍어권도 공용어가 통한다는 점에서 지성의 지평이 넓은 지역이다. 중동에서 회자되는 말도 있지 않은가. "카이로가 쓰면 베이루트가 내고 바그다드가 읽는다."

번역이론가 로렌스 베누티는 번역을 토착화와 이방화로 나누면서 문학작품 번역에는 이방성이 살아 있어야 한다고 했다. 그는 원작을 불변적 이데아를 담은 텍스트처럼 절대시하는 태도를 버려야 한다고 주장한다. 모든 커뮤니케이션에서 맥락적 해석이 중요하듯 문학작품을 옮길 때에도 번역자의 주관적

해석이 들어 있는 비판적 번역 작업이 필요하다는 거다. 번역자는 텍스트와 독자 사이에서 외국어를 자국어로 변환시켜주는 투명인간 구글 번역기가 아니다. 심지어 번역에는 '저항성'이 살아 있어야 한다고도 했다. 무슨 말인지 알 것 같은데 이런 '저항적' 번역의 사례로 어떤 작품이 있는지 궁금하다.

아무튼 요즘은 특히 문학작품의 번역자를 원저자와 거의 대등한 창작가로 우대하려는 움직임이 나타나고 있다. 번역의 사회학이라는 학문 주제도 등장했다. 원저의 성립 역사, 배경, 번역 과정을 추적하고, 번역가의 지적 여정을 탐구하며, 여러 번 번역된 작품에 대해 번역의 사회사적 계보를 추적한다. 이탈리아에 살면서 현지 작품을 영어로 번역해온 팀 파크스는 번역가를 창조적인 건축가에 비유한다. 피사의 사탑을 맨해튼 한복판에 옮겨 지었을 때 그것의 파격성, 이질성, 부조화가 생생하게 살아 있으면서도 시간이 지나면서 맨해튼의 일부로 자리 잡고 사랑받을 수 있는 건축물이 되어야 한다는 거다.

이 정도까지는 아니지만 번역자로서 능동성을 최대한 실험해봤던 경험이 있다. 덴버대학의 미셸린 이샤이 교수가 캘리포니아대학 출판부에서 『세계인권사상사』라는 대작을 냈는데 읽어보니 무척 좋은 책이었다. 한국에 꼭 필요한 책, 내가 꼭 번역해야겠다는 욕심이 들었다. 출판사를 섭외해서 저작권까지 확보했다. 곁에 매실주를 가득 부어놓고 외투를 뒤집어쓰고 당장 번역을 시작했다.

그런데 막상 일을 시작하니 처음 읽었을 때 지나쳤던 점들이 세세히 보였다. 오탈자, 팩트체크가 안 된 부분, 글 흐름에 맞지 않게 배치된 센텐스들, 중언부언하는 구절, 좀 더 설명이 들어가면 좋겠다 싶은 공백 지점들이 자꾸 눈에 밟혔다. 또한 결론부가 약간 미진하게 끝나기에 한국 독자들에게 보론 형태의 추가 글이 있으면 금상첨화일 것 같았다.

이샤이 교수에게 장문의 메일을 보냈다. 역작을 내신 것에 축하드린다, 좋은 책을 번역하게 되어 영광이다, 기대가 많이 된다, 결례인 줄 알면서 편지를 쓴다, 이러저러한 점들을 보완해주실 수 있겠는가, 좋은 책을 더 좋게 만들고 싶어서 드리는 요청이니 양해해달라, 한국 독자들에게 큰 선물이 될 것이다.

한참 동안 회신이 없었다. 혹시 기분이 상했나 걱정하던 차에 답장이 도착했다. 늦어서 미안하다, 요즘 몸이 안 좋아 정양 중이었다, 내 책을 꼼꼼하게 읽어줘서 고맙다, 캘리포니아대학 출판부에서 왜 이렇게 철저히 편집을 안 해줬는지 모르겠다, 제안한 대로 내용 수정을 하는 데 동의한다, 일단 번역을 시작하시라, 방학 때 보론을 써서 보내주겠다.

상당히 고마웠고 솔직히 감동을 받았다. 도량이 넓은 학자였다. 내가 저자였다면 그런 당돌한 요청을 선선히 받아줬을까 싶다. 오탈자를 가리고 원문을 수정하거나 보완하고 차례를 바꾼 부분을 일일이 보내 확인을 받았다. 수십 통의 메일이 오갔다. 거의 이 년간 작업을 해서 816페이지짜리 책이 나왔다. 번역판이 곧 개정판이었으므로 '한국어 개정판'이라고 표지에 넣었다. 저자에게 고맙다는 카드와 함께 책을 부쳤다. 이젠 더 이상 번역을 하지 않지만(나이는 못 속인다), 지금까지도 기억에 남는 작업이었다.

유엔이나 유럽연합, 기타 각종 국제기구에서 통번역 업무가 중요하다는 건 누구나 안다. 웬만한 국제기구에는 전문가들이 상근하는 통번역 부서가 있다. 그런데 국제 인권과 관련된 활동을 통해 전 세계 통번역의 의미와 범위가 넓어지고 깊어졌다는 사실을 기억해야 한다. 통번역 전문가 중에도 이 점을 아는 사람이 많은 것 같지 않다.

나는 1990년대 발칸반도에서 일어난 전쟁과 대규모 인권침해 사건 후 설치된 구유고슬라비아 국제전범재판소의 활동을 알아보다가 뜻밖에도 통번역과 인권이 아주 흥미로운 관계를 이룬다는 사실을 발견했다. 정형화된 텍스트 번역 또는 보통의 컨퍼런스 통역과는 많이 다른 유형의 통번역 문제가 국제 인권 법정에서 나타났고 연구되었다.

법정 전문통역사 제도는 다문화 국가인 미국에서 제일 먼저 시작됐다. 그런데 국제전범재판소를 운영해보니 보통의 (국내) 법정 전문 통번역을 뛰어넘는 문제가 발생했다. 우선, 법체계가 다른 전통에서 온 법률가들을 한곳에 모아놓았을 때 통번역이 순조롭게 되지 않았다. 발칸 현지에서는 대륙법의 전통을 따르는 반면, 국제재판소에서는 대륙법과 영미 보통법이 섞인 혼합형 시스템을 운용한다.

법체계가 다른 나라에서 온 증인이 내놓는 증언의 개념과 의미가 다른 경우가 많았다. 대륙법 체계에서는 진실을 밝히는 데 초점을 두는 심문형 재판을 주로 진행한다. 기록 증언에 많이 의존하고 판사의 개입이 큰 편이다. 반면, 영미 보통법 체계에서는 원고와 피고가 수 싸움을 벌이는 쟁론형 재판이 일반적이어서 양쪽 법률가들이 핵심을 찌르는 심문 기법을 통해 논리를 유리하게 끌어가는 게 중요하다.

그러니 말싸움을 잘해야 하는 보통법 재판에 익숙하지 않은 발칸 지역 법률가들은 증인 심문을 능숙하게 하지 못했다. 자기편 증인에게도, 상대편 증인에게도 정곡을 찌르는 질문 기술이 부족했다. 증언을 논리적으로 유도하는 데에도 서툴렀다. 이러니 증언을 통역하기도 쉽지 않았다. 심지어는 통번역가들이 법률가들을 위해 워크숍을 열어주기도 했다. 이렇게 질문하세요, 이런 식으로 논리를 전개하세요, 증인의 발언을 이렇게 요약하세요, 강조는 이렇게 하세요, 이런 용어는 보통법에서 이렇게 해석되니 주의하세요 등등.

여러 형태의 통번역 기법이 동원되어야 했다. 피고에게는 주로 동시통역을 제공했다. 증인의 증언은 순차통역으로 진행되었다. 법정에 제출된 증언록이나 편지나 출생증명서를 눈으로 읽고 즉시 말로 통역하는 시역(視譯)도 활용되었다. 통번역사들은 이 모든 것을 할 수 있어야 했다.

구유고슬라비아의 공용어는 세르비아-크로아티아어였다. 지역마다 발음이 약간 다르고 어휘에 차이가 있지만 거의 동일한 언어다. 그러나 전범을 처리하는 법정에서는 보스니아어(B), 크로아티아어(C), 세르비아어(S)를 굳이 나눠 각각 다른 통역사를 세웠다. 일종의 정치적 올바름에 입각한 통번역을 실시한 것이다. 그런데 국제적으로 BCS를 따로 구사하는 전문 인력이 적어 해당 통번역사를 구하기가 어려웠다. 그래서 재판에서는 BCS로 증언이 나오면 통역사가 일단 영어로 옮긴 후 그 영어 버전을 다시 프랑스어 또는 기타 주요 언어로 옮겼다. 영어가 원천어처럼 된 것이다.

통번역사들이 재판에서만 활동한 건 아니다. 체포된 용의자의 사전 인터뷰, 피고와 변호인의 만남에도 동석해야 했다. 검찰팀이 현장 조사를 위해 해외 출장을 나갈 때 동행하여 피해자와 증인을 비밀리에 만나고 증언을 채록하는 일에도 관여했다. 농부에서부터 교수까지 각계각층의 말을 통역해야 했다. 논리적인 사람, 감정적인 사람, 기억이 엇갈리는 사람, 수십 년(심지어 수백 년) 전의 일과 최근 사건을 섞어서 증언하는 사람의 말을 다 통역할 수 있어야 했다.

현지 통번역사를 쓸 것이냐도 민감한 문제였다. 보스니아의 피해자 앞에서 세르비아계 통역사가 나서면 보스니아 사람은 입을 다물기 일쑤였다. 피해자나 증인을 법정에 데리고 오는 것도 쉬운 일이 아니었다. 공항에서 픽업하여 숙소로 안내하고 재판 절차를 알려주고 각종 편의를 들어주고 심지어 추운 날씨에 맞춰 외투를 챙겨주는 일까지 통역이 필요했다.

'보스니아의 백정' 소리를 들었던 라트코 믈라디치 장군의 재판을 다룬 다큐가 있다. 세르비아군에 의해 남편과 아들을 잃은 중년의 시골 촌부가 헤이그까지 와서 증언을 했다. 불안을 달래주기 위해 통역사가 증인 대기실에서 말동무를 하면서 예상 질문에 대해 미리 설명을 해줬다. 검사의 질문을 증인이 통역으로 듣고 있는 동안 법정에는 숨소리조차 들리지 않았다. 헤드폰을 낀 채 눈가를 훔치는 그 침묵의 순간이 한없이 길게 느껴졌다. 그런데 장군 측 변호인의 심문—통역이 필요 없는—이 시작되자 증인의 태도가 일순간 달라졌다. 아주머니가 그의 말을 끊으며 분노를 터뜨리는 게 아닌가. "나를 바보 취급하지 마라!" 이렇게 정곡을 찌르는 웅변이 또 있을까.

인권침해를 다루는 통번역에서는 인권친화적 통번역 원칙을 지켜야 한다는 점도 중요하다. 가해자를 처벌하고 피해자를 구제한다는 대원칙이 있으므로 통번역도 단순한 메시지 번역이 아니라 실질적 결과가 나올 수 있는 실행성을 염두에 두고 번역을 해야 한다.

정확한 어휘 선택은 기본이다. 예를 들어, 보통 사람들이 생각하는 정의(justice)와 영미 보통법에서의 공정(fairness)은 많이 다른 개념이다. 후자는 주로 절차적 정의를 강조하기 때문이다. 이 둘을 섞어놓은 통번역은 자칫 큰 문제가 될 수 있다.

젠더 중립적인 용어를 선택하는 것도 중요하다. 남미에서 과거사 청산 문제를 다룰 때 드러난 사례가 있다. 영어에서 남녀를 불문하고 사용되는 '용의자(accused)'라는 단어는 흔히 스페인어로 '아쿠사도'라 번역되지만 이는 남성형이다. 여성형까지 포함해서 반드시 '아쿠사도/아쿠사다'로 번역해야 한다.

1948년 유엔에서 세계인권선언을 제정할 때부터 이런 문제가 불거졌다. 제1조 "모든 사람은 자유로운 존재로 태어나고……"의 초안은 'All men'으로 시작되었다. 그러나 인도의 한사 메타라는 여성 위원이 이의를 제기했다. "이게 무슨 망발이냐, 젠더 중립인 All human beings라고 표현하자." 많은 위원들이 반대했지만(외계어 같은 느낌이 든다는 이유로) 결국 메타의 의견이 승리했다. 만일 그렇게 결정되지 않았더라면 지금쯤 나는 젊은 학생들에게 세계인권선언을 가르치기가 어려웠을지도 모른다.

번역어로 선택한 용어가 법률적으로 정확한지도 조심해야

한다. 인권침해를 당하기 쉬운 취약 집단을 뜻하는 영어 단어 '벌너러블(vulnerable)'은, 세르비아어로 '우그로제니(당장 위험에 처한)' 또는 '오세트릴리(허약한)' 두 가지 의미로 번역이 가능하다. 어떤 어휘를 고르느냐에 따라 법적으로 다른 결과가 나온다.

가족이라는 말 '패밀리'도 문화권에 따라 다르게 해석된다. 패밀리를 친족 전체를 뜻하거나, 어떤 생계 부양자에 딸린 모든 식솔이라고 해석하는 비서구 문화권도 있다. 어떤 패밀리를 뜻하느냐에 따라 '가족생활을 영위할 권리'의 의미가 많이 달라진다.

인권의 통번역이 골치 아픈 일만은 아니다. 인권 의식이 확산되면서 새로운 개념과 용어, 새로운 인식과 관행이 생겨나기도 하기 때문이다. '불차별'이라는 인권 개념이 처음 나왔을 때 이것을 아주 낯설게 받아들인 문화권이 많았지만 지금은 세계 표준 개념으로 자리 잡았다. 이런 측면에서 보면 인권 사건을 다루는 통번역사들은 자유의 새로운 공간을 넓혀나가는 정의의 투사들이라 불러 마땅하다.

인권과 통번역을 소재로 다룬 문학작품이 나오면 좋겠다고 생각하고 있었는데 마침 그런 소설이 나왔다. 2021년에 발표된 케이티 키타무라의 『인티머시즈』가 그것이다. 제목으로 '친밀함'에다 복수형을 붙였으니 '친밀한 것들'이라고 해야 할지. 통역사가 주인공으로 등장한다. 요즘 사회적으로 통번역에 관심이 높아졌으니 이 책도 번역이 되면 좋겠다.

화자인 '나'는 국제형사재판소의 일 년 계약직 통역사로 고용되어 헤이그에 도착한다. 오래 병중에 있던 아버지가 뉴욕에서 세상을 떠나고 어머니는 싱가포르로 들어간 후의 일이다. 한 번도 이름이 등장하지 않는 '나'는 제1언어로 영어에다 부모에게 배운 일본어, 어릴 때 프랑스에서 배웠던 불어, 그리고 스페인어와 독일어까지 하는 다중언어 사용자다. 일본계 미국인으로 영국에서 활동하는 작가의 코즈모폴리턴 배경과 닮았다.

낯선 도시에서 자리를 잡아갈 무렵 '나'는 우연히 아드리안이라는 친절한 네덜란드 남자를 만나게 된다. "우리 사이에 규칙성이 생긴 것으로 미루어 그와 친밀한 관계가 되었음을 알 수 있었다." 그런데 파티장에서 우연히 만난 아드리안의 친구로부터 아드리안이 별거 중인 유부남이라는 뜻밖의 사실을 듣게 된다. 부인이 남친을 만나러 리스본에 잠깐 다녀오겠다고 떠났다가 돌아오지 않은 채 아이들까지 데리고 간 지 일 년이 넘었다는 것이다.

그렇지만 '나'는 스스로도 알 수 없는 어떤 이유 때문에 아드리안을 계속 만나고, 그의 권유로 그의 집에 들어가 살게 된다. '내' 아파트에는 간혹 옷을 챙기려고 들르는 정도다. 하루는 아드리안이 리스본에 다녀오겠다고 한다. "일주일 정도, 혹은 약간 더 걸릴 수도." 아내와의 관계를 정리하겠다는 인상을 받는다. 아드리안은 다녀올 동안 자기 집에 계속 있어주면 좋겠다고 열쇠까지 맡기고 떠난다. 처음에는 자주 연락을 주고받는다. 그런데 일주일이 지나고 이 주일이 지나도 그는 돌아오지 않는다. 한 달이 지나면서 아예 연락조차 안 된다. 문자를 보내도 기척이 없다. 자존심이 상한 '나'는 다시 '내' 아파트로 돌아온다.

그러는 동안 국제형사재판소에서의 일은 계속된다. 대규모 인권유린 사건의 통번역은 한마디에 따라 수천 명의 운명이 좌우된다. 부스에서 통역사가 바뀌면 증인의 신뢰도에 편차가 생기고 그것이 재판 결과에 영향을 줄 수도 있다. 그만큼 안정적인 통역사의 역할이 크다. 통역의 차이로 증인의 신뢰도에 '금'이 가기 시작하면 증언의 신뢰성에 '틈'이 벌어지고 급기야 증인이 거짓말쟁이로 몰릴 수도 있다.

인권유린 사건의 용의자로 재판정에 선 피고들은 굉장히 개성이 강한 인간들이다. "큰 무대에서 주로 자기 목소리를 들었던" 유형들이다. 과시적이면서 자기연민에 빠져 있고 수사와 유머와 아이러니까지 섞어 장광설을 펴곤 한다. 이런 발언을 옮길 때엔 "이 말은 액면 그대로의 뜻이 아닙니다"라는 부연 설명을 붙여야 한다. 그런데 통역사에게 제일 큰 어려움은 피해자가 겪은 이루 말할 수 없는 내밀한 고통의 실상을 대중 앞에서 '전시'하듯 까발려야 한다는 점이다. 그것도 매일같이.

함께 일하는 동료 아미나는 헤이그 법정으로 이송되어 온 아프리카 어느 나라의 국가원수에게 압도당했다고 말한다. 젊고 잘생기고 당당한 이 독재자는 법정에서 결코 기가 죽는 법이 없다. 자기 말의 프랑스어 통역을 체크하고 마음에 들지 않으면 통역 부스 쪽을 지긋이 응시하기도 한다. 독재자의 레이저 광선을 맞으면 아미나의 어투가 약간 흔들린다. 독재자는 통역사를 심리적으로 눌렀음을 즐기는 듯 아미나 쪽을 바라보면서 느긋한 표정을 짓는다. 이런 일을 겪고 나면 다음번에는 자기도 모르게 독재자의 입장에서 발언하는 식으로 통역의 톤이 달라지곤 한다. 이 독재자가 단순한 권력자가 아니라 카리스마적 권위를 지닌 문제적 인물임을 인정하지 않을 수 없다. 아미나는 생전 처음으로 순수한 '악'을 본 것 같았다고 고백한다.

통역사는 발언자의 말을 실시간으로 옮기느라 바빠서 스스로 통역한 내용의 깊은 의미를 알아차리지 못할 때가 있다. 끔찍한 내용, 변명, 새빨간 거짓말, 절반의 거짓말, 교활한 전가 등을 통역할 때에는 자기도 모르게 눈살을 찌푸리거나 힐난조의 어투가 나오기도 한다. 피고 측 변호인은 통역사의 그런 점을 이용한다. 국제 인권재판은 법정에서의 대결만큼이나 여론에서의 대결도 중요하다. 언론이 어떻게 보도하고 세계 여론이 어떻게 받아들이는지가 재판의 결과에 영향을 주기 마련이다.

변호인은 의뢰인의 발언 중 어느 부분에서 통역사의 톤이 달라지는지를 모니터해서 그것으로 여론의 반응을 미리 짐작한다. 그것을 통해 앞으로는 문제될 만한 발언이나 표현을 바꾸도록 피고에게 코치한다.

거물급 피고를 몇 달씩 통역하다 보면 둘 사이에 '일종의' 친밀한 관계가 형성된다. 내밀한 이야기를 귓가에 속삭이듯 옮기다 보면 금단의 영역에 함께 들어와 있는 것 같은 느낌을 갖게 된다. 등교하는 길에 동네 친구 서른두 명이 반군에 의해 살해된 것을 목격했던 증인이 법정에 출두한다. 소름 끼치는 증언이 아주 긴박하고 세세하게 이루어진다. 이 증언을 계기로 독재자와 잠시나마 가까워졌던 '나'는 다시금 독재자에 대해 분노를 느낀다. 그러나 몇 달을 끌었던 재판에서 결국 독재자는 증거 부족으로 석방된다. 그는 법정을 떠나면서 '나'에게 마치 '너 내게 실망했지?'라는 듯한 표정을 던진다. 끝까지 침착하고 평정을 잃지 않는 독재자. 최선을 다해 독재자의 악행을 통역했는데도 '악'의 대명사는 이렇게 자유의 몸으로 풀려난다. 허탈해진 '나'는 흔들린다.

어느 날 부서의 팀장이 '나'를 점심에 초대하여 정규직으로 승진시키겠다는 소식을 전한다. 무표정한 '내' 반응에 놀란 팀장이 기쁘지 않으냐고 묻는다. '나'는 며칠 생각해보겠다고 하지만 결국 그 제안을 거절한다. 그 무렵 아드리안이 다시 나타난다. 이때쯤 되어 '친밀한 것들'이라는 제목의 의미가 어렴풋이 드러나는 것 같다. 애인, 피해자, 가해자…… 그들과는 아무리 '친밀한' 관계가 생겨도 끝내 알 수 없고, 이해할 수 없고, 해석할 수 없고, 번역할 수 없는 삶의 블랙박스가 남는다는 뜻이 아닌가 싶다.

내게도 번역이 삶의 일부였던 시절이 있었다. 유학하는 동안 국제 인권단체에서 조사 업무를 도왔다. 한국의 인권 관련 자료를 정리하고 취사해서 번역하는 일을 했다. 한국에서 온 신문, 잡지, 단체의 보고서와 성명서를 읽고 중요한 인권 관련 정보를 골라 영문으로 옮기고 색인을 만들었다. 역사적 배경이나 맥락적 설명을 함께 넣어야 하는 일이어서 만만치 않은 작업이었다. 주중에 자료를 읽고 주말에 몰아서 번역을 했다.

덕분에 외국에서 한국 상황을 소상히 파악할 수 있었다. 인터넷이 없던 시절이니 우편으로 막 도착한 따끈따끈한 국내 언론을 제일 먼저 접하는 것은 상당한 특권에 속했다. 그런 업무를 오래 하다 보니 한 번도 못 만났지만 친근하게 느껴지는 인물들이 생겼다. 세상의 명망과는 거리가 먼, 진실하고 용기 있는 작은 사람들의 사연을 많이 만났다. 자기 이름을 내지 않고 역사의 고임돌 역할을 묵묵히 하는 사람들에게 어찌 존경의 마음을 품지 않을 수 있으랴.

어려운 점도 적지 않았다. 조사팀에서는 육하원칙에 따른 건

조한 팩트를 자세히 알고 싶어 했지만 수사적 표현이 많은 문장을 번역하기란 어려웠고, 자료정리에도 도움이 안 되었다. '도도한 역사의 흐름', '사필귀정', '천인공노'와 같은 표현을 대할 때의 그 아득함이라니. 인권유린 피해자들의 억울함, 원한, 분노, 잃어버린 삶에 대한 비통함, 풍비박산이 난 가족과 집안, 이런 저변의 사정과 감정을 정확히 옮기는 건 더 어려웠다. 그때만큼 무력감을 느낀 적도 없었다.

언어 소통 문제가 가장 극적으로 드러난 곳이 나치의 강제수용소였다. 유럽 각국에서 온 다국적 수인들이 수용되어 있었기 때문이다. 수용소에는 흔히 삼사십 나라 출신이 섞여 있었는데 그 안에서도 언어에 따른 서열이 있었다. 독일어 사용자가 제일 위에 있었고, 벨기에 북부 플랜더스에서 쓰이는 네덜란드어, 벨기에 남부 왈로니아어, 우크라이나, 폴란드, 이탈리아, 동유럽 언어 순이었다.

이런 상황에서 커뮤니케이션을 어떻게 해결했을까. 세 가지 방법이 동원되었다. 우선 독일군의 언어를 한시라도 빨리 배우는 방법이 있었다. 프리모 레비에 따르면 강제수용소에 도착한 후 10~15일 내에 사망한 사람들은(가스실 처형을 제외하고) 흔히 기근이나 혹한이나 질병 탓에 죽었다고 생각하지만 사실은 독일 간수의 말을 못 알아들어서, 즉 정보 부족 때문에 죽게 되었다는 것이다. 살기 위해 독일어 단어를 필사적으로 외워야 했다.

　두번째로는 수용소 내에서 새로운 언어가 만들어지는 경우가 있었다. 독일어, 폴란드어, 유대인들의 이디시어, 헝가리어, 실레지아 방언 등을 섞어서 만든 의사소통용 언어를 '수용소어(라거스파라차)'라고 했다. 노예무역으로 끌려온 아프리카인들이 주인의 말과 자기 부족의 말을 섞어 크리올 언어를 발전시킨 것과 비슷하다. 그러나 수용소어는 임시방편의 단기 생존어에 불과했다. 얼마 못 가 죽을 사람들이 크리올 수준으로 언어를 발전시킬 틈이 없었기 때문이다.

　마지막으로, 임시 '통역사'를 쓰는 방법이 있었다. 수인들 중에서 독일말을 하는 사람을 즉석에서 뽑아 일을 맡겼다. 이들에게는 노동 면제나 부식 제공 등 약간의 특전이 주어졌다. 임시 통역사 중에는 자기 지위를 이용해 수인을 괴롭힌 사람도 있었지만 동료 수인의 편의를 봐준 사람도 많았다. 수인들에게 유리하게끔 통역을 하거나, 수인번호를 독일어로 잘 복창할 수 있도록 연습을 시켜주기도 했다. 매일 아침저녁 점호시간의 생존을 가르는 문제였다.

　그런데 이들 수용소 통역사들에게 가장 어려운 점은 폭력적이고 모순적인 현실 그 자체였다. 말이 말로 성립될 수 없는 상황에서의 언어는 옮기기도 어렵지만, 애당초 옮길 수 없는 성질의 것이기도 했다. 예컨대, "문이 열리면 저것들을 몽땅 꺼내 빨리 태워버려라, 설탕 가루가 조금이라도 날리면 다 돼지는 줄 알아라, 물청소 똑바로 하고, 다음 손님 받을 준비를 후딱 해라, 알겠냐, 이 벌레 같은 ××들아." 이런 말을 도대체 무슨 수로 '정확히' 옮길 수 있단 말인가.

전쟁이 끝나고 수용소에서 통역사로 일했던 사람들을 인터뷰한 연구가 이루어졌다. 생생한 증언이 많이 나왔다. 수인들을 처형실에 몰아넣고 가스를 주입하면 살려달라고 외치는 고통의 울부짖음이 다국적어로 터져나왔다. 그 단말마의 절규를 듣기 불편해했던 나치 간수들은 가스실 앞에 거위 떼를 풀어놓도록 명령했다. 새들이 날개를 퍼덕거리고 꽥꽥거리며 지어내는 소란스런 소음으로 수인들의 마지막 비명을 덮었다는 것이다.

이런 상황을 도대체 어떻게 받아들일 수 있을까. 학문적으로 도저히 분석을 못하겠다. 그저 이렇게 짐작해본다. 순수한 '악'과 '악에 의한 고통'은 언어 너머에 존재하는 어떤 심연의 불가해한 상태로 볼 수밖에 없다는 것, 그런 일은 언어의 그릇에 도저히 담길 수 없다는 것, 이해할 수도 없다는 것, 인간성에 대한 반역을 번역하기란 더더욱 불가능하다는 것. 이것이 내 평생 인권 공부의 쓸쓸한 결론이다.

땅끝에서 올리브 열매를 먹다

코로나 사태가 나고 처음 몇 달 동안 많이 힘들었다. 비대면 강의, 인간관계의 단절, 확진자를 추적하는 여론의 광풍, 그런 분위기에 부화뇌동하는 나 자신…… 이러다 정말 세상이 어떻게 될지도 모르겠다는 불안이 엄습했다. 『탄소 사회의 종말』(21세기북스, 2020)을 집필하면서 기후 위기와 신종 감염병 이야기를 하고 있던 터라 더욱 그랬는지도 모르겠다. 낮에 줌으로 수업하고 종일 골방에 틀어박혀 지내다 저녁때 집 근처 언덕길을 한 시간씩 걸었다. 거의 하루도 빠지지 않고 걸었던 거리를 연말에 계산해보니 일 년 통틀어 얼추 1,500킬로미터가 나왔다. 서울에서 블라디보스톡까지 걸어갔다 걸어온 셈이다. 그렇게 시간을 보내던 중 에트가르 케레트라는 이스라엘 작가가 쓴 「땅끝에서 올리브 열매를 먹다」라는 에세이를 읽었다. 아르헨티나에서 코로나를 겪으며 쓴 산문이다. 이 짧은 글에서 형언할 수 없는 위안이랄까, 평정심을 얻었다. 제시카 코언이 히브리어에서 영역한 것을 우리말로 옮겨서 가까운 지인들에게 돌렸는데 별 반응이 없었다. 묵히기 아까워 소개한다.

*

세상이 끝나려 하는데 나는 올리브를 먹고 있다. 원래는 피자를 만들어 먹을 요량이었다. 하지만 마트에 들어가 텅 빈 선반을 둘러보는 순간 피자 반죽과 토마토소스는 잊어야겠다는 생각이 들었다. 입구에 있는 소품 구매 줄의 계산대 할머니를 보니 누군가에게 스페인 말로 휴대폰 통화를 하고 있었다. 표정이 거의 울상이다. 할머니는 나를 쳐다보지도 않은 채 한마디 했다. "사람들이 싹쓸이해 갔어요." 혼잣말처럼 들렸다. "생리대하고 피클만 남았네요." 병조림 코너에 가보니 피망을 채운 올리브 열매가 딱 한 병 남아 있었다. 내가 제일 좋아하는 종류다.

계산대로 돌아오니 할머니가 울고 있었다. "따끈따끈한 빵덩이 같은 아인데"라고 한다. "얼마나 귀여운지 몰라요, 우리 손주 녀석. 다신 못 만나겠지요, 다신 냄새도 못 맡을 거고. 다시는 안아보지도 못하겠네, 아이구." 할머니의 하소연을 들으며 나는 말없이 올리브 병을 계산대 벨트 위에 올려놓고 주머니에서 오십 페소를 꺼냈다. 할머니는 돈 받을 생각이 없어 보였다.

나는 말했다. "괜찮아요, 잔돈 안 주셔도 돼요."

"돈?" 할머니가 훌쩍거리며 말을 이었다. "세상이 곧 망할 텐데 그깐 걸 받으면 뭐 해요, 뭣에 쓰려고?" 나는 어깨를 으쓱할 수밖에. "이 올리브가 정말 필요해요. 만일 오십 페소로 부족하면 얼마든지 더 드릴⋯⋯"

"허그." 눈물이 그렁그렁한 할머니가 내 말을 끊더니 두 팔을 벌렸다. "허그 한번만 해주면 안 될까요?"

이제 나는 집으로 돌아와 베란다에 앉아 텔레비전을 보면서 치즈와 올리브를 먹고 있다. 베란다로 텔레비전을 들고 나오기가 쉽진 않았지만 정말 세상이 끝난다면 별이 빛나는 밤하늘, 아르헨티나 연속극을 보며 종말을 맞는 것보다 더 좋은 방법이 또 있으랴. 드라마는 436회분이고 내가 아는 작중인물은 아무도 없다. 모두가 아름답고 모두가 감정에 북받쳐 있고 모두가 스페인 말로 서로에게 소리를 지른다. 자막이 없어서 왜 서로 고함을 질러대는지 도통 알 수가 없다. 나는 눈을 감고 마트의 할머니를 다시 생각한다. 우리가 허깅을 했을 때 나는 작아지려고 애썼고, 내 보통 체온보다 더 따뜻했으면 싶었고, 갓 태어난 애 같은 냄새가 났으면 하고 바랐다.

간이역의 천사들

시간이 지나도 계속 떠오르는 기억이 있다. 그중에서도 특히 잊지 못할 기억이 더러 있다. 죽다 살았다고 하면 과장이지만 아무튼 그 정도로 간절하게 구원의 동아줄을 기다리던 추억이 있다고 해두자. 밴버리에 돌아가지 못해 고생했던 이야기다. 밴버리가 어딘가. 약간의 설명이 필요하다.

가족이 있는 유학생에겐 집을 구하는 문제가 중요하다. 학교에서 가족기숙사를 배정해줄 때까지 개인적으로 주택을 구해 살아야 할 시기가 있었다. 여러 곳에 집을 보러 다녔다. "밴버리가 어떨까요?" 아침 식사 자리에서 여관 주인에게 물었다. 전날 다녀왔다고 하자 주인아저씨가 껄껄 웃으며 되묻는다. "거기 아직도 감자를 팔고 있던가?"

알고 보니 옥스퍼드셔에서 유서 깊은 시골장이 서는 타운이었다. 그 한마디에, 감자라는 말에 망설이지 않고 밴버리로 정해버렸다. 내가 감자튀김 좋아하는 걸 어찌 아셨나. 괜찮은 시설에 월세가 착한 것도 장점이었다. 단, 학교에서 거리가 약간 멀다는 것은 감수해야 했다.

밴버리는 옥스퍼드시에서 북쪽으로 삼십칠 킬로쯤 떨어진 곳에 있다. 한 시간에 두세 대 있는 교외선 열차를 타면 삼십 분, 걷는 것까지 다 합해서 한 시간 정도면 통학할 수 있었다. 밴버리는 작고 아기자기한 아주 전형적인 면소재지급 타운이었다. 정말 인근의 농민들이 감자를 실어와 팔고 있었다, 그 자리에서 육백 년이나 장이 섰다고 한다.

보통의 영국인들에게 밴버리 하면 아마 열에 아홉은 '밴버리 크로스'를 떠올릴 것이다. 타운 입구에 있는 석탑의 명칭이다. 그 이름을 딴 노래가 유명하다. 우리로 치면 「산토끼」 같은 곡조다. 밴버리가 어디에 있는지 몰라도 이 곡은 누구나 다 아는 국민 동요. 아이들 노래답게 별 뜻도 없으면서(적어도 내 귀에는 그렇게 들린다) 한번 들으면 이상하게 중독성이 생기는 가락이다.

목마를 타고 밴버리 크로스로
백마를 탄 귀부인을 보러 가네
손가락엔 금반지 발가락엔 딸랑종
여기 가도 한 곡조— 저기 가도 한 곡조—

밴버리에 유명한 게 또 있다. 걸리버의 묘지다. 걸리버는 소설 주인공인데 무슨 묘지란 말인가. 조너선 스위프트는 1726년에 낸 『걸리버 여행기』의 초판 서문에서 걸리버라는 이름의 연유를 이렇게 밝힌다. "나는 밴버리 교회의 경내 묘지에서 걸리버 가문의 이름이 적힌 묘비를 여러 개 보았다." 바로 이곳에서 갑자기 소설의 아이디어가 떠오른 것이다.

밴버리 교회 마당에는 아주 오래된 묘소들이 남아 있었다. 걸리버 묘비는 더 이상 찾을 수 없지만 스위프트의 서문이 적힌 표지석이 그 자리에 서 있다. 학교 갔다 오는 길, 또는 주말 산책길에 차 한 잔을 들고 그 근처에 앉아 내 인생이 걸리버처럼 난파하지 않도록 묘수를 짜내곤 했다.

동네 사람들은 순박하고 친절했다. 한번은 장터 근처의 이발소에서 내 차례를 기다리고 있는데 옆에 있던 노인이 어디서 왔느냐고 묻는다. 남한이라고 하니 갑자기 목소리에 힘이 들어가면서 자기가 한국전쟁에 참전했던 역전의 용사라 한다. 일본에 주둔했던 영연방점령군에 소속돼 있다가 6·25가 나고 1950년 8월 말에 부산으로 해서 한국에 들어왔다고 하면서 북진하며 지났던 지명들을 주욱 읊는 게 아닌가. 내 차례가 되어 일어서면서 전쟁에 대해 지금까지 제일 강하게 남아 있는 인상이 뭔지 물어보았다. 전투, 참혹, 전우…… 이런 말이 나올 줄 알았는데 뜻밖에도 "오우, 댐 콜드!"라 한다. 얼마나 심했으면 수십 년이 지나도 추위만 생각난단 말인가.

그 후 다시 이발소를 찾았는데 그날따라 이발사가 가위질을 하면서 계속 명랑하게 이야기를 한다. 나더러 들으라는 얘긴지 스스로 심심하지 말라고 하는 얘긴지, 아무튼 끊이지 않는 한 방향의 발화다. 너무 가만히 있으면 결례다 싶어 머릿속에서 한참 작문을 하여 정중하고 복잡하고 내가 생각해도 좀 길다 싶은 문장 하나를 던졌다. "이발업에 오래 종사해오신 전문가로서 지금까지의 활동 경험에 비추어 보아 어떤 잠정적 결론 혹은 일종의 이발 철학이랄까, 다시 말해 두발을 통해 깨달은 삶의 교훈, 이런 걸 터득하신 게 있으시다면 제게 좀 공유해주시면 대단히 감사하겠습니다." 말 떨어지기 무섭게 대답이 돌아왔다. "결국 인생은 둘 중 하나라, 흰머리 아니면 대머리지."

나는 이 말이 두발에 관한 한 최고의 명제라고 생각해왔는데 요즘 내겐 두 가지가 동시에 나타나는—머리가 세면서 급속도로 빠지는—일종의 제3의 두발 현상이 불가역적으로 진행되고 있다. 이런 일을 계속 겪으면 인생무상을 뼈저리게 느낄 것 같다. 최근 동네 이발소에 갔더니 같이 늙어가는 이발사가 진심을 담은 목소리로 한마디 했다. "정말 미안합니다. 제대로 관리를 못해드린 것 같아요. 머리가 이렇게 되시다니……"

이야기를 다시 제자리로 돌리자. 하루는 도서관에서 밤늦게까지 앉아 있다 역으로 나가 매일 타는 플랫폼에서 마지막 열차에 올랐다. 늦가을 늦은 밤, 쌀쌀하지만 맑은 날씨, 차창 바깥은 불빛 하나 없는 어둠. 좌석에 파묻혀 눈을 감고 있는 승객들. 그런데 시간이 지날수록 아무래도 느낌이 낯설었다. 열차는 쉬지 않고 달리는데 내게 익숙한 중간 역들이 나오지 않았다. 혹시나 싶어 옆 사람에게 물어보니 치핑노튼행 열차라 한다. 처음 들어보는 지명, 금시초문의 행선지로 향하는 심야의 막차, 이럴 수가.

당황한 마음에 가방을 들고 문 앞에 서 있다가 다음 역에 열차가 서자마자 무조건 내렸다. 더 멀리 가기 전에 조금이라도 가까운 곳에서 내려야 한다는 생각밖에 없었다. 가장 합리적인 선택 같았지만 정반대의 선택이 되고 말았다.

열차가 떠난 후 주변을 살펴보니 사방이 허허벌판이었다. 승객도 직원도 없고 지붕만 달랑 얹혀 있는 미니 역사, 그리고 가로등이 전부였다. 가로등 불빛 너머로 텅 빈 주차장 공간이 보였다. 팻말에 적힌 역명은 찰버리, 시골 간이역이었다(나중에 구글지도를 찾아보니 그새 복선화가 되고 역사도 제대로 갖춘 꽤 규모 있는 역으로 변해 있었다).

낭패감이 밀려온다. 사방에서 초나라 노래가 들리지 않는 게 그나마 다행이다. 침착해야지, 호랑이한테 물려가도……를 다짐하며 다시 둘러보니 가로등 옆에 공중전화가 있었다. 죽으란 법은 없구나 하면서 주머니에 손을 넣었다. 그런데 동전이 잡히지 않는다. 분명 있어야 할 잔돈이 하나도 없다.

그제서야 낮에 커피 한잔 사 마시면서 동전을 1펜스까지 탈탈 털었던 기억이 났다. 난감하고 난감하다. 어떻게 할까 망설이는데 얼마 전 텔레비전 드라마에서 주인공이 긴급 전화번호 999를 눌러 개인 일을 상의하던 광경이 갑자기 떠올랐다.

망설이지 않고 999를 눌렀다. 어차피 다른 방법이 없었다. 나이 지긋하고 안정감 있는 목소리의 아주머니가 나왔다. "무엇을 도와드릴까요?" 마음이 급한 상태에선 말이 조리 있게 나오기 어려운 법이다. 외국어라면 더욱 그렇다. 게다가 요점부터 말하지 않고 서론을 길게 늘어놓는 미괄식 화법이 도졌다.

대략 다음과 같이 보고했던 것 같다. 노스가 아니라 사우스코리아 출신, 영국에 언제 왔는지, 전공과 학위 과정, 가족 상황과 아이의 나이 및 특징, 내 이름, 기숙사가 나올 때까지 밴버리에서 잠시 살게 된 사정, 예고 없이 막차 행선지가 바뀌는 영국 열차 시스템의 문제점 등.

참을성 있게 듣고 있던 상담원이 조용히 묻는다. "그런데 문제가 무엇입니까?" 앗, 정신을 차리고 문제를 설명했다. "현재 찰버리역에 유기되어 있습니다. 제가 이곳에서 빠져나올 수 있게 구조대를 보내주시면 감사하겠습니다. 필요한 경비는 나중에 부담하겠습니다." 낮에 차 한잔하느라 동전이 떨어져 미안하다는 말도 덧붙였다.

끝까지 내 이야기를 듣고 나서 상담원은 진지한 어투로 구조대를 보내기보다 인근의 콜택시를 이용하는 편이 낫겠다고 충고한다. 듣고 보니 백번 옳은 소리다. 구조대가 오면 강제로 앰뷸런스에 태울 수도 있고 자칫 지역방송에 나올 수도 있으니 그런 망신을 어찌 감당할 것인가. 택시회사를 연결시켜줄 터이니 끊지 말고 기다리라고 몇 번이나 당부한다. 그녀의 인내심과 현실적인 도움에 깊이 감동받았다.

신호음이 울린 후 택시회사에 연결이 되자 무슨 소리가 들리는 것 같다. 헬로우 하고 말을 거니 녹음된 내용이 흘러나오는 게 아닌가. 회사가 아니라 개인택시 같았다. "아무개 콜택시입니다. 전화 주셔서 감사합니다. 지금 외부 출장 중이오니 메시지를 남기세요. 삐—" 그 시절엔 휴대폰이 없었으니 자동 연결도 되지 않았다.

청천벽력이다. 어찌 내게 이런 불운이 계속되는가. 어쨌든 메시지를 남겨야만 했다. 본론만 말하기로 작심하고 간결, 정확, 요점 중심으로 서비스를 청하는 메시지를 녹음했다. 찰버리역 허허벌판에 홀로 버려졌다, 밴버리에 가야 한다, 늦어도 좋으니 꼭 와주세요, 장난이 아닙니다, 실제상황입니다, 사람의 운명이 걸린 문젭니다. 끊기 전에 한 번 더 호소했다. 아저씨, 기사님, 사장님, 기다리겠습니다, 꼭 좀 와주세요!

그러곤 기다렸다. 가로등 아래 쪼그리고 앉아 한기와 허기

속에서 벌판 멀리 지나가는 자동차 불빛을 바라보며 하염없이 기다렸다. 기다림보다도 불확실한 상황이 더 힘들었다. 영문 모르고 걱정하고 있을 식구들을 생각하니 속이 탔다. 비가 오지 않아서 그나마 다행이었다.

새벽 두시가 훨씬 넘었는데 작은 불빛 두 개가 얼핏 보이는가 싶더니 점점 커지면서 가까이 다가온다. 택시였다. 꿈인가 싶을 정도로 반가웠다. 중년의 기사였다. 장거리 출장 나갔다 늦게 돌아와 자기 전에 메시지를 듣고 달려왔다는 것이다. 피곤하기도 하고 장난 전화인가 싶기도 했지만 그래도 왔다고 한다. 이 시간에 어떻게 다시 나올 생각을 하셨느냐 물으니 고객 전화를 함부로 무시하지 않는 게 당연하지 않은가, 라고 했다. 알고 보니 찰버리는 밴버리에서 남서쪽으로 이십사 킬로쯤 떨어진 곳에 있었다.

침묵을 지키고 있는 내게 기사가 영국의 철도에 대해 설명을 해주었다. 대처의 민영화 정책으로 직원이 상주하던 정식 역이 간이역으로 강등된 경우가 많다고 한다. 시스템을 운영하는 주체가 여러 갈래로 쪼개지면서 열차 시간이나 노선이 복잡해졌다고도 한다. 나처럼 열차를 잘못 탄 경우가 종종 있는 모양이다.

오래전 일본 황태자가 옥스퍼드에 와 있을 때 황태자 비서의 계약 운전기사로 일했다는 얘기도 했다. 그 비서가 밴버리에 살았기 때문에 매일 출퇴근 운전 서비스를 제공했다는 것이다. 그래서 동양의 귀족에 대해 약간의 조예가 있다는 자랑도 했다. 일본의 황태자까지 논할 기력도 의향도 없었지만 기사의 성의라 생각하고 잠자코 듣고 있었다.

마침내 밴버리 집에 도착. 기사에게 수표를 끊어주면서 몇 번이나 고맙다는 인사를 했다. 택시를 배웅하고 집에 들어가며 하늘을 올려다보았다. 별빛이 초롱초롱했다. 여름이 아닌 철에 영국에서 밤하늘 별 보기란 정말이지 별 보기보다 어려운데 말이다. 피로감과 안도감이 동시에 밀려왔다.

어젯밤 일처럼 생생하다. 어찌 잊을 수 있으랴. 버벅거리는 말로 황당한 요청을 하는, 이름도 성도 모르는 외국인을 성의 껏 응대해주던, 그리하여 그가 이역만리 간이역을 떠도는 원귀가 되지 않도록 도와준 고마운 사람들.

나사의 천체망원경으로 찍었다는 '샤프리스 2-106 성운'의 사진을 본 적이 있다. 양 날개를 펼친 천사처럼 생긴 놀라운 은하였다. 샤갈의 「야곱의 꿈」에 나오는 천사와 많이 닮았다. 그날 밤하늘이 유난히 맑았던 이유를 알 것 같다. 샤프리스 2-106 성운의 천사들이 찰버리와 밴버리 사이를 잠시 스치듯 지나갔음이 분명하다. 우연히 내가 그 자리에서 그 순간의 유일한 목격자가 되었던 거다.

에필로그
인생은 인용이다

"뜻이 있는 곳에 돈이 없다." —**어느 지인**

이 말을 듣고 처음엔 웃었지만 곧 정색을 하고 생각해봤다. 돈이 없어도 뜻을 펼 수 있는 세상이라면 정말 좋은 세상이다. 그러나 그런 세상은 잘 없다. 뜻을 펴고 싶어도 일단 먹고살아야 하고 그러기 위해선 돈을 벌어야 한다. 먹고사는 일 자체가 뜻을 펴는 일인가. 뭐가 닭이고 뭐가 알인지, 수단이 뭐고 목적이 뭔지, 갈수록 헷갈린다.

"당신은 나를 비난하지만 나는 그것을 평생 고민했다." —**앤 오클리**

앤 오클리는 사회정책학의 태두인 리처드 티트머스 교수의 딸이다. 자신도 사회학자가 되었다. 오클리는 자전적인 글에서 아버지의 성적 정체성에 대해 언급했다가 주위에서 많은 비판을 들었다. 왜 고인의 명예에 누가 되는 이야기를 자식이 꺼내느냐. 그것에 대해 답한 것이다. 아버지가 살아 있다면 이런 대화를 좀 더 자유롭게 나눌 수 있었을 텐데 하는 회한까지 내비친다. 운 좋게 티트머스 장학금을 받았다. 선발을 위해 면접장에 가니 키가 큰 오클리 교수가 심사위원으로 나와 있었다. 학자가 되면 세상 사람들이 당신의 주장을 들어줄 것인가 하고 물었다. 뜻밖의 질문이라 버벅거렸다. 사람들이 내 주장을 들어준다는 기준이 무엇인지 모르겠지만 내가 쓴 글이나 책을 읽는다는 기준으로 평가한다면 크게 성공했다고 보기 어렵다. 대중 강연을 나간 적이 있다. 사회자가 분위기를 띄우려고 나를 이렇게 소개했다. "유명한 책을 쓰신 강사님을 모셨습니다. 퀴즈 하나 냅니다. 다음 중 어떤 책을 쓰셨을까요? 맞히신 분께 커피 쿠폰을 쏘겠습니다. ① 인성 오디세이, ② 인심 오디세이, ③ 인생 오디세이, ④ 인권 오디세이." 실망스럽게도 절대다수가 ③을 찍었고, 쿠폰을 받은 사람은 두 명밖에 없었다. 실망 사례가 또 있다. 어떤 신간을 내고 일 년쯤 지났을 때다. 책에 대한 반응이 어떤지 궁금해 인터넷 검색을 해 봤다. 어느 사이트에 독자의 별점이 붙어 있었다. 별 다섯 개, 최고 점수! 뛰는 가슴을 억누르며 평을 클릭했다. "빠른 배송 감사합니다. 잘 읽겠습니다." 오클리 교수에게 전하고 싶다. 사람들이 내 주장을 들어줄 때까지 열심히 하겠습니다.

"그냥 내버려두면 모든 일이 필연적인 것처럼 돼버린다."

—**조디 윌리엄스**

윌리엄스는 대인지뢰 반대운동으로 노벨평화상을 탔다. 요즘엔 자율무기 시스템(킬러 로봇) 반대운동을 하고 있다. 우리는 대체로 '상식적'인 사람들이 세상을 다스릴 거라고 생각하기 쉽다. 천만의 말씀이다. 세상을 실제로 움직이는 이들 중에는 어쩌다 좋은 사람도 있지만, 최대한 통제를 받아야 할 자들이 수두룩하다. 높은 자리를 차지한 소시오패스들을 보라. 똑똑하니 그런 자리에 올라갔을 것이고, 그런 사람들이 하자는 대로 하면 세상이 잘 돌아갈 거라고 믿으면 정말 큰일 난다. 권위에 대한 맹종으로 점철된 재난의 누적이 인간의 역사다. 소위 '잘난' 사람들을 그냥 내버려두면 세상은 필연적인 것처럼 자연스럽게 망한다.

"나이는 숫자에 불과하지 않지 않습니까." —**어느 공직자**

"나이는 숫자에 불과하다"는 말이 전국의 시니어들에게 희망을 주던 때가 있었다. 정년을 앞둔 공무원과 대화를 나누는데 "나이는 숫자에 불과하지 않지 않습니까, 그죠?"라고 했다. 너무 진지하게 묻는 바람에 제대로 대답을 못했다. 문상을 갔다가 어르신들 틈에 앉게 되었다. 주로 나오는 화제가 전립선, 오십견, 백내장, 녹내장, 황반변성, 당뇨, 신우신염, 관절염, 고

관절, 보청기…… 대체로 이런 메뉴였다. 병원 상담실에 온 줄 알았다. 이런 것을 우스개로 '오르간 리사이틀(organ recital)'이라고 한다. 오르간 연주회인지 장기(臟器) 발표대회인지. 용산역에서 열차표를 구매하는데 창구직원이 경로우대 대상이냐고 물었다. 아니라고 하자 큰 소리로 또박또박 한 번 더 물었다. "경·로·우·대·카·드·없·으·세·요?" 살다 보니 이런 봉변을 다 겪는다.

"새로운 과학적 진리는 반대자들이 설득되고 그들이 새로운 통찰을 받아들이면서 진리로 인정되는 게 아니다. 반대자들이 모두 세상을 뜬 후 새로운 세대가 들어서면서 새로운 진리가 인정되는 법이다." —**막스 플랑크**

토마스 쿤이 패러다임 이론을 설명하기 위해 인용하면서 유명해진 말이다. 패러다임까지 운운하지 않더라도 이런 현상은 주변에 널려 있다. 기성세대가 자신의 생각을 크게 바꾸는 걸 본 적이 있는가. 결국 이들이 퇴장해야만 새로운 생각이 자리 잡을 수 있는 것일까. 사람들은 왜 자기 당대에 근본적인 선회를 하지 못하는 걸까. 심지어 젊었을 때 진보적이었다고 자부하는 이들조차. 꼰대들의 연쇄적 출현이 인류의 보편사인가. 아니면 바꾸고 싶어도 바꾸지 못하게 만드는 어떤 구조적 조건이 있는가.

"현실은 그것을 객관적으로 파악하는 사람에게만 스트레스를 준다."

—릴리 톰린

거창하게 들리겠지만 솔직히 말하겠다. 나는 십여 년 전부터 기후-생태 위기와 인류의 미래를 고민하기 시작하면서 스트레스를 받으며 살고 있다. 이 문제에 대해 별 스트레스 없이 사는 사람들이 많은 것 같다. 제발 내가 틀렸기를 바란다.

"아이들은 이렇게 똑똑한데 왜 어른들은 저리도 멍청한가? 교육의 탓이 분명하다." —알렉산더 뒤마

프로젝트 공모 사업의 심사에 참여한 적이 있다. 어마어마하게 정교한 연구방법론을 동원하여 뻔한 결론이 나올 것 같은 연구를 하겠다는 제안서가 많았다. 전문성에 매몰될수록 '학습된 무지'에 빠지는 게 아닌지 걱정이 들었다. 전문가이면서 나무도 보고 숲도 볼 수 있으면 얼마나 좋을까. 자신의 전문성을 사회적 맥락과 연결하여 어떤 가치론적 판단의 근거를 대중에게 제시할 수 있으면 얼마나 좋을까. 자신이 속해 있는 이해관계 네트워크로부터 한발 떨어져 소신 있게 말할 수 있는 전문가가 많으면 얼마나 좋을까.

"저명한 사람을 제대로 평가하려면 우리 시대의 기준이 아니라 그 시대의 기준으로 평가할 줄 알아야 한다." —마크 트웨인

우리 시대의 면도칼 같은 기준으로 과거를 쉽게 재단하는 경우가 많다. 어느 정도 위험성을 동반하는 일이다. 레슬리 하틀리의 말도 있잖은가. "과거는 외국이다. 거기 사람들은 우리와 다르다." 내가 자랐던 60년대를 되돌아보면 이 말이 무슨 뜻인지 절실하게 와닿는다. 그런데, 그런데 말이다. 요즘은 시대가 많이 변했다. 기억과 추모의 문화가 더 정교해지고 더 깊어졌다. 최근의 사회이론 물결이 근대 이후의 세계사를 보는 시각을 완전히 갈아엎어놓았다. 정반대의 관점이 충격파를 던지고 있다. "저명한 사람을 제대로 평가하려면 그 시대의 기준이 아니라 인류의 보편사적 기준으로 평가할 줄 알아야 한다." 특히 정의나 인권에 있어서는 이런 경향이 대세를 이루기 시작했다. 트웨인의 통찰 역시 그가 살았던 시대적 안목의 한계를 반영하는 견해로 읽어야 한다. 그의 말이 대체로 맞긴 하지만, 그것만으로는 부족한 어떤 측면이 생긴 것이다. 점점 더 처신하기 어려운 시대가 되었다.

"소통이 안 돼서 문제가 안 풀린다고? 당치 않은 소리다. 애당초 문제가 심각하니 소통이 안 되는 것이다." —이네스 산마르틴

소통이 문제인가, 문제가 문제인가. 소통이 중요한 건 맞지

만 그걸 무슨 만병통치약처럼 간주한다면 본질을 헛짚은 거다. 관련하여 하나 더 물어보자. 제대로 안 돌아가는 조직, 기업, 정당, 정부의 문제가 무엇인가. 문제를 해결하라고 채근하는 우두머리 스스로가 문제인 경우가 많지 않던가? 자신이 제일 큰 문제인데 아래에다 문제 해결을 지시하니 어찌 문제가 풀리겠는가. 함량 미달인데다 시대착오적인 확신으로 무장한 지도자 뒤에는 문제의 본질을 호도하는 추종자들, 낯간지럽게 지적 정당성을 제공하는 먹물들이 줄을 지어 있다. 이런 문제적 인간들은 언제나 넘쳐나고 언제나 새롭게 충원된다. 벌거벗은 임금님과 부나비들이 연출하는 C급 시즌 드라마의 무한반복.

"당신은 전쟁에 관심이 없을 수도 있다. 그러나 전쟁은 당신에게 관심이 많다." —레온 트로츠키

천재적인 통찰이다. 우크라이나 전쟁이 나자 동아시아도 전쟁으로부터 자유롭지 않다는 분석이 쏟아진다. 정신이 번쩍 든다. 그런데 문제는, 전쟁을 염려한다고 한들 내가 할 수 있는 게 무엇인가, 하는 무력감이다. 사회심리학에서는 자신의 행동이 별 효능을 내지 못할 것 같으면 사람들은 문제 자체를 외면하게 된다고 설명한다. 트로츠키는 정치적으로 실패했지만 경구(警句)의 생산에서는 독보적인 성과를 냈다. 예컨대, "모든 사람은 우둔해질 권리가 있다. 하지만 동지들은 이 권리를 특

히 남용하는 것 같다." 또는, "인류의 발전사는 자연과 사회와 인간의 맹목적 힘에 대항하여 인간의 의식이 거둔 일련의 승리라고 요약할 수 있다."

"멘토는 없었다. 주위에 훌륭한 사람들이 없었던 것은 아니었다. 그러나 자기들도 헤매고 있었다. 내가 갖고 있는 질문과 고민은 남들이 답하고 풀어줄 수 있는 게 아니라는 걸 알았다. 그냥 각자 보고 들은 대로 흉내 좀 내며 자기 방식대로 버티다가 시나브로 시들어가는 게 인생이라고 생각했다." —주진형

젊은 사람들이 내게 조언을 구할 때가 있다. 나이 좀 먹었다고 그러려니 짐작한다. 진땀이 나고 어색하고 부담스럽다. (선생으로서 이렇게 말해도 되는지 모르겠지만) 내 인생도 골치 아파 죽겠는데 타인의 인생에 훈수 둘 자신이 없고 자격도 없다. 젊었을 때 어느 지식인을 몹시 경모하여 그의 저서를 읽고 또 읽었다. 내 고민을 절절히 상의하는 편지를 두 번이나 보냈지만 답이 없었다. 용기를 내어 그 학교의 연구실로 찾아갔다. 문이 굳게 잠겨 있었다. 그때는 실망스러웠지만 지금은 생각이 다르다. 차라리 못 만난 게 다행이었다. 그분에게도, 내게도.

"역사를 움직이는 것은 AIM이다. 사고(Accidents), 사건(Incidents), 그리고 독불장군들(Mavericks)." ―폴 로저스

로저스는 평화를 연구한 국제정치학자다. 분쟁과 평화의 역학과 구조적 동학을 예리하게 분석하는 것으로 유명했다. 그런데 뒤늦게 의외의 말을 했다. 구조가 아니라 우연과 개인의 역할을 상기시킨 것이다. 평생의 신념을 뒤집은 것인지, 반쯤 농담인지 모르겠다. 어쨌든, 사건, 사고, 또라이들이 헤드라인을 장식하면서 그날그날 세상이 바뀌는 측면이 있는 건 분명하다.

"우리는 모든 일이 간단명료하고 조화롭고 소망하는 대로 풀리기를 바란다. 그러나 그런 기대 자체가 문제다." ―비비 반데르지

수신, 제가, 치국, 평천하, 이 중에서 간단명료하고 조화롭고 소망하는 대로 풀리는 일이 있던가. 그런데도 현대인들은 '경영과 관리'를 잘하기만 하면 간단명료하고 조화롭고 소망하는 대로 문제가 해결될 수 있다고 생각한다. 하워드 베커의 경고다. "매니지먼트? 한 단어로 된 형용모순이다."

"술꾼은 잃어버린 열쇠를 찾으려고 가로등 아래만 뒤진다. 그곳에서만 바닥이 보이기 때문이다." ―크리스 스트링거

정치에서든 정책에서든 이런 현상이 다반사로 일어난다. 저출생 문제에 대처하기 위해 아이를 낳으면 돈을 주겠다는 발표

를 들을 때마다 '술꾼 열쇠 찾기' 같다는 생각이 든다. 모든 것을 돈으로 평가하려는 사회에서는 '황금의 가로등' 아래에서만 해결책을 찾으려 한다. 저출생의 근본 원인이 보일 리가 없다.

"걱정 시작하라, 자세한 건 나중에." ─스탠리 코언

유대계 사회학자였던 코언이 들려준 유대인들의 조크다. 멀리 사는 친척으로부터 급한 전보가 왔다. 자세한 내용은 없고 일단 걱정부터 시작하라는 거다. 이 한마디에 유대인 이천 년의 역사가 담겨 있다. 코언의 『잔인한 국가 외면하는 대중』을 번역했었다. 심각하고 비통한 내용이지만 현학적이지 않으면서도 미묘하고 뉘앙스 있게 서술하는 스타일에 미소 짓지 않을 수 없었다. "박식을 얇게 걸쳤다"는 평을 들었던 학자. 유대인들끼리 통하는 조크 하나 더. 왜 유대인들이 바이올린을 좋아하는지 아는가. 여차하면 들고 튀기 쉬우므로.

"선생님, 사회학은 선악과 같아요. 한번 먹으면 되돌릴 수 없고 그렇다고 안 먹을 수도 없는." ─사회학 전공 학생

사회학 전공 과정에 갓 올라온 어떤 학생이 리포트 말미에 이렇게 썼다. 나도 저랬던 때가 있었다. 사회조사방법론을 배우면서 통계를 처음 접했다. 미니탭이라는 소프트웨어로 인구집단의 빈부격차를 계산했다. 그래프가 컴퓨터 화면에 떠오르던 순간을 잊지 못한다. 세상이 이 정도나 불평등하다니, 저렇게 명백히 드러나는 문제를 그다지도 풀기 어렵다니. 피가 거꾸로 돌았다. 입시 면접에서 왜 사회학을 지망하느냐고 물었더니 고3이 대답했다. "사회학을 하면 사회생활을 잘할 수 있을 것 같아서 지원했습니다." 사회학을 하면 사회생활이 힘들어질 가능성이 있단다, 라고 마음속으로 말해주었다.

"신참은 전략을 논하지만 노병은 병참을 걱정한다." —**로버트 배로우**

산전수전을 겪은 백전노장의 말이다. 배로우는 미 해병대의 4성 장군이었다. 철딱서니 없는 정치인들이 전쟁을 함부로 입에 올리는 것에 질색을 했다. 딱히 평화주의자여서가 아니었다. 준비가 안 되고, 뒷감당도 안 될 상태에서 쉽게 전쟁을 들먹이는 허장성세에 경고를 한 것이다. 한반도에 무슨 일만 벌어지면 감정적인 선동에 나서는 정치인들과 언론을 보라. 전쟁이 아니라도 이런 경우가 많다. 대가니 경세가니 이론가니 하는 사람들에게 흔히 발견되는 현상이다. 팬시한 개념, 화려한 비전, 공허한 수사에 휩쓸리지 않고 실행 가능성에 집중해서 일을 하려면 거품이 끼지 않은 심적 경향, 고지식하다 싶을 정도의 현실감이 있어야 한다. 내가 보기에 핀란드 사람들이 딱 이렇다.

"시선은 전방 십 메다—" —이종사촌형

어릴 때 여름방학이 되면 이모 집에 가곤 했다. 남포등으로 어둠을 쫓던 시골 마을이었다. 밤이 되면 모기 쫓는 모닥불을 뒤로하고 캄캄한 하늘을 가득 채운 모래가루 같은 별자리들이 풀벌레 소리에 맞춰 천천히 거대한 원을 그렸다. 이모부가 지게에 가득 지고 와서 마당에 부려놓은 여물용 꼴에서 새끼 꽃뱀이 나왔다. 이종사촌형이 근처 학교 운동장에서 자전거 타는 법을 가르쳐주었다. 발이 페달에 잘 닿지도 않을 만큼 커다란 짐 자전거였다. 뒤에서 자전거를 잡아주면서 형이 외쳤다. 땅을 보면 넘어진다, 먼 산을 봐도 넘어진다, 딱 십 미터 앞만 봐라, 내가 잡고 있으니 걱정 말고. 그러다 보면 어느새 혼자서 운동장을 돌고 있었다. 형은 젊은 나이에 객지에서 세상을 떴다. 시선은 전방 십 메다— 너무 가까이도 너무 멀리도 말고. 카랑카랑하던 형의 목소리가 지금도 귓전을 울린다.

"술술 읽히는 글을 쓰기란 제기랄 어렵다." —너새니얼 호손

정말 맞는 말이다. 잘 읽히는 글을 쓰고 싶지만 그게 너무 어렵다. 천의무봉한 자연성의 경지로 자기 문장을 공중부양하기의 지난함이여. 비슷한 취지로 "시간이 더 있었더라면 더 짧게 쓸 수 있었을 것이다"라는 말도 있다. 너무 공감이 가서 내 책의 서문에서도 썼던 표현이다. 중국말로 '제기랄'을 '타마적(他

媽的)'이라 한다. 중국 친구에게 절대로 쓰면 안 된다.

"인생은 포기할 만한 가치가 있다." —**조지 칼린**

칼린은 미국 최고의 스탠드업 코미디언이었다. 사상가로 소개될 때도 있다. 신랄하고 예리하고 심오하고 외설적이고 우상 파괴적으로 웃겼다. 미국을 그토록 내부에서 잘 '까던' 사람도 드물었다. "아메리칸드림, 다 이유가 있는 말이죠. 미국의 꿈을 진심으로 믿으려면 깊이 잠들어야 하니까요."

"안전하고 친절하며 질서 있고 깨끗하게를 최고의 가치로 삼아 사랑받는 버스가 되겠습니다." —**7XXX번 시내버스 안내문**

이 홍보 문안을 작성한 카피라이터를 진심 만나보고 싶다. 총무처 직원인가, 알바생인가, 사장인가, 홍보사 대표인가.

"진리가 너희를 자유롭게 하리라. 그러나 그전에 먼저 열받게 하리라." —**글로리아 스타이넘**

진리가 열받게 한다는 건 사실인 것 같다. 지금까지 내가 이런 것도 모르고 살았구나, 완전 속았구나 하고 느낄 때의 그 열받음은 말로 다 표현 못한다. 나는 열을 자주 받는 편이다. 뉴스를 보다 하루에도 열두 번씩 열을 받는다. 그런데 아직 한 번도 자유를 느껴본 적이 없다. 가야 할 길이 멀었다.

"누구나 다 계획이 있다, 얻어터지기 전까지는." —마이크 타이슨

마이크 타이슨은 세계 최고의 헤비급 복싱 챔피언이었다. 프로로 데뷔하고 19전을 연속 KO로 이겼다. 그중 열두 번은 1회에서 게임이 끝났다. '흑성에서 열나 겁나는 인간', 그의 별명이었다. 그랬던 그도 1990년 도쿄에서 버스터 더글라스에게 생전 처음 KO패를 당했다. 복잡계 이론에서는 세상을 직선적 인과관계로 보면 안 된다고 설명한다. '목표—계획—실행—결과'의 등식이 논리적으로 깔끔해 보이지만 실상과는 거리가 멀다. 복잡한 세상사가 계획대로 안 풀리는 것을 우리도 경험으로 안다. "누구나 다 계획이 있다, 얻어터지기 전까지는." 타이슨은 이 한마디로 복잡계 이론의 석학 반열에 올랐다.

"인생은 인용이다." —호르헤 보르헤스

후안 페론을 반대했던 보르헤스는 페론주의자들로부터 자주 위협을 받았다. 어느 날 부에노스아이레스의 집으로 전화가 왔다. 보르헤스의 어머니가 받았다. 모자를 함께 죽이겠다는 협박이었다. 모친이 대답했다. "우리 아들은 앞을 못 보니 죽이기 쉬울 것이고, 나는 아흔이 넘었으니 죽이려면 빨리 서둘러야 할 거요." 보르헤스는 아르헨티나 국립도서관장으로 임명되었던 쉰다섯 나이에 시각장애인이 되었다. 점자를 배우지 않고 사람을 구해 책을 귀로 들었다. 외국어—중세 영어—도 새로

익혔다. 앵글로색슨의 고어 한 단어 한 단어를 마치 "새겨진 양각"을 어루만지듯 음미했다. 보르헤스의 아버지와 할머니도 시각장애를 겪었다. 시력을 잃고 난 후에도 보르헤스는 책을 마흔 권 넘게 구술로 완성했다. 작가였던 남편의 원고 정리를 도왔던 어머니는 아흔아홉에 세상 뜨기 전까지 아들의 원고까지 정리해주었다. 기밀 해제된 노벨문학상 위원회의 기록에 따르면 1967년에 마지막까지 경합했던 후보는 보르헤스, 그레이엄 그린, W. H. 오든, 가와바타 야스나리였다. 결국 그해의 상은 과테말라의 미구엘 앙헬 아스투리아스에게 돌아갔다. 노벨상을 못 받은 인연 때문이었는지 그린과 보르헤스는 정치적 견해가 달랐지만 가깝게 지냈다. 두 사람이 대화하던 중 로버트 루이스 스티븐슨이 화제에 올랐다. 그린의 먼 조상이기도 한 스티븐슨의 시 「내가 슬며시 거절했다고 하지 말라」를 정작 그린은 몇 줄밖에 기억하지 못했다. 함께 길을 건너던 중 보르헤스가 그 영시를 줄줄 암송하기 시작했다. 그린은 깊은 인상을 받았다. 보르헤스는 앞을 못 보는 대신 모든 것을 기억에 의존해 설명하고 서술했다. "인생은 인용이다." 무슨 말인지 알 듯 말 듯하다. 하늘 아래 새로운 인간도 새로운 글도 없다는 뜻인가. 대가의 유언을 나는 이렇게 해석한다. 서로 돕고 서로 잘 인용하면 서로 나쁘지 않은 인생이 될 수 있다고.

평생 연구자로 살아오다 각주가 없는 책을 내게 된 데에는 이유가 있다.

이 책 2부 서두에 나오는 「1호선의 종결자」는 원래 『창작과 비평』 2011년 여름호의 산문 초대석에 발표한 글이었다. 그런 형식으로 처음 써본 글이 문예지에 실린 것이다. 크게 고무된 나는 그때부터 틈만 나면 내가 누군지 아느냐, 이래 봬도 정식으로 등단한 산문작가다, 나를 무시하지 마라 등등, 주변에 소문을 내고 다녔다. 그러나 신예 작가의 탄생에 관심을 갖는 사람은 거의 없었다. 그래도 나는 계속 등단 작가라고 주장하면서 어느 지면에서든 연락이 오기만 하면 바로 보낼 수 있도록 조금씩 원고를 써두었다. 하지만 단 한 번도 산문 청탁이 들어오지 않았는데 어느새 단행본 분량의 원고가 모였다. 이러다 자칫 데뷔와 동시에 망각된 비운의 작가가 되면 어쩌나 하는 조바심이 일었다. 이것이 첫번째 이유다.

두번째 이유는 나이와 관련이 있다. 시간이 갈수록 최근 만난 사람의 이름이나 며칠 전에 읽은 글은 금방 사라져버리지만, 까맣게 잊고 있었던 수십 년 전 일들이 자꾸 떠오른다. 떠오르는 정도가 아니라 너무나 생생하게 현실을 지배한다. 신기하고 놀랍기도 하고 후회스럽고 괴롭기도 한 옛 기억들이 유령처럼 주위를 맴돌더니 자기들 이야기를 써달라고 조르기 시작했다. 너무 늦기 전에 세월의 조각을 모아야겠다는 생각이 들었다.

하지만 기록에 관심이 생겼다 해도 그것을 기억록의 형태로 발표하는 건 또 다른 차원의 문제다. 뜬금없이 개인적인 이야기를 세상에 내놓아도 괜찮을지 주변에 물어봤다. 요즘 누가 이런 글을 읽겠는가, 아무도 신경 안 쓸 터이니 염려 마라…… 이런 격려가 돌아왔다. 좋은 친구들 덕에 마음의 부담을 내려놓기로 했다.

어머니 이야기를 더 넣으라고 조언하고 흔쾌히 출판을 맡아준 강출판사의 정홍수 대표, 그리고 정성껏 책을 꾸며준 편집진에 고마움을 표한다.

하룻밤에 한강을 열 번 건너다

사회학자의 각주 없는 기억록

© 조효제

1판 1쇄 발행	│	2024년 5월 31일
1판 2쇄 발행	│	2024년 7월 3일

지은이	│	조효제
펴낸이	│	정홍수
편집	│	김현숙 이명주
펴낸곳	│	(주)도서출판 강
출판등록	│	2000년 8월 9일(제2000-185호)

주소	│	서울시 마포구 동교로17안길 21 (우 04002)
전화	│	02-325-9566
팩시밀리	│	02-325-8486
전자우편	│	gangpub@hanmail.net

값 18,000원
ISBN 978-89-8218-343-0   03810